陳澄波密碼

柯宗明

臺灣の美術

臺灣の公設展覽會
——臺展——
小林萬吾

臺灣に美術展覽會を始めたのは昭和三年のことで、これは、臺灣本島人の間に繪畫志望者が多くなつて來たので、之を奬勵したら思想上にもよい結果を齎すだらうと言ふ總督府當事者の考からであつた。それで第一回は總督府直轄の學校の繪畫の教授が審査員で行つた。この展覽會の結果は大變良好で、よい成績を舉げたので、それでは、帝展のやうに例年やらふと言ふことになつて、一段と飛躍し、昨年は中央畫壇から審査員を聘ばうと言ふことになつて、私と公

地人の美校出身者なぞが
ものだらうと思つてゐた
れは全く反對であつた。私
島人の作品により優秀な
發見して愕ろいたのであ
一體、內地人の作品は、
人よりも優れた技巧を持つ
るが、本島人の潑溂とした
には及ばない。

今年特選の、陳澄波君も
人であるが、その作品は
か立派なものであつた。
言ふ名題で、名題の示す
を描いてあるのであるが、
な色彩と、明るい光線が、
人らしい何かを示してゐた

內地人にも多數美術家が
石川欽一郎君、鹽月君、
の鄉原藤一郎君なぞ、それ
活動してゐる。

昨年の展覽會公募點數は
洋畫約四百六十點、日本畫
十點、その中入選は

目次

推薦序

台灣歷史的深邃祕密——解讀《陳澄波密碼》

陳芳明

歷史小說難寫，撰寫台灣歷史小說更難。在長達四百年的台灣歷史發展過程中，很少出現一個時代台灣人可以掌握歷史撰寫權。這樣的時代必須跨過一九八七年解嚴之後，海島上的百姓才有從容的時間與空間回望歷史。在過去長達四百年的漫長歲月裡，島上住民彷彿是被迫穴居於漫長的黑暗隧道，簡直看不到微光的盡頭。當我們開始抱持從容心情，重新走過荒涼的道路，才知道我們的先人在生命裡壓抑了多少祕密，暗藏了多少感情，甚至已經明白眞相也無法說出。很少有一部歷史小說，是如此眞實而貼切地描繪出台灣人的歷史恐懼症。柯宗明的《陳澄波密碼》是近十年來頗爲精彩的歷史小說，情節暗藏太多懸疑的描寫，猶如偵探小說那般，一步一步帶著讀者走過荒涼黯淡的年代。在形塑小說的過程中，作者的書寫頗具節奏感，有意帶著讀者循序漸進慢慢走入台灣畫家陳澄波的故事裡。

所謂密碼（code），在於強烈暗示陳澄波的生命裡，充滿了太多難解的故事。其實在兩個時代的轉接過程中，往往出現太多沒有答案的記憶。尤其在一九四五年，從日治時代跨越到戰後國民黨時期，台灣住民可以說是活在歷史夾縫中。畢竟太平洋戰爭使日本與中國站在敵對狀態，而台灣島上的漢人在歷史過渡階段，內心充滿了太多難以解釋的情結。特別是經過五十年的殖民統治，島上百分之八十的住民已經習慣使用日語。一九四五年日本投降時，從中國大陸帶來的江浙語、上海語、福建話、北京話，使台灣人一夜之間就落入複雜文化的情境中。台灣人到底是日本人還是中國人，即使不提戰後初期的狀況，到二十一世紀的今天，仍然有太多知識分子還是無法釐清文化認同的問題。這是歷史所遺留下來的心靈困境，而這部小說便是希望能夠掙脫如此難解的困境，給台灣歷史一個確切的答案。這正是《陳澄波密碼》最迷人的地方，也是最引人深思之處。

柯宗明在營造這個精采故事時，刻意把時間點放在台灣社會解嚴之前。如果是發生在解嚴之後，整個故事的張力便立刻消失。恰恰就是設定在台灣社會欲開未開之際，那種氛圍帶給讀者致命的吸引力。一九八〇年代中期，國民黨的威權體制已經搖搖欲墜。當時統治者唯一能夠依賴的力量，仍然是鷹犬特務。許多歷史祕密慢慢次第揭開，但有許多重要的故事還是無法得到合理的解答。小說作者把握了這個相當敏感的時期，逐步切入台灣畫家陳澄波的故事裡。這段時期整個台灣社會已經產生騷動，而知識分子也開始從國外回歸台灣。男主角阿政是在美國攻讀美術，女主角方燕是他的女友，在一家報社工作。這兩個人物安排得恰到好處，一個具有美術史的修養，一個具有新聞的敏銳鼻子。這個精采故事，就在這一對情侶的身上展開。

攻讀美術的男友受委託，去修復一幅舊的畫作。委託者並未說明作品的畫家是誰，只是希望存放許久的作品可以恢復原狀。幸好他們請教前輩畫家林玉山，在呑呑吐吐的回答中，畫家才說出陳澄波的名字，歷史疑點亦就此浮現。如果說這是一部尋找陳澄波的故事亦不爲過，然而不然，作者刻意以密碼爲小說命名，使既有的張力更加緊繃。透過請教的過程中，戰前戰後兩個世代終於展開對話。一方是對台灣美術發展瞭若指掌的畫家，另一方是陷入歷史迷霧中的戰後青年。在雙方的問答之間，戰後的美術史、文學史、文化認同史也慢慢敞開。

凡是對二二八事件稍有涉獵的讀者，對於陳澄波的悲慘下場都已經非常明白。小說則是設定在戰後知識分子的貧乏歷史意識，終於透過尋找的過程才慢慢撥開記憶的迷霧。小說另一軸線設定在一九三〇年代，台陽美術協會成立的前後，這個學會最初命名爲赤島社，因爲有強烈的政治暗示才改名，那是台灣文學史與美術史最精彩的歷史階段。凡是對歷史稍有認識的人，可能知道一九三四年台灣文藝聯盟在台中正式成立時，台陽協會的所有畫家集體加入了文藝聯盟。如果查閱《台灣文藝》的話，每一期的最後都羅列會員的名單，而台陽協會的所有畫家都掛名其中。甚至《台灣文藝》的每一期封面，都是由畫家楊三郎所繪。那是非常精彩的年代，也是整個殖民地時期文學與藝術大放光彩的歷史階段。

在請教過程中，阿政從林玉山與楊三郎口中獲得許多未知的歷史事實。因爲陳澄波先留學日本，後來又在上海教書，這樣的分合經驗，使得陳澄波與台灣畫家在政治認同與文化認同上有所歧異。小說在描寫這段過程時，相當精準地掌握了微妙的心理描寫，也暗示了陳澄波與台灣畫家立場的不一致。必須回到台灣之後，陳澄波才匯入了台灣美術運動史的洪流裡。從「祖國」回來，在語言上、在審美上，他都與台灣本地的畫家有相當大的區隔。經過短短時間的過從，陳澄波終於也與本地畫家逐漸融洽起來。作者在尋找歷史答案的曲折過程裡，慢慢進入陳澄波的家庭生活與藝術奧祕。嘉義人陳澄波的作品，酷嗜以大眾生活爲題材，從而也對台灣各地的風景非常著迷。那種追求的過程，似乎在揭開一個謎底，是非常迷人的歷史建構。

在重建台灣美術史記憶的過程中，作者相當巧妙地把每幅畫作爲故事的連結點。如果把那些畫作拿掉，便失去了故事的主軸。這部小說等於爲我們開啓另外一種看歷史的方法，台灣本土記憶的重建，絕對不可能只是依賴文字史料。特別是在建構美術史或文學史，都必須相當熟悉作品的不同風格。陳澄波上海時期的一幅作品〈我的家庭〉，在小說中就已經埋下最初的密碼。隨著故事的逐步展開，小說主角最後終於到達嘉義，與陳澄波的後人見面。故事寫到這裡時，開始出現高潮。前面所鋪陳的所有盲點與謎語，都在嘉義獲得了解答。

具有左翼思想的陳澄波，在日本人統治的時期，在國民黨來台的初期，始終掩飾著他的左派立場。而整部小說到達高潮之處，便是揭開了歷史答案。長期受到誤解的陳澄波，在某種程度上其實是在保護他的家人，也在保護他的朋友。他總是在最幽微的地方，暗藏著個人價值觀念與政治信仰。他不說，其實是不能說，甚至是不可說。畢竟日本殖民者與國民黨統治者都是屬於法西斯集團，凡是涉及左翼意識形態，都很有可能犯罪而且連累朋友家人。因此陳澄波只能透過畫作，從作品構圖到景物安排，都暗藏了他的內心祕密。

與陳澄波兒子陳重光的見面，不唯完全解開陳澄波畫作的謎團，也揭露了陳澄波生命的最後悲劇。與陳澄波後人的對話，阿政與方燕才明白了畫家的用心良苦。每幅作品都暗藏了他的政治信仰、意識形態與對待世界的態度。嘉義之行，是非常關鍵的啓蒙。他們終於明白了跨越世代的台灣畫家之困難處境。陳澄波密碼，其實也是整個台灣歷史的密碼。陳澄波的作品，其實不是只給那時代的觀者欣賞，而是給無數後代台灣人的無窮召喚。

一九四七年二二八事件爆發時，嘉義地區出現了非常劇烈的武裝抵抗。具有人道主義精神的陳澄波，偕同嘉義的議員潘木枝、柯麟、盧鈵欽等人，去水上機場說服軍隊採取和平的手段。他們被稱爲和平使者，結果被國民黨軍隊逮捕。四位男性被軍隊押解，在嘉義市區遊街示眾。陳重光說，他們姐弟在街頭緊追著軍事卡車。當時許多圍觀的市民，在嘉義車站廣場高喊「議員無罪」。他們姐弟到達車站時，槍聲已經響起，親眼看見被五花大綁的父親倒在血泊中。父親倒下時，那天是三月二十五日，中華民國美術節。

藝術主題歷史小說的營造特別困難，不僅要照顧到整個時代的流變，也要照顧到畫家的藝術特質與思想信仰。很少有一部歷史小說可以像《陳澄波密碼》這樣，對於台灣歷史發展過程如此精確掌握，而且也對畫家的生命過程瞭若指掌。那種歷史質感，立體而生動。說故事的技巧，也步步爲營。非得看到最後才有可能察覺整部小說的核心精神，並終於揭開了畫家陳澄波的謎底，更揭開了台灣歷史在時代轉折之際的謎底。這部作品的誕生，等於為未來的台灣歷史小說書寫，做了強悍有力的預告。

陳芳明：一九四七年出生於高雄。曾任教於靜宜大學、暨南大學、中興大學，後赴政治大學中文系任教，同時成立該校台文所，目前為政治大學講座教授。著有散文集《昨夜雪深幾許》、《革命與詩》；詩評集《詩和現實》、《美與殉美》；文學評論集《典範的追求》、《危樓夜讀》；學術研究《左翼台灣》、《殖民地台灣》；傳記《謝雪紅評傳》。主編有《五十年來台灣女性散文・選文篇》等。

推薦序

重溫大時代漩渦中的高貴靈魂

蕭瓊瑞

從一幀自筆記本夾頁中掉落的泛黃信箋切入，時光隧道轉向那個藝術家留學日本學習美術的刻苦年代……；以偵探辦案式的手法，層層剝開那已被久久遺忘的歷史榮光；一個個幾乎已完全不被認識的人物，忽然又重新自黯黑的歷史長夜中走了出來，登上故事的舞台。其中最鮮明的一位，左手拿著畫盤，右手握著畫筆，像武士搏擊一般地面對著眼前的畫布，凝視久久，突然衝向前去，揮舞幾筆，色彩就像黃昏的霞光，潑灑在天際、河面、街道、屋宇……。這位畫家，就是有著「台灣美術化身」之稱的陳澄波。

柯宗明以劇作家的手法，打破平鋪直述的說故事方式，讓《陳澄波密碼》猶如電影場景時光錯序的跳接與閃回，層層揭開歷史的謎團，讓這個曾經是台灣白色恐怖時期最禁忌的題材，披上親情、友情、愛情的彩衣，成為重新溫暖人心、賺人熱淚的歷史故事。

這些故事，有些或許並不完全真實存在，但這些故事，透過柯宗明的想像、編輯、詮釋，成了「陳澄波應曾經歷的事情」，活化了人物的真情與神態。台灣不缺乏動人的故事，卻缺乏和歷史，特別是與藝術史緊密連結的小說，柯宗明的《陳澄波密碼》，正爲這個缺憾開啓了補足的契機。

陳澄波，一個和歷史緊密連結的藝術生命，出生的一八九五年，和罹難去世的一九四七年，都是重大的歷史轉折節點。前者是甲午戰爭後乙未割台的一年，後者則是戰後台灣政權交替、爆發二二八事件的一年。以「生於前清，死於漢室」自許的陳澄波，最終竟一語成讖，殉身於他所熱愛的祖國軍隊槍下，熱血滲入他日夜歌頌描繪的南台灣黃泥土地，名字變成一則禁忌。

《陳澄波密碼》從一幅受託修護的陳澄波畫作展開，透過主人翁阿政、方燕這對情侶檔的訪查、探問，層層揭開歷史的禁忌與悲情。全書雖以陳澄波爲主軸，卻不侷限於畫家一人的身影。在迴盪的歷史波瀾中，我們可以重溫那一九二〇、三〇年代，台灣知識分子徘徊在國族認同、人權尊嚴，與藝術追求的大時代漩渦中。文學家的楊貴（楊逵）、藝評家的王白淵，還有慷慨激昂的陳植棋……，時空轉折於東京、上海、台北、嘉義、台南的巷弄中，時而會跳入幾個如跳樑小丑般的人物，時而也會浮現宗教般高貴、超越的偉大靈魂。爲了活化陳澄波一九三〇年代在上海的生活情境，作者特別重新塑造了「劉新祿」這位也被社會長期遺忘的人物；而上海時期和潘玉良等人的交往、情誼，更讓故事蒙上一層浪漫、溫馨的氛圍。

在所有人物中，那不時出現的愛妻張捷，顯然才是眞正貫穿整個故事的主軸人物：「捷仔：距離研究所卒業的時間還有兩年，雖然未來工作沒有著落，但我一定會負起身爲丈夫的責任。雖然畫圖的工作不保證可以衣食無缺，但若能以油畫作爲工作，我必定會歡欣無比……」

《陳澄波密碼》解開的不只是藝術家生命的謎團，更爲許多作品，開啓被瞭解、認知，進而感動的密碼。除了作爲故事引爆點的〈琳瑯山閣〉外，又如：〈二重橋〉、〈我的家庭〉、〈西薈芳〉、〈清流〉等，均有相當有趣的詮釋與介紹。其中尤以陳澄波和陳植棋兩人均極喜愛描繪的「淡水」風景，更有相當的著墨。

作爲一位台灣美術史長期工作者，個人以極歡欣的心情喜見《陳澄波密碼》的問世；更願意以最大的熱情，將這樣一本著作，向所有關懷台灣、熱愛藝術的朋友們鄭重推薦。

蕭瓊瑞：成功大學歷史系所美術史教授，曾擔任台南市文化局創局局長、國藝會董事、文化部國寶暨重要古物審議委員會委員兼近代美術史組召集人，並爲國立台灣美術館、台北市立美術館、高雄市立美術館典藏委員暨審議委員等。著有《五月與東方》、《懷鄉與認同——台灣方志八景圖研究》、《島民・風俗・畫——18世紀台灣原住民生活圖錄》、《圖說台灣美術史》、《台灣美術史綱》、《戰後台灣美術史》、《台灣近代雕塑史》，總主編《楊英風全集》與《陳澄波全集》等。

自序

在栩栩如生的故事裡看見歷史

《陳澄波密碼》不是爲參賽而生，它的緣起，是數年前一個舞台戲劇的邀約，至今未曾完成於劇場。這個故事，揉雜了美術、歷史、左翼青年、台灣命運……這幾個關鍵詞，正是我長年以來讀到想到寫到便情不自禁充滿述說欲望的主題。述說欲望的最佳出口就是說故事，所以當時，僅以劇本概念描述劇情大綱，便寫到十分忘我，即使後來它默默躺在我的電腦檔案裡，我仍不時地重讀它、修改它，無從預測它是否有機會面見世人，或將以何種形式與眾人分享，但我始終知道，這個一期一會的題材，是我此生必定要說完的故事。

我以電視編導爲業，工作上多次拍攝關於台灣美術的紀錄片，對台灣美術史幾番溫故知新，加上喜愛文學，關心政治，我的目光往復徘徊於二戰前後熱衷於左翼運動的文藝青年——他們信仰社會主義，以爲紅色政黨將帶給貧苦人民幸福，甘願犧牲生命和家庭，也要傳布信念，燃燒青春火焰，建造社會主義的理想國度。到頭來，被關被虐被殺，他們的肉身和理想，一起幻滅於兩岸獨裁者的無情統治。

陳澄波出生於清廷將台灣割讓給日本的一八九五年，殞命於國府統治下的一九四七年二二八事件，一介畫家的命運，直如台灣命運的縮影。《陳澄波密碼》以陳澄波的身世為核心，書寫他經歷的時代變動，和同時代交會過的那一群獻身藝術、懷抱社會主義思想的朋友。從台灣第一代西畫家陳澄波一生的奮鬥，可以看出當時身為日本國民的台灣人在追尋文化、國籍認同的徬徨與無奈，「祖國認同」的心態、立場之複雜難解，到了現在，依然是台灣人最大的課題。

陳澄波戲劇性的死亡，使他成為知名度最高的前輩畫家，但政治解嚴三十年了，我們對他和他的時代，仍止於標籤化的認知，陳澄波那一輩「人的歷史」，演繹了大時代的波瀾壯闊，仍然長久地被忽視，甚至遺忘。台灣政權變動頻繁，掌握權力者，慣於抹滅前朝和弱勢者的種種，致使台灣歷史有特別多的皺褶。

如今科技解放了資訊，在人人一把號的年代，民間和個人，都有各自成調的歷史詮釋權。時間之流淘盡了一代才人，似曾相識的歷史情境依舊重來，台灣人需要說自己的故事，要在栩栩如生的故事裡看見歷史，看見人們在這塊土地上或雄健或卑微地活過的痕跡，才能有多一點底氣，去面對中國崛起的當下此刻。

二〇一七年夏天，我投入公共電視台所籌拍的台灣大河劇《傀儡花》的編劇工作。過程中，拜讀陳耀昌醫師的原著小說，讓同樣志在以台灣歷史為背景來說故事的我，獲得「有為者亦若是」的啓發——只要能詮釋出台灣人之所以為台灣人的深度，為我們共同的命運透出一縷光亮，不分專業領域，大家都可以嘗試寫台灣歷史小說。基於這個觸動，我著手把《陳澄波密碼》改寫成長篇小說，投往新台灣和平基金會的「台灣歷史小說獎」，幸運獲得首獎。

我不是歷史專家，也非專業作家，在此之前，從來沒寫過長篇小說，遑論歷史小說，膽敢攀爬少有人走的「台灣歷史小說」這座大山，爲一代畫家的生命解碼，我的資糧，不是嫻熟的文字煉金術，豐富的文學理論和技法，而是熱情和興趣，牽引我廣泛而駁雜地，浸淫在與歷史相關的閱讀、探索和創作，這部小說狀似偶然爲之，其實有我對政治、藝術綿密而深刻的關懷。

歷史研究，有一分證據才能說一分話，但歷史小說有如歷史電影，未必需要確切史料的佐證，反而有待作者在史料的領空上，勇於張開虛構的翅膀，爲讀者／觀眾拓展戲劇性的視野。功力到家的虛構和創意，不但可以充盈人物的血肉，豐富人們對歷史的想像，甚至最終可以讓讀者／觀眾信以爲「眞」。因此寫作《陳澄波密碼》，我在歷史事件中大膽假設情節，著重在戲劇性的張力，但同時我也堅持所有的虛構沒有悖離史實的合理範圍，尤其必須符合歷史人物性格的脈絡。

小說中關於陳澄波所交往的人物，絕大多數確有其人，而非杜撰，但我運用戲劇性，進一步創發了歷史場景中無人知曉的對話內容，以及後續情節。以戲劇手法處理小說故事，除了要抓得到當時時空的氛圍，以及相關人物的性格，更重要的是，情節的設計要有歷史的涵義，也就是要爲歷史後來的走向埋下伏筆，在關鍵時刻，刻劃這些人物當時所秉持的立場以及所做的選擇，牽引出他們後來命途的發展。我認爲，與眞實歷史交互指涉的戲劇化情節，才是歷史小說（或戲劇）最引人入勝的所在。

寫到陳澄波的受難，我雖然也用戲劇手法讓過程顯出臨場感，但劇情中的相關情節，均取材自當事人的口述，句句屬實，幾近原貌呈現。二二八事件是台灣的悲劇，也是人類文明的悲史，不該爲了戲劇性激化衝突，這是我面對歷史的態度。

此外，我費了不少筆墨刻畫陳澄波和陳植棋的情誼。得獎後，得知陳澄波生前的確親口告訴長子陳重光，他這一輩子最要好的朋友就是陳植棋，這個意外的回饋令我欣喜不已。敢在小說裡鐵口直斷雙陳的關係，我依據的是雙陳的畫作及其行事所透露出來的性格，日治時期最早發動學運的陳植棋，以及甘爲市民而喪命的陳澄波，都是燃燒熱情過日子的人，我直覺相信，他們交會時互放的光與熱，足以讓陳澄波念念不忘。

寫作《陳澄波密碼》過程中，最大的樂趣在於以史料、畫作爲憑，解答出自己好奇的「密碼」，我一念至誠所關注、琢磨的，是劇中角色阿政、方燕透過線索斷續的採訪，加以對陳澄波畫作的審視推敲，獨立思索、觸類旁通後所成的一家之言，譬如陳澄波的廣場意識、山水畫人物的布局、人道主義，及普羅精神，這些觀點都是我多年思索所得，個人的解法未必是美術界的共識，但自信有跡可循。

感謝新台灣和平基金會舉辦「台灣歷史小說獎」，感謝評審委員的鼓勵，感謝陳芳明教授、蕭瓊瑞教授爲拙作賜序，感謝遠流出版公司及黃靜宜總編輯、蔡昀臻主編在編輯出版的過程中，給我的協助。期待《陳澄波密碼》能激勵更多人來寫台灣歷史小說，年年累積作品，十年、二十年後，這個領域結出纍纍的果實，見證台灣人的心靈不再漂泊失根。

告別嘉義，坐在北上的火車裡，方燕讀著陳澄波的筆記。而阿政始終保持著羅丹〈沉思者〉的姿勢，望著窗外。

忽然，一張泛黃的舊紙從筆記本裡掉出來，方燕彎身撿起，驚呼：「你看這個！」是一封信。

方燕湊近阿政，兩人，一個字、一個字，慢慢讀了起來……

捷仔：

距離研究所卒業的時間還有兩年，雖然未來工作沒有著落，但我一定會負起身爲丈夫的責任。雖然畫圖的工作不保證可以衣食無缺，但若能以油畫作爲工作，我必定會歡欣無比。我在創作時，心情非常愉快，一方面是因爲我個人的興趣，但另一方面，也是因爲想要畫給大家看而感到高興。我還記得小時候有一次阿嬤告訴我……

1.

時光記憶就像古早中藥行裡一格格的藥櫃抽屜，隨手拉出一格，便可讀見那抽屜裡的歷史畫面。

譬如拉出民國四十九年，會看到：東西橫貫公路通車、美國總統艾森豪訪華、楊傳廣奧運奪銀牌、雷震被捕。拉出民國五十三年：白河大地震、載運港台影星的飛機墜落。拉出民國五十九年：布袋戲《雲州大儒俠》電視上演、蔣經國在紐約遇刺、監察院彈劾台北市長高玉樹。拉出民國五十一年：方瑀當選中國小姐、首屆金馬獎最佳影片《星星 月亮 太陽》、台視開播。五十七年：紅葉少棒擊敗日本。六十三年：《包青天》電視劇大受歡迎。四十二年：西螺大橋通車。六十年：台大學生保釣遊行、退出聯合國。六十八年：《美麗島》雜誌創刊、忠仁忠義連體嬰手術成功。某某年：孫立人被免職。某某年：九年國民義務教育開始實施……

隨著拉抽屜的動作越來越快：劉自然殺人案判無罪群眾包圍美大使館中南部八七水災台灣省實施戒嚴推行三七五減租胡適逝世瓊瑤發表小說《窗外》凌波來台萬人空巷彭明敏師生被捕蔣中正總統逝世范園焱駕機投奔台灣鄉土文學論戰中壢事件高速公路通車美國與台灣斷交陳文成命案遠航空難百人罹難土銀搶案李福恩十項破亞運索忍尼辛訪台世華運鈔車被劫千萬……

當時光抽屜在眼前一一拉開，歷史事件就像濃淡不一的陳年藥味，徐徐飄浮而出。

阿政和方燕讀信的畫面，出現在民國七十三年的抽屜。

在這一年當中，台灣發生了幾件大事——行政院長孫運璿腦溢血住院、蔣經國連任總統、北部發生六三水災、螢橋國小學生遭潑硫酸、海山及瑞芳礦災數百人遭埋、華裔作家江南命案、一清專案掃黑……

這一年也是美國麥當勞在台灣成立第一家分店的年分。

民國七十三年十一月。

窄小的客廳，一架直立式的新格牌十八吋木框電視機，正播放著台北人湧向麥當勞享受美食的新聞，攝影機的鏡頭，把民眾臉上洋溢著的幸福，即時而生動地傳送到王明政的眼前。

阿政在這賃居的小公寓客廳裡，邊吃滷肉飯邊看新聞，越看越不屑，罵道：「好不容易才脫離沾番茄醬吃漢堡的日子，想不到那愛吃漢堡的國家，也來純樸的台灣進行托拉斯的商業侵略，Shit！」

「算了吧！」陪著阿政一起吃飯的方燕說：「台灣早就不純樸了，你以為我們還是農業社會啊，台灣的外匯存底一直在增加，台北東區的高樓也越蓋越多，你都不知道嗎？你呀，落伍，掉在時代的潮流之外了。」

「你……」

「別說話！」阿政想辯論，被方燕打斷。「吃飯吃飯，會噎到。」方燕嘟著一張嘴，搖著手說。

幾年前，阿政留學美國讀美術系，彼時的紐約，經歷戰後一波波前衛藝術的衝擊，從傑克遜．波洛克（Jackson Pollock）的抽象潑墨，到安迪．沃荷（Andy Warhol）的普普藝術，再到更多元的照相寫實主義，種種新潮技法讓人目不暇給。阿政對這一切潮流都不感興趣，他只熱衷到戶外寫生，一如十九世紀的莫內、梵谷，把眼前景物帶給自己的觸動，如實地描繪到畫布上。

堅持印象派的理念與技法，讓阿政身處一九八〇年代，卻活像來自中古世紀的訪客，不但在美國留學時是異類，就算畢業回到台灣，也是一個怪物。上個月他在東區一家藝廊開了回國後第一次個展，結果只賣出一幅畫。就因爲印象派的知音難逢，阿政對「落伍」、「潮流」這些字眼異常敏感，偏偏率性的方燕不經意說出「你呀，落伍，掉在時代的潮流之外了」，讓阿政聽得很不是滋味。於是阿政像刺蝟一樣，氣得身上的毛針都鼓脹起來，所幸方燕沒時間搭理阿政的情緒，她是利用報社晚餐時間過來陪他吃飯，還得趕回去發稿。

「我走了，你不要太晚睡啊，少抽點菸。」方燕戴上金框近視眼鏡，穿上外套，拎起背包，就往外衝，留下阿政咀嚼著滷肉飯，食不知味。

阿政何嘗不知道方燕不是故意刺激他的，從美國到台灣，他滿腹的苦悶，只有方燕聽他傾訴，還鼓勵他要樂觀面對。只是面對畫作市場上的困境，總是讓他處於一種情緒過於激烈的反應。

此刻，電視正播放著連續劇《一剪梅》，男歌星溫柔地唱著片頭曲：眞情像草原廣闊，層層風雨不能阻隔，總有雲開日出時候，萬丈陽光照耀你我……

阿政站起身，忿忿地關掉電視。

隔天，阿政拿著剛完成的〈濁水溪印象〉，搭乘公車，到東區的東華藝廊洽談寄售。公車上擠滿了人，阿政小心翼翼護著這幅三十號尺寸的畫作，眼睛餘光瞥向車窗外，發現忠孝東路四段這一帶頗有紐約第五大道的氣氛，這幾年才蓋起的高樓裡，紛紛成立了畫廊、藝廊，越來越有藝文氣息的繁華台北，應該會有油畫的買家吧，阿政默默期待著。

當阿政謹愼地把〈濁水溪印象〉交到東華藝廊的李經理手上時，李經理故作端詳的看著這幅作品。

「這次還是要寄售啊？」

「是啊。」阿政答道。

李經理放下畫作，露出勉爲其難的笑容，說：「明政啊，我要很坦白告訴你，現在印象派的畫不好賣，價錢也不高，如果有財團要買印象派的畫，也都以老畫家爲主，像是李石樵、李梅樹、楊三郎他們的作品……」

「李經理，你說的這些我都知道，不過……」

「你聽我說，」李經理打斷阿政的話，「畢竟時代不一樣了，新生代畫家的題材要有新意、有話題，才會有賣點，你不妨學學吳炫三，到非洲寫生，畫立體主義的風格，才趕得上潮流啊……」

當「才趕得上潮流」這句話灌進阿政的耳朵裡時，他便不再回話了。

他默默拿起〈濁水溪印象〉，搭公車回家。

晚上，方燕與阿政兩人來到重慶北路圓環吃晚餐。阿政對著方燕舔舐自己受傷的心，說：「才趕得上潮流啊，哼哼。李經理還好心告訴我，台灣的畫壇開始流行經紀人制度，他要我找個經紀人，幫我塑造畫作的風格，這樣才能打開市場，他說我不能像以前老畫家那樣單打獨鬥了。」

「這個有道理，」方燕停下筷子，說：「台灣是該走向經紀人制度，你自己也是出過國的，又不是不懂這個西方文化，還要人家說，眞是的。」說完，方燕把米粉羹颯爽地送進嘴裡。

「我……」阿政嘆口氣，扒了一口飯，卻嚥不下去。

「欸，乾脆我當你的經紀人好了，」方燕突然興奮起來：「我是藝文記者，可以探聽現在流行什麼畫風，隨時給你提意見。」

「提意見？」阿政感到納悶。

「是啊，用自己人當經紀人，一定敢提意見的，就像梵谷跟他弟弟。」

「No Way！」阿政搖搖頭，「梵谷他弟弟雖然也是圈內人，但從不干涉梵谷的畫風。」

「所以造成梵谷一生只賣出兩幅畫的慘劇。」

「更正，是一幅。」

「你上次個展，不是已賣出一幅畫嗎，」方燕燃起熱情地對阿政說：「已經平紀錄了，你還年輕，不會像梵谷那麼慘，讓我來幫你打點！」

方燕跟阿政是在紐約認識的。當時，阿政正陪著他的老師布置畫展，方燕以學校實習記者的身分來做採訪。同樣來自台灣，異地相識，兩人聊起話來格外親切。日後透過書信、電話，來來往往，漸漸發現興趣相近，也就成爲無話不談的好朋友。兩人畢業回國後，阿政對擁有一雙閃亮眼睛、大方又活潑的方燕正式展開追求。

「你不是很悶的人嗎？也會向女孩子示愛啊？」方燕推一推金框眼鏡，又撥了撥那一頭仿自梅格．萊恩的俏麗短髮，笑著問阿政。

「因爲，因爲，」阿政搔搔腦袋，怯怯地說：「我怕你回來台灣後，被人搶走了。」

「這倒是眞的，我媽正要幫我安排相親呢。」方燕笑著逗他，這個個頭高瘦、皮膚黝黑、五官還滿帥氣的男生，此時一臉無辜樣。

原本感情甜蜜的兩人，卻在阿政創作不順的近日，迭有意見相左的情況發生。前些天，方燕來找阿政，正巧遇到工人將阿政的畫作搬回住處。方燕甚感奇怪，問起怎麼了。阿政說，他把寄售在東華的畫都要回來了。方燕問，是人家不讓你寄賣，還是你自己不想寄賣了？阿政僩僩答道，都有吧，反正道不同不相爲謀。說完，阿政蹲下身來，心疼地摸著擺在地上的畫作，彷彿摸著自己親生小孩般。

這個男人的舉動，讓方燕感到不捨。

方燕願意支持阿政，是因爲他對創作充滿熱情與理想，不似時下年輕人崇拜功利，阿政執著於自己的藝術理念，艱難前進，這種人格特質，深深吸引從小就受到良好家教的方燕。而阿政創作的熱情與理想，動力得自托爾斯泰的《藝術論》這本書。

「《藝術論》？」有天方燕與阿政閒聊，得知這本書，驚奇地問：「我知道托爾斯泰寫過《戰爭與和平》、《安娜．卡列尼娜》，不知道托爾斯泰也寫過《藝術論》，這是什麼樣的作品？」

阿政從書架取下遞給方燕：「這本書在探討什麼是藝術。托翁認爲，藝術是人們情感的表達，不是給上流階級消遣娛樂的。所以一個村婦唱出的歌謠，只要歌聲充滿眞摯的情感，就是感人的藝術品；而一個身著燕尾服的人，拉奏著柴可夫斯基的音樂，未必是眞正的藝術品，他可能只是在表演一堆繁複的技巧罷了。」

「嗯，你說的這點我明白，西方的藝術理念在現代主義之後，有返璞歸眞的走向。」方燕說。

「是啊，托爾斯泰在《藝術論》這本書裡闡述，藝術首重眞誠，若沒有出自內心的純眞，那麼，再美的技巧都不可能成爲永恆。」阿政的表情像在唸誦禱告詞般的虔誠。

「所以『眞』、『善』、『美』，『眞』的排序是最前面，對吧？」方燕附和。

阿政看著方燕，不斷地點頭。

正因爲服膺托翁的藝術理念，阿政寧可畫一幅讓一般市井小民看得懂的畫，也不願畫一幅迎合世界潮流的所謂某某派之技法的作品。阿政常把托翁的一句話——「藝術不該迎合上流階級的口味，藝術應該是人民情感交流的工具」放在心上，奉爲自己的座右銘。

這原本是方燕心儀阿政之處。然而，近日，方燕發覺阿政對藝術市場的抱怨越來越多，他對創作的熱情與理想，眼看逐漸消融在嘮叨與憤懣之中了。前幾天，她來到阿政的住處，發現他正對著一幅創作到一半的〈觀音山夕照〉發愣著，方燕問怎麼了，阿政悶悶地說：「畫不下去了……」方燕心頭一緊，擔心阿政失去創作的熱情。隨後，一位裱框店的老闆來收費用，還與阿政起了口角。

「什麼？裱框費要三萬六？」阿政對著老闆怒道。「是啊，因爲你的框都是用原木材質，成本比較貴啊。」老闆答道。「可是你之前曾說，只要長期合作，可以算特約價？」「因爲你已經沒有經銷商，我就沒辦法跟你算特約價了。」「哪有這個道理？」「這是行規啊，不信你去問別的畫家……」阿政幾乎要發飆了，方燕連忙拉住他的手。阿政按捺住性子說：「好啦，不跟你囉嗦，我開支票給你。」「開多久？」「兩個月。」「太久了。」「那一個月呢？」「好吧，不能跳票哦。」老闆收下支票，不情不願地離去，阿政則逕自走到陽台抽菸。

看著這個平時自視清高、不食人間煙火的畫家，竟爲了俗氣的金錢，跟俗氣的商人討價還價，方燕不知該爲他重返人間而高興，或是爲他此刻的處境感到心酸。「也許，阿政因爲不願迎合主流市場的口味，產生『畫再多也沒意義』這樣的想法，這恐怕會腐蝕他的志氣吧。」方燕開始擔憂，阿政會不會成爲一個不願面對現實的失敗者？於是，她掛念著，該如何幫阿政找回熱情。

彷彿是上天擬定好劇本似的，數天後，一場東北季風過後的夜晚，阿政家的門鈴響了。

方燕打開門，門外站著一個身穿黑色西裝的中年男人。

「請問王明政先生在嗎？」男人問道。

「我就是，有什麼事？」正在沙發上讀《藝術論》的阿政，起身應聲。

「是這樣子的，」男人說：「一、兩個月前，有位先生在東華藝廊參觀過你的畫展，他很欣賞你的作品。剛好他有一幅油畫，風格與你的畫風很相似，因爲年代久遠，需要修復，所以委託我來拜訪你，想請你讓這幅油畫，重啓生命。」

男人說完，即把手中那幅畫遞上來。阿政領著男人進到屋內，慢慢打開包裝紙，阿政把畫作趨近日光燈，方燕也靠上來，一同仔細觀看男人帶來的畫。

「嗯，這幅畫顏色雖然有些暗淡了，」阿政邊看邊說：「但是畫中的景物，還是栩栩如生，無論是涼亭、池塘、樹木，都還像是有生命般地存在著。」

方燕好奇地聽著。

「運筆與用色，都是接近印象畫的技法，」阿政點點頭，「確實與我的風格很相似，哦，不對，應該是說我的畫風與這幅畫很相似。」

「所以才想請你修復這幅畫。」男人欣喜地說。

「修復？」阿政感到驚訝。

「是的，我的委託人想請你修復。」男人的口氣肯定。

「不！」阿政突然大聲起來。

「啊？」男人感到不解。

「為什麼不？」方燕也不知阿政何故拒絕。

「我自己也是畫家，為什麼要做修畫的工作？」阿政一副理直氣壯的模樣，「何況修畫工作在歐美是一門很專業的技藝，不是一般畫家能勝任的，我看你還是去找別人吧。」

「我知道請你修畫有些委屈你，」男人說：「但是，一來，現今台灣沒有專業的修復師，二來，沒有人比你更適合擔任這項工作，因為你們的畫風都是擅長捕捉光線，所以無論如何都要請你幫忙。」

「是啊，」方燕也遊說起來，「既然畫風相近，那應該不會有什麼困難的。」

男人突然低聲地說：「只要你肯答應，我的委託人願意付出很好的酬勞。」

「酬勞？你把藝術工作當作商品買賣嗎？」阿政突然不悅起來。

方燕連忙把阿政拉到角落說話：「聽著，藝術工作雖然崇高，但也是必須面對市場法則的運作，透過你的專業把藝術品完成，有何羞恥，就算不是原創，也是需要藝術技巧啊，更何況幫助了別人，也幫助了你的經濟困境，有何不好？」

「我……」正當阿政還想猶豫時，方燕把阿政往身後拉一下，轉身著對男人承諾：「好的，這件修復工作，王明政答應了。」

「真的嗎？」男人問。

「當然真的，我是他的經紀人。」方燕笑著說。

「那這樣我們就簽約。」男人也露出笑容說。

「簽約？」方燕愣了一下後，說：「當然，沒問題。」然後開玩笑地說：「哇，台灣真的越來越現代化，不但有麥當勞，還有經紀人，修畫還要簽約呢。」

男人從口袋裡取出一張名片及一份契約書，同時敞開契約書給方燕看：「三十天內完成，可以嗎？」

「三十天？」方燕轉頭看阿政：「應該沒問題吧？」

「可是修畫……」阿政還在掙扎，方燕連忙打斷他的話。

「聽我說，」她低聲地對阿政訓道：「修畫雖然不是原創，好歹會讓你拿起畫筆與調色盤，總比以嘴巴抱怨過日子好得多，是吧？何況你現在可是窮得比梵谷還要窮，再不賺錢，怎麼過活？別忘了你還欠人家三萬六的裱框費，到時候若跳票，你是會犯票據法，要入監的知道嗎？」

阿政攞出一副撲克臉，不情不願地簽下字。男人滿意地收下契約書，接著取出一張支票，「這是頭期款的支票，請查收。」

「沒問題的，謝謝。」方燕拿到支票，塞到阿政的口袋裡。

「等一下，」男人正欲離去，阿政突然問道：「要我修復畫，總得告訴我這幅畫是誰畫的，這樣我才可以依照作者的畫風來進行修復。」

「這個……」男人呑呑吐吐起來，「關於作者是誰，我的委託人說他不便透露。只要你完成工作，跟我聯絡就可以了。」

說完，男人即轉身離去。

望著男人消失的背影，阿政突然狂飆起來：「什麼，不便透露？我有沒有聽錯啊？」

「怎麼了嗎？」方燕不解阿政爲何咆哮。

「他的委託人竟然不願透露這幅畫的作者是誰？」阿政怒氣沖沖地說：「這……這……也太離譜了吧！」

「作者是誰，有那麼重要嗎？」

「當然重要，知道作者是誰，才能研究他的畫風，才能弄清楚他作畫的技巧、用色、筆觸等習慣。總之，修復畫作不是你想像中的容易。唉！」

阿政嘆口氣後，來回踱步，繼續嘀咕：「一個來路不明的委託人在夜晚找上門，就像是黑衣人找上阿瑪迪斯，委託他創作《安魂曲》那般的神祕。一幅不願透露作者是誰的畫，出高價要我修復，這太不可思議，太不符合常理了。」

「沒關係，」方燕說：「我是記者，就由我來調查，只要我這個女福爾摩斯出手，一定可以把這幅畫的作者查得一清二楚。」

方燕露出自信的表情。

翌日早上，兩隻夜貓子都提早起床，阿政先到師大美術系的研究室，借用專門觀看圖畫的特殊放大鏡，方燕隨後趕到，兩人一同觀畫。

阿政發現畫中右下角有紅色的簽字，隱隱約約的，只認出「1935」的字樣。

「這『1935』，指的是創作這幅畫的年代？」方燕問。

「的確，依照畫作暗淡、顏料裂痕，以及『1935』的字，應該是創作的年代沒錯。」阿政推敲著：「但很奇怪，作者簽上年代，卻沒有簽姓名……」

「很不尋常嗎？」

■ 畫作無作者簽名，只有右下角以紅字寫著「1935」的字樣。小圖爲畫作右下角局部放大。（參見書末彩頁）

「當然，」阿政把圖畫擺回桌上，說：「畫家在完成畫作後，基於商業因素、辨認因素，以及感情因素，都會簽上姓名及年分，除非是作者自己不滿意，才會放棄這個動作，但只簽年分卻沒簽姓名，很少見。」

「會不會是忘了簽？」

「不太可能。在畫作上簽名，就是代表這件作品的品牌，這是從文藝復興時期起就有的習慣，已經是悠久的傳統了。」

「你這麼一說我就了解了，簽名就像買皮包，無論是Hermes（愛馬仕）或Louis Vuitton（路易威登），產品上都會有Logo一樣，畫作上的簽名就是作品的Logo，所以只要是作者自己認可的完成品，一定會簽名的……可是，既然如此重要，這幅畫爲什麼沒簽名字，只簽上年分？」

「所以我才說這情況很少見。」阿政托起下

巴思考。
「或許有原因或隱情？」
「你不是說你是女福爾摩斯嗎？」
「那當然，我的調查才正要展開呢。」方燕擺出睿智又自信的表情，說：「看我的！」
於是阿政把畫作拍照下來，洗成相片讓方燕帶在身上，以便向美術界人士詢問。正如方燕誇口的：「不論畫作是新或舊，我都有人脈可查，因為我跑藝文線啊！」

很快地，方燕透過關係，詢問了數名活躍於台北畫壇的知名畫家，有名重泰山的國畫大師，也有載譽歸國的前衛畫家……結果，答案都是毫無所悉。
一無所獲的方燕，來到阿政的住處，猜測地說：「這幅畫的作者可能是一個沒有知名度的業餘人士，因為沒有一個畫家看過這幅畫。」接著，方燕一一細數她拜訪過哪幾位知名畫家，他們不但沒見過這幅畫，對這幅從照片上看起來毫不起眼的作品，都隱約露出不屑一顧的表情。
正為新作缺乏靈感而苦惱的阿政，聽到這番絮絮叨叨，不禁火冒三丈。
「錯錯錯！大錯特錯！你的猜測有問題。」阿政怒道。
「為什麼？」方燕不解。
「你想想看，如果這幅畫毫無價值，對方為什麼肯出高價委託修復？可見這幅畫的作者必有來頭。」阿政點起一根菸，用力吸一口，再用力吐出煙來，洩憤般地不斷吞吐著。

阿政之所以火冒三丈，不僅是認定方燕誤判，更因爲聽她描述那些大畫家們「隱約露出不屑一顧的表情」，有一種防衛性的心痛，彷彿他們嘲笑的是自己，還守在古老印象派畫風的自己。

「如果不是重要的畫作，染上灰塵的油彩畫，可以直接用肥皂水清洗，或是以溫熱的白吐司沾捻掉灰塵就好，何必花大錢修復，更何況……」阿政繼續分析。

「何況什麼？」

「這個神祕的委託人是內行人，否則，他怎麼會去看我的畫展，知道要找我這樣守候著印象派畫風的畫家，可見這幅畫不是泛泛之作。」

「可是我拜訪的那些畫家都很知名，爲什麼他們都沒看過這幅畫？」

「那是因爲你找錯對象。」阿政使勁按熄手上的菸，雖然才吸不到幾口。

「找錯對象？」方燕一頭霧水。

「你拜訪的這些活躍在當今台北的大畫家，不是信奉西方抽象前衛藝術，就是活在中國山水裡的國畫大師，哪裡認識五十年前畫油畫的台灣老畫家！」阿政嘆口氣，說：「其實那天回母校借放大鏡的時候，我就想到，若是可以請教廖繼春老師或李石樵老師，他們必定清楚同輩畫家的作品。」

「那爲什麼不？」

「我上哪裡找他們，一位在天國，一位在美國。」

阿政又點起一根菸，兀自沉思起來。

方燕受不了菸味，連忙打開窗戶：「我從沒認識哪個搞藝術的不抽菸，」方燕忙著揮開眼前的煙，「難道菸眞的是你們的繆思女神嗎？」

「有了！」阿政突然大喊：「我想到還有一位台灣前輩畫家，他雖然專攻國畫，但對光復前的台灣畫家知之甚詳。」

「是誰？」

「林玉山？」在顚簸公車裡，方燕問著阿政。

「林玉山是我以前師大的教授，」阿政說：「他成名很早，在日本時代就曾得獎。但他開的是國畫課，不是西畫課。」

「那你怎麼會認識他？」

「我旁聽過他的課，在課堂上增進了不少國畫知識。林教授年紀大了，已經退休了。」

「你好像特別熟悉資深老師？」方燕打趣地問。

「因爲我不喜歡追逐現代潮流。」阿政流露出內心的驕傲感。

「我就說你是鄉巴佬嘛。」方燕忍不住揶揄阿政。

「那又怎樣，」阿政不甘示弱地說：「托爾斯泰不也是鄉巴佬。」

就在鬥嘴間，金華街已到。兩人下車後，穿過巷弄，進入一棟鬧中取靜的寓所。林教授對這對年輕畫家、記者的來訪，感到意外，卻也熱情相待。三人在小客廳裡寒暄了幾句，緊接著，方燕便打開包裝紙，將畫作呈到林教授面前。她開門見山就問，林教授是否見過這幅畫？

林玉山戴起老花眼鏡，把畫作湊近眼前，仔細看了半晌後，身體像是遭遇電擊般地顫抖了起來，他深深吸了一口氣，把畫作緊緊握在手裡，閉起眼睛，沉默不語。

阿政與方燕不解爲何有此反應。片刻後，方燕終於耐不住記者挖掘訊息的本能，開口問：「林教授，您怎麼了，身體不舒服嗎？」

「呃，沒事沒事。」林玉山慢慢張開眼睛。

「可是看您剛剛的樣子，好像有什麼心事，跟這幅畫有關嗎？」方燕迅速切入主題。

「唉！」林玉山長長嘆了一口氣，反問：「你們怎麼會有這幅畫？」

與阿政互看一眼後，方燕代表回答：「前幾天，有一位男士拿這幅畫給明政，請他幫忙修復，所以這幅畫不是我們的。」

「是啊，」阿政也出聲：「這幅畫不但不是我們的，我們更對這幅畫的作者一無所知，所以想請教老師。」

林玉山拿下眼鏡，看著他們兩人說：「我一眼就認出這幅畫的場景，我不但知道畫的場景是哪裡，我還去過那個地方，那是我們年輕時期文藝界人士一個重要的聚會地點。」

「啊！這麼巧。」阿政驚訝得叫出聲來。

「那作者到底是誰？」方燕迫不急待地追問。

林玉山沒有直接回答，反而又拿起畫作注視了半天，然後才說：「沒錯，這個地方就是嘉義以前有名的地標，我們叫它『琳瑯山閣』（台語）。」

「您儂三個？」方燕納悶地問：「您儂三個是什麼意思啊？」

「是琳──瑯──山──閣啦。」林玉山用國語重複一次。

「琳瑯山閣？」阿政也感到納悶。

「對啦。」林玉山點點頭，「琳瑯山閣是日本時代嘉義知名的住家花園，也是嘉義品賞詩書棋琴的中心，雲嘉南一帶的文人墨客經常聚集在這個地方。我年輕時也與藝文朋友去過幾次。光復後琳瑯山閣因時代的變遷，從嘉義消失了，但這個場景的氣氛，還深深記在我的腦海裡。」

「那，這幅畫的作者是誰，林教授知道嗎？」方燕緊追不放。

「這……」林玉山邊看邊說：「我以前雖然沒見過這幅畫，但是從這幅畫的畫風來看，無論是塗繪技法、用色習性、空間構圖，以及地緣關係，都很像是一位我所尊敬的先輩（Senpai，學長）畫家所畫的……」

「先輩畫家？」阿政喃喃地複述。

「也是我的同鄉畫家……」林玉山一邊說一邊點頭。

「老師，你說的這位先輩畫家，同時也是同鄉畫家，是指誰？」方燕追問。

「這個畫家就是……」停頓了半晌後，林玉山幽幽地用台語說道：「就是澄波先（先生）啦。」

「澄波先？」

「澄波先就是陳澄波，他是第一位入選日本帝國畫展油畫組的台灣畫家。」

「陳澄波？」這個名字聽在阿政耳裡，陌生到連怎麼寫，都不太確定。阿政思忖自己雖非老一輩畫家，但因畫風與老一輩畫家相近，習畫過程也一直參考前人的作品，無論是楊三郎、廖繼春、李石樵、李梅樹、洪瑞麟等等，他還算耳熟能詳，照理說，應該沒有他不認識的前輩畫家呀，爲何對老師所說的這位「澄波先、嘉義的陳澄波」毫無印象？

「老師，你所說的這位陳澄波，有作品展出過嗎？」阿政問。

「畫展嗎？」林玉山屈指默算，「大約四、五年前，也就是民國六十八年，台北一家藝廊展過澄波先的畫作，是他光復後第一次畫展，也是遺作展。」

「遺作展？所以他已過世了？」阿政再問。

林玉山點點頭，說：「當時來看展的人，都含著眼淚。」

「我知道了，」方燕對阿政說：「那是一九七九年，當時我們都還在美國念書，錯過了這個展覽，相關訊息也不知道，難怪對陳澄波這個名字這麼陌生。」

「莫怪你們陌生，」林玉山嘆口氣說：「陳澄波這個名字在台灣消失了近四十年，年輕人沒辦法認識他。但你們若是知道陳澄波的事蹟，就會明白他在台灣畫壇的重要性。」

阿政與方燕都露出狐疑的表情。

喝了一口茶後，林玉山慢慢地說：「我先談談我跟澄波兄的關係。我與他的淵源有三方面，第一，我們都是嘉義人，其次，我們都到日本學畫，第三，雖然我學東洋畫，他學西洋油畫，但我們都對毛筆有深厚的感情。」

「爲什麼？」方燕問。

「我家是裱褙店，」林玉山繼續說：「自小我就習慣用毛筆描龍繪鳳，對毛筆感情很深，而澄波兄的父親是清朝的秀才，可能是受到父親的影響，他一生勤練書道，嗜好用毛筆寫字。可是，澄波先的命運很坎坷，他父母親很早就過世，所以他是阿嬤撫養長大的，他跟阿嬤兩人可以說是相依爲命……」

◆　◆　◆

一九〇五年，明治三十八年，嘉義郡。

十歲的陳澄波與阿嬤兩人，守著一間破舊的雜貨店。由於家境貧困，陳澄波遲遲沒有入學讀書，經常在店裡幫忙。雖然年紀小，也沒受過教育，但他從小聰明伶俐，算術能力極佳，無論收錢或還錢，從沒出過差錯。

「頭家，買四兩的土豆油。」

這日，一位婦人上門，買了四兩土豆油，隨後問多少錢？阿嬤笑著說：「我不會算啦，一兩是一錢半，你自己算算看。」說完，就把裝好土豆油的玻璃瓶子交給婦人。婦人四十歲開外，面黃肌瘦，看來是貧窮人家的模樣。她說：「一兩是一錢半，四兩就是……五錢。」說完，掏出錢付帳，然後轉身就要走。「不對！不對！」在灶腳煮粥飯的陳澄波，聞聲連忙跑出來：「阿嬸，你算錯了，四兩的油要六錢才對。」

「是嗎？」婦人瞪了陳澄波一眼。

「沒錯。」陳澄波人小膽量大，回瞪婦人。

婦人對阿嬤說：「他還是個囡仔屁，他眞的會算嗎？」阿嬤笑著說：「阮孫仔還小啦，胡亂算，有時算對，有時就算錯。」陳澄波很不服氣，想辯解，卻被阿嬤用手攔住了口。

婦人摸摸口袋，說：「我錢帶不夠，下次來再補好了。」阿嬤連忙說：「沒要緊啦，沒要緊啦，看你方便啦。」

婦人離去後，陳澄波很不高興地對阿嬤說：「我才沒算錯，這個阿嬸才是要騙我們的錢。」阿嬤笑了一笑，告訴小澄波：「我認識她，這個婦人是個寡婦，家裡有好幾個小孩要養，她比我們還要辛苦，我們日子過得去就好，毋免計較那麼清楚。」

「可是不跟他們算清楚，他們會繼續騙人。」小澄波依然理直氣壯。

「日子若好過些，他們就不會來騙人了，」阿嬤擦拭著油桶的蓋子，說：「大家一樣都是艱苦人，互相體諒一下。」

「可是這樣我們就賺不了錢。」小澄波嘟著一張嘴，好像今天辛苦了整天都是做白工。

阿嬤擦拭好油蓋後，拐著綁小腳的腳步，走到水槽邊洗抹布，她笑著說：「憨孫，賣土豆油本來就賺不了錢，只要餓不死就好了。」說完，洗好的抹布已經被阿嬤披掛起來。

「是這樣嗎？」小澄波拿起桌上一節未削皮的甘蔗啃著。

「是啊。」阿嬤艱難地邁著腳步，走到藤椅邊，扶著椅臂慢慢坐下來。「你要知道，阿嬤也是年輕就守寡，也是靠別人的幫助才能開這間店，才有辦法撫養你阿爸和你阿叔阿姑，人跟人之間，就是要這樣互相幫忙。」

小澄波一邊啃著他撿回家的甘蔗，一邊似懂非懂地思索著阿嬤的話。

◆◆◆

「澄波兄一生都在貧窮中度過，他直到十三歲時才上小學。」林玉山看著手中的畫，有感而發地繼續說：「但無論自己多辛苦，他還是經常幫助別人，我想，這都是因爲他阿嬤給他的教育。」

「他是如何開始學畫的？」身爲畫家，阿政對於如何踏上繪畫這條路，比一般人還要感興趣。

「他十九歲時考上台北師範，接觸到石川欽一郎，受到石川先生的影響，走上畫圖這條路，因而改變了他的一生。」林玉山說。

「石川欽一郎？」林教授口中吐出的這個人名，阿政再度感到陌生，低聲問：「他是誰？好像是日本人，我應該認識他嗎？」

林玉山搖搖頭苦笑著說：「日本時代台灣美術的歷史，在光復後成爲一片空白，連美術系的學生都不清楚。算來是我們這輩失責，但是，實在是無奈，因爲這是時代的悲哀啊，唉！」

隨後，林玉山簡略地向阿政說明日本時代的教育體系與早期台灣美術的發展淵源。他說，日本政府統治台灣時，最早成立了兩所學校，一所是「總督府醫學校」，目的是要培養西醫醫師，改造台灣人的國民健康，這所總督府醫學校便是今日的台大醫學院。另一所是「總督府國語學校」，位居現今的愛國西路上，當時的目的是要培養國校（小學）教師，改造台灣人的國民知識。總督府國語學校在一九一八年改名爲台北師範學校，當時畫家們都習慣稱呼爲「台北師範」。自一九一〇年起，石川欽一郎即在台北師範擔任美術老師。當時因爲石川老師有美術專業的素養，加上旅歐的見識，以及藝術家的風格，年輕學子很崇拜他，都嚮往能夠成爲專業的西畫家，因此意外的培養出一群台灣新美術的畫家，像是黃土水、劉錦堂、陳澄波、陳植棋、廖繼春、顏水龍、李石樵、洪瑞麟等等，都是出自台北師範，再直攻東京美術學校，最後成為台灣重要的畫家。林玉山說：「這個台灣畫家養成的模式，是石川欽一郎因緣際會促成的，他也可以說是台灣美術的重要推手啊。」林玉山對石川老師流露出孺慕之情。

「陳澄波從台北師範畢業後，」林玉山繼續說：「即回嘉義的國校當老師，但他實在很想畫畫，於是就告訴他太太，說要去日本留學，繼續深造。當時他太太不知他是要去念什麼書，所以也沒反對，結果陳澄波去日本後，他太太才知道他是去念美術。」林玉山說著說著露出一絲笑容，充滿理解地。

「這個故事，幾乎是我們美術系學生的共同經歷。」阿政不禁會心一笑。

「雖然澄波兄對石川老師很尊敬，」林玉山繼續說：「但他對日本的殖民主義卻很反感。當年我們一起在東京學畫時，他與陳植棋還企圖組織反日的社團，遭到其他先輩勸阻，兩人才作罷。」

「陳植棋？」阿政的耳裡又跳出另一個陌生的名字，「跟陳澄波有什麼關係嗎？」

「說起澄波兄與陳植棋，他們兩人很投緣。澄波兄到日本念書時已經三十歲了，而阿棋才十九歲，年紀相差了十一歲，但論學齡，澄波兄只比阿棋大一屆。兩人當時的際遇完全不同，澄波兄放下阿嬤、妻小去東京學畫，經濟面的煩惱很多，而阿棋被台北師範開除後，卻幸運地考上東京美術學校。兩人的條件雖然南轅北轍，卻因興趣、個性、理念都很相近，常常一起外出活動。」

「老師，您剛才說阿棋被學校開除，是怎麼回事？」方燕問。

「那是一九二四年十一月的事啊！」林玉山難掩心中感慨，慢慢地憶起陳植棋，這個台灣美術界早早殞落的彗星。

那年，台北師範學校舉辦戶外教學，由於行程安排明顯偏袒日籍學生，導致台籍學生不滿，遂發起罷課抵制。其中，來自汐止殷實之家的陳植棋，以學生領袖之姿鼓動學潮，遭學校秋後算帳，開除學籍，當時只差四個月，陳植棋就可以拿到畢業證書了。石川老師曾試圖爲他化解危機，但努力無效。石川不忍見這名才華洋溢的學生前途茫茫，遂鼓勵陳植棋直接到東京報考美術學校。「阿棋果然很天才地，一次就順利考上東京美術學校，成爲澄波兄的學弟。」林玉山瞇著眼睛回想，「因爲阿棋家境富裕，爲人又古道熱腸，他東京的住處經常成爲留日學生的接待所。他是台籍生中的活躍分子，當時東京有各式各樣的社會活動，阿棋會帶頭參與，吸收當時流行的普羅藝術的思想……」

◆ ◆ ◆

一九二六年、大正十五年的東京。

這天，陳澄波與陳植棋、林玉山，三人結伴到上野美術館，這是日本第一次以普羅藝術（Prole Art）概念，舉辦「普羅美術展」。

美術館出現很多年輕面孔。戴貝雷帽，穿著西裝，陳澄波與陳植棋不約而同打扮摩登，興致勃勃地與其他民眾擠在一起觀賞。相形之下，身穿詰襟服（立領學生服）的林玉山顯得較爲拘謹，他主攻東洋畫，對這次畫展的主題較不感興趣，純粹陪兩個台灣同鄉來見識新事物。從歐洲點燃起來的社會主義，火炬一般地在一九二〇年代傳送到日本，感染了日本的青年學子。陳澄波與陳植棋一邊參觀，一邊豎起耳朵，聽幾個大學生圍在一位名叫永田一脩的年輕畫家身邊，熱烈討論著——

「永田桑，你畫的這些勞工的肌肉線條眞寫實啊。」某群眾讚嘆道。

「嗯，我盡量讓畫面表現出生命的熱忱。」永田一脩回答。

「所以普羅藝術就是要畫出勞動階級的生活面貌嗎？」

「確實，它是以公眾的利益來推動『現實主義』的一門藝術。」

「這麼說，Prole Art（普羅藝術）就跟 Ukiyoe（浮世繪）一樣，都是呈現人間面貌？」群眾繼續問道。

「可不能這樣說，」永田一脩認眞地回答：「Ukiyoe 表現的都是民間的生活面貌，主要以商業、娛樂爲用途，而 Prole Art 是有思想的，畫家們根據德國哲學家 Marukusu（馬克思）的無產階級思想理論來創作，這是當今西洋的重要思潮呢。」

這些對話，顯示日本緊隨著當今歐洲的思潮，不但高度關注，也具備相當的知識能力。這扇開向現代世界的窗口，尚未在台灣開啓，台灣年輕學生之間不常討論政治、經濟、社會、藝術等思想性的話題。聽著永田一脩和日本大學生的對話，陳澄波對普羅藝術興起了敬仰之心，忙著拿出紙筆註記所見所聞。他的舉動，讓一旁的陳植棋感到好笑。

「澄波兄，你也別這樣，看畫就看畫，還要寫筆記，你也太頂眞了。」

「阿棋仔，我可不比你，既年輕，又是富家子弟，你有本錢慢慢吸收學識思想，我都三十歲了，家裡有老婆、小孩，他們都等著我早日畢業，回家賺錢，我不把握時間吸收新知，怎麼可以？」

「你這樣說有理啦，但要賺錢，好像不是學習這種普羅藝術吧？」陳植棋看了看左右，湊近小聲地說：「你要知道，歐洲政府對普羅運動不是很歡迎，尤其是布爾什維克黨在俄國掌權後，歐洲政府對社會主義還有普羅主義，可都是很排斥的。」

「可是我看日本政府好像沒有嚴格禁止，這次還讓普羅美術公開展覽，應該是還好吧？」陳澄波回答。

「你別太天眞，」陳植棋說：「大正政府是爲了向歐洲證明日本也是文明國家，才減少對社會活動的管制，這些社會主義，甚至共產思想的理念，看似可以堂而皇之地從歐洲進到日本來，但誰知道這樣的開明能持續多久呢？」

「是啊。」這時，林玉山也走過來應聲說：「澄波兄，還是小心點好，你還有某囡在等你回家賺錢，別像阿棋仔這樣莽撞，好不容易考上台北師範，臨要畢業鬧學潮，鬧到被退學了。」

「退學又怎麼樣？我剛好可以到東京讀書呀，反正我也不想當國校老師。」陳植棋反駁得瀟灑。

「那你想當什麼？」陳澄波問。

「我？」陳植棋不禁偷笑起來，「不瞞你們說，我其實比較想當廖添丁，修理日本警官。」

「別胡說。」陳澄波罵道。

「好啦好啦，我說正經的，」阿棋收起嘻笑怒罵，說：「如果可以的話，我還眞想當個宅心仁厚的地主，像托爾斯泰那樣，解放農奴。」

「這還差不多。」陳澄波不禁點點頭。

「澄波兄，那你呢？」林玉山問陳澄波，「你畢業後會回國校繼續教書，還是想當職業畫家？」

「我，唉！」陳澄波字斟句酌地說：「如果可以選擇，我當然希望能像歐洲的畫家那樣，專心作畫，只怕環境不允准，畢竟家人要靠我養。唉，時到時擔當吧，現在只能認眞用功，努力學習西洋的現代知識，就算是可能被政府管制的思想，我也要接觸。這個普羅運動，特別關心老百姓，像我這種窮人家出身的人，很能夠明白這種理念的價值。」

「老大，」陳植棋語氣不悅地說：「你意思是說，我這個『紈褲子弟』就不懂普羅大眾的心情嗎？」

「懂，你懂，」陳澄波語氣激昂地說：「你要是不懂，兩年前怎麼會帶頭向學校抗議，被退學都在所不惜，你就是爲了同學，爲了普羅大眾著想啊。」

「噓！小聲點，」林玉山要陳澄波別太激動，「這裡是展覽館啊。」

陳澄波露出抱歉的表情，而陳植棋則是笑著說：「嗯，生我者父母，知我者是澄波兄也！」

說罷，陳澄波瞪了陳植棋一眼，兩個人都笑起來了。

◆ ◆ ◆

憶起這對「雙陳」的笑容，林玉山也不禁笑了。窗外一陣風吹來，他的白髮也絲絲飄動著。

「那天看完畫展，我們三人走在回程的路上，」林玉山繼續說：「他們沿路還『Prole Art』、『Prole Art』說個沒完。當陳澄波和陳植棋知道永田一脩也是東美畢業的，而且年齡與我們相當，就更加欣賞敬佩了，於是又多次去聽永田一脩的演講。的確，經過關東大地震，許多日本人的人生觀改變了，當年有多少年輕知識分子熱情追求普羅藝術的理念呀！但隔年，也就是一九二七年，大正天皇過世，進入昭和時代，整個日本的氣氛一下子轉變了。」

「怎樣變？」方燕問。

「軍方勢力滲透到內閣，政府開始調查有社會主義思想的人，也陸續逮捕一些所謂左傾的知識分子。」林玉山語氣轉爲沉重：「就算腦袋裡有社會主義的理念，大家在學校都隱避少講，因爲公開反抗政府，不但可能被退學，將來也很難從事公職。另一方面，我們台籍學生也不敢公然抗日，我們都選擇文化協會的路線，也就是用文鬥來爭取台灣人的權利。那時，只要林獻堂他們來東京進行請願運動，我們就到現場聲援，表達心聲。」

「沒錯。」阿政附和林玉山的話：「當時林獻堂與蔣渭水推動文化與民主思想的改革，學校的歷史教科書不教這段，但我知道一些。」

林玉山撥了撥髮絲，繼續說：「據我所知，陳澄波通常只對著陳植棋發發對不公義的牢騷而已，並沒有多餘心力投入社運，畢竟他有時間的壓力，很擔心學習落後，當時，他除了白天在學校上課，晚上還去學習素描，連假日也到戶外寫生，無一日中斷……」

◆　◆　◆

一九二七年，東京美術學校的校園。

位居上野公園內的東京美術學校，樹木林立，校園優美，亦是東美學生寫生的好地點，無論是春景或秋色，各有迷人的風貌。陳澄波自大學部畢業，繼續攻讀研究所。此刻的他架著畫架，拿著畫筆，認眞地在校園裡寫生。秋天的陽光消退得很快，陳澄波緊抓住時間，捕捉黃昏的光線色調變化，落筆在畫布上。

東京美術學校受留歐的創系系主任黑田清輝影響，教授的油畫走巴黎學院式古典畫風，亦即筆觸細膩的畫法，而非筆觸較爲粗獷的印象派技法，但與印象派一樣，都重視戶外寫生，因而黑田清輝所教授的畫風，在日本稱爲「外光畫派」。然而學生們除了上課學畫外，課餘也會參考美術雜誌上的歐洲名家作品，因此並未完全遵照外光畫派的技法，暗自心儀十九世紀末蔚爲主流的印象派畫風。陳澄波便是一例，他摸索油畫技巧幾年後，揉合外光畫風及印象派畫風，在研究所未畢業前已建立起個人的泛印象派風格。

由於戶外寫生要迅速捉住七彩霓虹光的變化，因此作畫猶如在跟時間賽跑。此刻，陳澄波快速揮舞著畫筆，終於趕在日落前完成了畫作，陳澄波心情激盪著。

「畫得怎麼樣呢？」陳澄波向來認爲作者不夠客觀，都會請教路過現場的人爲他評點。此刻，正好有兩個背著劍道裝備的男學生走過來，陳澄波攔下他們，想請他們評點剛完成的作品。

「抱歉，能否請兩位同學幫忙看看我的作品？」陳澄波向他們鞠躬。

不料對方一臉老大不高興的模樣。「搞什麼！」身材較爲壯碩的同學說：「我們不是美術系的學生，這種畫我們看不懂，沒辦法給你意見。」

「是啊，」另一個同學接口說：「我們是音樂所 Doramu（太鼓）的學生，兼修 Kendo（劍道），對西洋 Aburae（油畫）沒興趣。」

「沒關係，就算不是美術專家，也一樣可以給意見，因爲你們代表民眾。」陳澄波不懈地拜託對方賜教。

「我們連美術館都沒進去過，如何給意見？」對方還是感到困擾。

「沒去過美術館？那太好了，」陳澄波說：「百分之九十九的國人都沒進過美術館，我就是爲你們作畫的，你們更應該給我意見。」

「你眞是煩死人了，」壯碩的同學說：「我們要趕去澡堂，太晚去，水就變冷了。」

「是啊，我們完全不懂西洋的美術，」矮小那位說：「我們只是普羅大眾而已。」

「普羅大眾？那更好，」陳澄波越聽越興奮：「我最需要的就是普羅大眾的意見，無論如何都要請你們批評指教，拜託了！」

「眞是氣死人，走開啦。」

「拜託，請你們批評指教。」陳澄波繼續懇求。

「Baka（笨蛋）！」壯碩的那位出其不意地拔出木劍，瞬即以「上段構」往陳澄波劈砍，「啪」的一聲，陳澄波立刻眼冒金星，昏倒在地。

隔日，陳澄波頭部綁著白色繃帶到學校，依然在畫室裡認眞作畫，老師與同學們都沒問他頭上的傷是怎麼來的。他們記憶猶新，上一次到帝室博物館外面寫生，陳澄波因爲太專注於作畫，被掉下來的樹枝擊中頭部，連幾日頭綁繃帶上課。因而陳澄波此刻的情狀，大家都已習以爲常了。

學生們開始交學期作業，大家把作品帶來請老師指導。輪到陳澄波時，他把一幅名爲〈二重

■ 陳澄波就讀於東京美術學校時期的畫作〈二重橋〉，約 1927 年。（參見書末彩頁）

橋〉的作品，呈到田邊至老師面前。

田邊至唇上留著一撮小鬍子，一副歐洲紳士的打扮。他看到陳澄波畫的〈二重橋〉，皺了一下眉頭，說：「陳君，你這幅畫很有問題。」

「對不起，」陳澄波馬上鞠躬，「請先生指教。」

「你看，」田邊至用手指在畫作前比畫，「你的天空雲層畫得如此明亮，但河水卻如此陰暗，你判斷光線的能力不夠，以後你要多用鉛筆練習明暗對比的技巧才行。」

「可是先生，我……」陳澄波欲言又止。

「你怎麼樣？」田邊至抬頭看了他一下。

「我在現場寫生時，天空就是這麼的明亮，」陳澄波鼓起勇氣解釋，「而二重橋下的河水眞的就是這麼陰暗，我是據實而畫啊！」

「怎麼可能？」田邊至一臉不可置信的表情。

「沒錯，鈴木君也在現場，請先生看看他的作品。」

「是嗎？」田邊至半信半疑，「那麼就請鈴木君也把作品拿過來。」

當鈴木同學把作品呈到老師眼前，田邊至看到那河水畫得跟天空一般明亮時，不由得發起脾氣，責備陳澄波說：「鈴木君的河水是明亮的，可見你的觀察的確有問題，要是缺乏明暗對比的判斷能力，如何當印象派的畫家呢？」

「可是……」陳澄波覺得很冤枉。

「先生，對不起……」鈴木同學對老師說：「那天天空是很明亮，但可能是茂密的樹林遮蔽光線，河水確實看起來較陰暗，我當時也覺得天空與河流的明暗對比不一致，本來也想如實畫出，又擔心光線明暗不一致，會被藝評家批評，也會影響有閑階級欣賞的興致，所以就按照『標準』的亮度來彩繪，虛構成老師現在看到的亮度。」

「哦，原來是這樣啊！」田邊至咬著菸斗，吐了一口煙後，緩緩說：「這麼說來，陳君的判斷沒有問題，是我誤會你了。不過鈴木君想到的問題，陳君也應該考慮一下，有時候不必完全依照現場的實況來畫啊。你想看看，若是被藝評家批評，或是破壞有閑階級欣賞的興致，甚至影響收藏家買畫的意願，這都有損作品的價值，適度調整是畫家該有的智慧啊！」

「智慧？」陳澄波心頭一震。

「這幅畫你拿回去修改，下次再交。」

「適度的調整是畫家該有的智慧嗎?」

當晚,陳澄波躺在榻榻米上,思考著田邊至老師所說的話。他的〈二重橋〉圖畫靜靜地擺放在房間的拉門旁。他望著窗外的星空,翻來覆去睡不著,乾脆起身,把妻子日前的來信拿出來重讀——

澄波:

自你到東京念書也已四年了,這段期間我盡量不打擾你,希望讓你專心學習,早日學成回來。不過,你卻一直延長學習時間,從大學部的師範美術科畢業後,還要繼續讀西畫研究所兩年,這樣一來,我就沒辦法再支持你了,因爲家裡實在沒有錢,即刻起,我不能再寄生活費給你,請你自己想辦法。

現在家裡的生活費都是靠我幫忙縫衣服所賺取的微薄收入在支付,我們的兒子重光越來越大了,光靠母奶餵不飽他。家中開銷不斷增加,我已經把從娘家帶過來的衣櫃及櫥櫃都給賣掉了,反正我沒有高貴的衣飾,家中也不會有剩菜剩羹,所以用不著紅木衣櫃、櫥櫃。不過,以後還可以再賣什麼,我就不知道了。

阿嬤、紫薇、碧女、重光一切安好。

妻 捷敬上

在小居酒屋裡，六個來自台灣的年輕人——五個學生：陳澄波、陳植棋、林玉山、楊貴（楊逵）、游柏（游彌堅），外加一個自東美畢業、在日本娶妻、待業中的王白淵，大家喝著燒酎，放低音量用著台語聊天。居酒屋的玻璃窗外，可以看到細雪綿綿飄落在街道上。

「每讀一遍我妻子的來信，我眼淚就掉一次。」陳澄波帶著酒意，邊說邊哭：「我知道妻子所受的委屈，更知道我給家人帶來的不安定，這一切都是因為我有理想，我要實現理想。我之前沒有半途而廢，現在更不能放棄。」

「老大，你說得對，不能放棄。」陳植棋舉起酒杯致意。

「我懇切地寫了回信，告訴妻子不必再寄錢給我，」陳澄波繼續哽咽地說：「在東京的生活費，我會自己想辦法。但這段日子以來，創作不順，還被老師要求修改畫作，我更加時時刻刻感覺到對妻子的愧疚，到底我為什麼非要畫畫不可，畢竟台灣沒有幾個人知道什麼是油畫，更沒有一個專業的油畫家。因為我的任性，造成家人的困擾，尤其是妻子的娘家有許多困惑與不滿，這些都要阿捷仔為我承擔，實在對她太不公平了。」

陳澄波含著淚水發洩完，好友們陪著他嘆氣，也心有戚戚焉。唯獨坐在最角落的王白淵，叼著菸故作輕鬆地說：「這麼說來，我娶日本妻子比較幸運啊，」王白淵一副玩世不恭的樣子，「我沒收入時，都是直接叫老婆回娘家吃她父母，我都沒有寫信道歉呢，呵呵。」

與陳澄波同鄉的林玉山，不理會王白淵的玩笑話，正色告訴大家說：「澄波嫂的後頭厝也是有頭有臉的人家，當時他們把女兒嫁給澄波兄，以爲是嫁給有地位的老師，沒想到會變成嫁給畫圖的。這種提筆畫畫的工作，在大家印象中，就像我們嘉義米街裱裝店的畫師一樣，都是貧困子弟所從事的低薪工作，澄波嫂怎會開心得起來？她的後頭厝怎會甘願？澄波兄的壓力，確實比我們這些沒某沒猴的還要大啊。」

「唉，爲了興趣，拋家棄子……」陳澄波深深嘆了一口氣後，又舉杯猛灌一口燒酌。

「澄波兄，你不要太自責，你做的事是很有意義的。」身形瘦弱的楊貴，點起一根菸後說：「我們這一代一定要負起拯救台灣人的重責大任，我們要透過藝術和文學來改造台灣人的文化，我們來日本留學，是很有意義的事。就像我現在寫小說，全台灣也沒有人靠這行業賺錢，我們是開拓者，我們是先驅，我們要學耶穌的精神背起民族的十字架。」

「沒錯，」王白淵丟掉菸蒂，神色雀躍，「我們搞藝術的，就是要當人民的先鋒，我們台灣五百多萬的人口，愚昧無知的占九十五趴，根本不知現今亞洲發生什麼大事，」王白淵把身子往矮桌的方向挪近，繼續說：「台灣人根本不知道米國（美國）總統威爾遜提出的民族自決宣言，根本不知道全世界有許多偉大的領袖正在推進民族獨立運動，看看蘇聯的列寧，看看土耳其的凱末爾，看看印度的甘地，還有看看支那的孫逸仙吧，他們都在創造歷史，而台灣人卻甘做日本人的奴才！」

「噓！小聲點。」林玉山提醒。

王白淵看看左右，鄰桌有幾個日本男人正在喝酒，他不屑地說：「怕什麼，我們講台灣話，他們也聽不懂。」

「就是因為他們聽不懂，才會訓我們，要我們講國語啊！」林玉山擔心。

「哼，講到國語我就氣，」阿棋怒道：「我的同學們嘲笑我的國語是九州腔，像是土著說出來的話，幹，台灣的國校老師都是九州人，台灣人的國語當然是九州腔啊！」

「所以內地人都叫我們台灣人為Neitibu（土人）啊！」王白淵說。

眾人不禁苦笑起來。

此時，一直默默喝酒的游柏開口說話了：「其實武鬥不如文鬥，我雖然是讀經濟的，不像你們是學藝術的，但我也知道一個國家要強大，文化藝術是最重要的。我發現內地不僅在科學文明上急起直追西洋，在文化上更是大量引進西洋的作品，尤其是音樂，把西洋民謠填上日文，就變成日本的藝術品了。譬如蘇格蘭民謠〈Auld Lang Syne〉，填寫日文歌詞變成〈蛍の光〉，我們公學校畢業時都會唱這首歌。文化的滲透力是很強的，這也是你們藝術家的重要性，完全不輸我們學政經的。」

陳澄波舉杯向游柏致意。

阿棋看到澄波兄與游柏兄互相乾杯，感到欣慰。游柏會跟這群美術系學生處在一起，全是阿棋牽線的，而阿棋與游柏的淵源，來自他們兩家族是舊識，都是汐止內湖一帶的地主，平時即有來往，兩人到東京求學後，便保持聯繫。

王白淵接話，壓低音量說：「我以前在學校搞政治運動，被校方記警告，我說這是東京美術學校最可恥的事，畫家不能搞政治，怎麼創作？西洋所有偉大的藝術家，都是站在革命的第一線！」

楊貴積極響應：「文學也是如此，偉大的作家不能關在象牙塔裡。」

「阿貴，」坐在楊貴對面的林玉山，問：「你上次在學校搞運動，已被逮捕過了，若再繼續下去，不怕被退學嗎？」

「這是無可奈何的事啊，如果一直做順民，便會永遠被奴役，我們台灣人要學斯巴達克斯（Spardacus）的勇士那樣，勇敢地向羅馬帝國抗爭。」楊貴停頓一下，用嚴肅的表情繼續說：「今年無論能不能畢業，我都要回台灣，我的戰場在苦難的家鄉，不是在這繁華的東京啊。」

「政治運動家的戰場在苦難的家鄉？」陳植棋問在座的人：「那麼我們畫家的戰場在哪裡？」

「畫家的戰場在畫布上，」陳澄波說：「無論我們身處何處，畫布都是我們的戰地。台灣畫家如果要向日本人展示台灣人的氣魄，就要爬到新高山（玉山）上去寫生，光憑新高山將近四千公尺的高度，就可以把他們壓倒下去。」

「畫家的戰場在畫布上，那麼，文學家的戰場就是在稿紙上了。」楊貴興奮地拍著大腿說：「我最近在構思一個題材，關於新聞配達夫（送報伕）的故事，我要透過紙筆，控訴資本家對勞苦工人的壓榨欺凌，我相信這就是普羅藝術的力量。」

「沒錯，說得好。」大家都舉起酒杯豪爽地乾掉。

「其實我們台灣人還有另一個戰場，」乾完杯後，游柏用手帕擦擦嘴，說：「你們有沒有想過，我們除了在台北、東京兩地求學位、拚事業、搞運動之外，還有一個更廣大的土地也可以讓我們發揮，那就是漢人的祖國。」

「漢人的祖國？」

「沒錯，」游柏點點頭，說：「我決定今年畢業後，不在內地求職，也不回台灣，我要到支那去，那裡到處都是機會，祖國很缺人才，我們的舞台會很大。」

「阿柏，你說的祖國是指支那？」阿棋問道。

「噓，你知我知。」游柏眨眨眼睛答道。

游柏的話，讓在場所有人的心裡開始翻攪。現場突然一陣沉默。片刻後王白淵才打破沉默：「日本比支那進步，」見識頗多的王白淵說：「現今支那一流的人才，也都是先到日本讀書，再回去擔任領導階層，我們這些在日本讀過書的台灣學生，將來若是到上海或北平謀職，確實是有很多的發揮機會。」

「先輩，你說得太輕鬆了，我們在台灣都還有父老，哪能說去就去，何況我們只會阿伊屋欸歐，又不會ㄅㄆㄇㄈ。」阿棋說。

「我是很想看看齊白石的畫作啦，」林玉山也提出他的看法：「如果有機會到北平的話，我是很想親眼看看白石山人的眞跡。」

「確實，」陳澄波也若有所思：「小時候聽我父親說過，祖國江山如錦繡，如果能到祖國寫生，簡直像做夢一樣。」

「哈哈，我已經不想當畫家了，」王白淵瀟灑地說，「我要寫作，我要像泰戈爾那樣，創作偉大的文學作品和偉大的哲學思想。」

「先輩，你上次說要當米勒，要畫出台灣農人辛酸的汗滴與心聲，怎麼現在變成想要當泰戈爾了呢？」陳植棋調侃起王白淵。

「這……」王白淵一副窘態。

游柏打圓場說：「阿棋，你這樣對先輩沒禮貌呢，罰你酒。」

在笑語聲中，陳植棋舉杯，要大家共敬游柏一杯，祝他實現祖國之行，前途無量。

「Kanpai（乾杯）。」眾人一飲而盡。

隨後，林玉山又把話題拉回現實的煩惱：「澄波兄，那你的生活費有著落嗎？」

「我借你啦。」陳植棋豪邁地說。

「不行，我要靠自己養活自己。」陳澄波堅持寧窮不借貸，他說這是阿嬤對他的叮嚀。

「別擔心，」楊貴嚷了起來：「大不了跟我一起去送報紙，Daijobu（沒問題），餓不死的。」

「只要能活下去，無論是送報紙、送牛奶、掃便所，我都不怕，只是……」陳澄波嘆了口氣後說：「只是苦了我妻子！」

望著宿舍窗外夜空的上弦月，獨自躺在榻榻米上的陳澄波感嘆：「無論捷仔理不理解，我都應該盡可能向她說明我的理想。」

陳澄波爬起來，點著油燈，提筆寫信——

捷仔：

距離研究所卒業的時間還有兩年，雖然未來工作沒有著落，但我一定會負起身為丈夫的責任。雖然畫圖的工作不保證可以衣食無缺，但若能以油畫作為工作，我必定會歡欣無比。我在創作時，心情非常愉快，一方面是因為我個人的興趣，但另一方面，也是因為想要畫給大家看而感到高興。我還記得小時候有一次阿嬤告訴我……

寫著寫著，陳澄波不知不覺累倒在案頭，桌上的油燈也油盡燈熄了。而〈二重橋〉依然放在拉門邊，並未修改。

數天後，又到交作業的時間。陳澄波再度把〈二重橋〉交給田邊至老師。田邊至看見畫作時，不禁愣住：「這，完全跟上次一樣，是嗎？」

「是的，先生。」陳澄波怯怯地說。

一向有歐洲紳士作派的田邊至突然吼叫起來：「爲什麼不修改？」

「因爲……」陳澄波呑呑吐吐。

「因爲怎樣？」田邊至用力地敲桌子。

「因爲我的畫是給一般人看的，」陳澄波終於一口氣說了出來：「普羅大眾欣賞畫作的角度，跟生活優渥的人士，以及富裕的收藏家是不一樣的，我相信也有民眾最近去了二重橋，如果畫作的明暗度與他們親眼所見不符，他們會質疑作者做假。我不願欺騙大眾，所以我不能更改。老師對不起！」

陳澄波說完，向老師行一個日本式九十度的大鞠躬。

田邊至聽完陳澄波的話，愣了片刻後，緩緩地說：「你有自己的理念，我尊重你，我不強迫你修改，我會讓你過關。」

田邊至把畫作還給陳澄波，陳澄波的眼眶泛起了淚珠。

◆ ◆ ◆

「這麼說日本老師也是很明理。」聽完林玉山對過往事蹟的描述後，阿政感慨著。

林玉山揉揉眼睛，說：「當時受到西洋思想的影響，部分日本老師及同學確實較明理，但更重要的是，從這件事可以看出澄波兄的個性，他對自己信奉的理念是很執著的。」

「那麼陳澄波從此有受到日本老師的看重嗎？」方燕問。

「當時整個日本對台灣人的歧視是很嚴重的，台灣人想要得到他們的尊重，光是認眞、堅持，還遠遠不夠，所以澄波兄努力再努力，要爭取日本人的尊敬。」

「他如何爭取？」

「日本政府在一九一九年設立帝國美術展覽會，簡稱『帝展』，是當時日本美術界最高等級的官方畫展。入選的作品代表全日本國美術的最高榮譽，專業畫家要入選都不容易了，更何況是學生。一九二〇年，雕塑家黃土水成爲第一位入選帝展的台籍美術家。六年後，也就是一九二六年，陳澄波也以〈嘉義街外（一）〉入選，是台灣第一位以油畫入選的畫家。隔年，他又再度入選帝展。從此日本同學看到陳澄波，都要向他敬禮。」

「入選帝展很風光嗎？」阿政問。

「大概就像中國古時候考上狀元一樣吧。」林玉山笑著說。

「這下子陳澄波可以衣錦還鄉了。」方燕開心地相信。

林玉山搖搖頭，說：「澄波兄從研究所畢業時已經三十五歲了，他想回台灣找工作，卻被處處刁難，就算他是二度入選帝展的畫家，日本政府也不願提供高等學校的教學機會給他，這讓他有志難伸。那時候上海新華藝專剛好要聘請老師，於是，陳澄波就到上海去了。」

「他到上海後發展得順利嗎？」阿政問。

「他到上海後這段日子，應該是他美術事業中最順利的一段時間，他不但是學校的系主任，還當選了當時中國的十二位代表畫家，送作品到國外參加展覽。」

「那太了不起了。」方燕說。

「陳澄波既然這麼了不起，」阿政越來越納悶：「那麼，來請求修復畫作的藏家，為何要隱瞞作者是誰？」

此時，林玉山突然住口。

阿政與方燕兩人殷切地望著林玉山，問：「林教授，怎麼了嗎？」

林玉山沒有作答，他轉頭望著窗外庭院的那棵桂樹。雖然已過開花季節，仍有餘香飄入室內，這桂花的餘香，讓林玉山想起當年嘉義的琳瑯山閣，也種了許多桂樹，每逢夏秋，藝文友人聚集，大家都沉浸在桂花的香氣中，吟詩作詞，寫生作畫。「當時澄波兄總是講話最大聲的，」林玉山心裡呢喃著：「畢竟他見過的世面最多；當年嘉義的美術風氣之興盛，超越各城市，僅次於台北，也是緣於澄波兄的號召力吧……」此刻，昔日往事突然在林玉山腦海裡一幕幕出現。他想起最後一次與澄波兄見面，是在一九四七年的年初一。「那年，我們在琳瑯山閣拜年，」林玉山腦海裡回憶起那日的畫面——「當時物價混亂，過年氣氛不佳，但大年初一，大家還是對未來有所期望，莫不苦中尋樂。嗑瓜子聊天時，阿兄你津津樂道玉山的景觀有多雄偉，你說已畫了台灣的最高山，此生就算死了，亦無遺憾。而山閣的主人要你勿言死字，不吉利，他要你多多創作。不料再過十餘日後，台灣就烏天暗地了，而你也就這樣走了啊，阿兄……」

林玉山眼眶不禁濕潤起來。

「林教授，您怎麼了？」方燕輕聲地問林玉山。

林玉山回過神來，用手指擦拭含帶淚水的眼眶，思索片刻後，正視著阿政說：「唉，我原本不想提，但看在王先生你也是出身我們學校的弟子，我才願意對你說，」林玉山突然把聲調降低，緩緩地說：「因爲『陳澄波』這三個字在台灣是禁忌，請你修復的人當然不敢提。」

「禁忌？」阿政與方燕皆不解其因：「有何禁忌？」

林玉山沉默下來。

客廳陷入一片寂靜，只有庭院外的巷子傳來廣播叫賣聲：「土窯雞、土窯雞，要買土窯雞的就快來喲！」

片刻後，林玉山站起來，緩緩走到窗邊，說：「當時陳澄波從東美研究所畢業後謀職不順，這段過程，可能讓他對祖國認同有所思考，所以才會使他……」忽然，林玉山又嘆一口氣：「唉，恐怕這也是造成他日後的……」

「日後的什麼？」阿政與方燕齊問。

「日後的……」林玉山的話語細微無力，以致阿政與方燕聽不清也聽不懂林教授的呢喃。

最後，林玉山站在窗邊，喃喃自語：「陳植棋和陳澄波兩人就像彗星，閃過台灣的天際，一下就消失了……這是台灣美術史上最大的損失。」

林玉山慢慢轉過身，準備送客了。三人走到庭院大門，阿政與方燕向林教授鞠躬道別時，難掩失望。林玉山不忍他們如此落寞，於是回屋裡找出陳澄波家屬的電話，「如果你們想要知道更多，打電話問家屬吧。」說完，林玉山輕輕關上了紅色木板門。

「喂，您好，我是台北的記者，我姓方，請問您是陳澄波先生的家屬嗎？」方燕一向劍及履及，這種行事作風，是性格特質，也是當記者訓練出來的。當大中午她回辦公室後，立刻撥了林玉山給的電話號碼。「是、是，不好意思，打擾了，是這樣子的，我有一個畫家朋友，他接到一個修復畫的案子，是一幅關於琳瑯山閣的風景畫，可能是陳澄波先生所畫的，我朋友想多瞭解陳澄波先生的畫風，想到府上拜訪，是的，關於琳瑯山閣……什麼？喂、喂……」

趁晚餐時間，方燕從報社趕到阿政的住處，告知她被婉拒的事，「電話那頭的家屬一聽到琳瑯山閣，沉默半晌後，就不願多談了，眞納悶。」

「更納悶的是，」阿政依然吸著他的長壽菸，「爲何陳澄波會消失在台灣的畫壇，消失到我們這代晚輩完全不認識他？」。

「你是說？」

「就算我們留學美國，錯過他一九七九年的遺作展，但就像林玉山所說的，他是台灣這麼重要的前輩畫家，我不可能完全沒聽過啊！」

「嗯，說的也是。」方燕思索著，「陳澄波這三個字爲什麼會變成台灣的禁忌？」

「難道，陳澄波背後有什麼故事嗎？」阿政好奇著。

「你這麼一說，倒引起我的興趣，」方燕興奮地說：「我們就來好好查一查，如果眞能挖出什麼動人的故事的話，搞不好可以讓我得一個最佳採訪獎呢。」

方燕回到報社，趁空檔到資料室查資料。她不斷翻找舊報紙，口中喃喃：「一九七九年、一九七九年，就是民國六十八年……」一會兒，找到民國六十八年的一疊泛黃舊報，她快速地閱覽，不禁驚呼起來：「啊，這一年就是中美斷交的那一年！還有高雄橋頭遊行事件，桃園縣長許信良遭彈劾，鄧小平首次訪問美國，朴正熙被槍殺，伊朗人質事件，北京之春事件，年底發生高雄美麗島事件……這一年眞的是多事之秋啊！」

翻到最後面，這一年年底，報紙藝文版一個小角落，出現有關陳澄波遺作展的新聞。

「原來陳澄波遺作是在這樣的氣氛中展覽的。」

簡單幾筆的新聞，完全沒追溯畫家過世的原因，倒是提到師大美術系系主任袁樞眞，曾經是陳澄波學生的她特地去參觀老師的遺作展。

2.

在與阿政商量過後，兩人決定循著袁樞眞教授這條線索，繼續追尋。在連日冬雨暫停的午后，方燕和阿政照著約好的時間，來到袁樞眞教授的府邸。袁樞眞家中的客廳，一派文人典雅的氣質風格，牆壁上掛著幾幅油畫作品，大抵都是寫實風格，也有少數幾幅抽象前衛的，可以看出主人的藝術品味既古典又現代。

袁教授出來迎客時，穿著一襲具現代風的唐衫，雖然不認識這兩位年輕朋友，但方燕憑藉報社記者的身分，贏得了受訪者的信賴。

「老師的家很有品味，不但格局大方，還洋溢著書香味呢。」方燕稱讚著。

「謝謝稱讚，來，喝咖啡。」袁樞眞把咖啡端到客人的面前，同時問道：「方燕，你在電話中說要問我有關陳澄波的事？」

「是的，」方燕連忙說：「前幾天有人拿一幅可能是陳澄波的畫作要請明政修復，但明政對陳澄波不熟悉，需要多了解他的生平與畫風，所以想來請教老師。」

袁樞眞點點頭，她端起熱騰騰的咖啡，輕輕啜了一口，說：「我有點意外，五年前陳老師終於開了第一次畫展，這幾年，美術界逐漸有人談論起陳老師，但我沒想到年輕一輩的也會注意到他。」

「也許是緣分吧。」阿政說。

袁教授點點頭說：「好，既然說是緣分，那我們就不見外了。」說罷，她起身走向書櫃，抽取出一本畫冊。「來，這本陳澄波遺作展的畫冊就送給你們。」

方燕與阿政忙不迭打開畫冊，陳澄波的照片映入眼簾，兩人不禁輕呼，「這位就是陳澄波啊」。在此同時，他們也是第一次見到陳澄波其他的作品。阿政彷彿忘了袁樞眞的存在，只顧著一頁頁翻閱畫冊，而方燕一展記者才能，開始向袁教授詢問關於陳澄波的事。

「所以，老師您記憶中的陳澄波……」

「我就說說我所知道的，關於陳老師在上海教書時的點點滴滴吧。」袁樞眞手端著咖啡杯，慢慢地訴說，「大概是民國十八年，我就讀新華藝專時，陳澄波剛從東京來到上海擔任我們美術系的主任。陳老師的教學既認眞又風趣，所以學生都樂於與他接近，他的國語說得很吃力，但我們還是聽得懂他帶有日本腔調的國語。我還記得第一天他一進教室，就對著我們喊：『Ohayo（早安），同學們好，我是陳澄波，很高興跟大家見面。』他豪爽又開朗的態度，一下就拉近彼此距離。」

說至此，袁樞眞自己笑了起來，阿政與方燕也被她方才模仿陳澄波打招呼的語氣給逗笑了。

「他當時蓄著一頭齊耳的長髮，」袁樞眞繼續說：「上海雖然是個十里洋場的摩登城市，這樣的造型不致驚世駭俗，但還是令人側目。沒多久，師母攜帶三個小孩從台灣來到上海團圓，看到他留了一頭長髮，嚇了一跳，還跟老師抱怨說，難道做畫家的就可以這麼隨興，都不顧慮別人的感受嗎？」

「為什麼他會留一頭長髮？」方燕好奇。

「我想畫家會留長頭髮，可能是想要模仿歐洲的藝術家吧。」

方燕聽了，不禁轉頭看阿政，阿政摸摸自己的短髮，略感尷尬。

袁樞真繼續說：「陳老師在上海教書這段期間，踏遍半個江南，幾乎著名的景點都被他畫入作品裡。他對於親臨現場寫生這樣的意念，非常堅持，他要我們摒除傳統國畫閉門造車的習慣，面對實物創作，所以近至上海市區，遠達杭州西湖，都有我們師生一起去寫生的足跡。」

◆ ◆ ◆

一九二九年夏天，杭州西湖的一角。

陳澄波頭戴一頂台灣大甲生產的草帽，披著毛巾，架上畫架，與學生們靠在一起寫生。此堂課是陳澄波第一次戶外課，上課內容是教學生認識「寫生」這兩個字的中文意涵，當時中國的學生幾乎都不明白「寫生」這兩個漢字到底有什麼涵義？

「咱只聽過寫字、寫信，沒聽過寫生呢，老師？」學生們用疑惑的眼神盯著陳澄波。

「好的，同學們，我現在要跟你們分享一個作畫的新觀念，叫作『寫生』。」

陳澄波擦擦額頭上的汗水，慢慢解釋道。他說，中國人聽不懂「寫生」的意思，是因爲這個詞是漢字日文，是日本人從中國拿來使用的。其實早在宋朝之前，水墨繪畫中，凡是現場臨摹花果、草木、禽獸等實物的就叫「寫生」，臨摹人物肖像的則叫「寫眞」。當然，與這兩個詞相對照的，就是「寫心」與「寫意」了。陳老師望著專心聆聽的學生們，繼續說，中國的筆墨工具不易攜帶到戶外，因此古時候畫山水畫，通常無法在現場進行，都是記憶在腦海裡，然後回到書房作畫，逐漸地，以記憶作畫的人越來越多。加上文人畫興起，更不重視造型正確與否，大家喜歡隨興而作，反倒圖形畫得太正確，會被認爲匠氣，久而久之，中國水墨畫就形成寫心與寫意的繪畫手法，把寫生與寫眞遺忘了……

陳澄波停頓片刻，喝口水壺裡的開水。

「老師，您不是從日本來的嗎？您怎懂這些中國的老學問啊？」

「我是念日文書長大的沒錯，但我父親是台灣最後一代秀才，我小時候讀過一些古籍漢書啊。」

陳澄波輕鬆解釋著，同學們也都開懷地笑了，一下就打破「異國」師生間的隔閡。

喝完水的陳老師，再繼續講解，他說，相反的，西方繪畫很重視寫生，畫家會直接對著物體臨摹，不但注意造型的正確，還摹寫光影的對比，務必將眼前的景物眞實地描繪出來，這就是中西方美術的差異。

解釋完「寫生」的涵義後，陳澄波要學生們用自己的眼睛去看眼前的西湖，然後透過顏料色彩，直接描繪出西湖景觀，並要注意光影變化，捕捉時光流逝中的西湖景象。

聽聞陳老師的指令，學生們也只能盡力而爲了。

而陳澄波效仿當年石川欽一郎與學子們一起作畫的習性，此刻，他也架著畫架，與同學們一起寫生。

過程中，有的學生頻頻轉頭看陳老師怎麼畫，再依照他的畫法添上幾筆。陳澄波發現了，連忙制止：「同學們，畫畫要看前面，不要看旁邊。」

學生們當然知道畫畫要看前面，但學生們頭一次使用油彩作畫，自然畫得戰戰兢兢，生怕一旦下錯筆，會浪費高價進口的舶來品顏料。也因此想追隨老師的筆畫塗描，才有安全感。

怎知陳澄波不允許模仿作畫，他說彩繪的技巧可以在教室裡磨練，但到了現場，就要依照自己的觀察與感受下筆。

這樣的要求，卻也引起一位曾學過幾年水墨畫的男同學的質疑。

「老師，我以前學水墨時，都是跟著老師一筆一筆的模仿，而您卻不許我們跟您畫得一樣，這是爲啥？如果西洋畫的老師作畫時都不許給同學看，那麼，西洋畫的老師要教導些什麼呢？」

陳澄波聽完後，意識到這是一個生命經驗迥異於他的新國度，這裡是他血緣上的祖國，卻也是一個對現代知識生疏的異地。教畫之前必須先教導學生們一些現代觀念，才能事半功倍。於是，陳澄波講解起原創概念的重要性。

「同學們，中國的書畫講求臨摹，但最終也是要發展出個人的特色，否則便是東施效顰。而西洋的美術，自文藝復興以後便講究個人特色，完全不要模仿前人的痕跡，尤其是十九世紀Impressionism 出現後，更是講究個人風格，要建立起自己的畫風，就一定要用自己的方式創作。」

「但我們沒有自己的方式啊？」學生還是不解。

「這要不斷的嘗試與摸索，嘗試與摸索的過程，是建立獨立人格重要的關鍵，一個畫家沒有獨立的人格，便無法成為偉大的藝術家。」陳澄波堅定說道。

男同學聽完，似懂非懂地點點頭。

「老師，您剛才說的 Impressionism 是什麼？」有學生問道。

「Impressionism 的意思……」

「我知道，我們翻譯作『印象派』。」另學生代答。

「印象派？原來你們叫作印象派啊？」陳澄波喃喃自語：「印象？印象？這名稱應該是來自莫內的名作〈Impression, soleil levant〉（日出印象）的啊。」

陳澄波說完，望著學生們，學生們也望著陳老師；忽然間彼此都笑了起來。

師生們繼續作畫，雖然還是有同學很想轉頭看看陳老師的畫法，但都盡量忍住了。最後每個人畫出的西湖景色，可說是天差地遠，各有偏重。同學們相互觀摩時，也忍不住彼此嘲笑起來，陳澄波則是不斷給予讚許和鼓勵。

◆ ◆ ◆

此時，袁樞眞起身走向桌旁的唱盤，放了一張卡薩爾斯（Casals）演奏的巴哈無伴奏大提琴的唱片。低吟的大提琴聲隨喇叭音箱流洩出來。

「事實上對於作畫技巧，陳老師並不特別教導，」袁樞眞回座時，繼續說：「他依然要學生們根據作畫現場的直覺創作。除了素描課他會堅持技法正確之外，油畫寫生時，他不干涉構圖與造型，不干涉用色與配色，不干涉平塗或點描。他總是讓學生按照自己眼睛所看，或說按照自己的感受與意念繪圖。這樣的繪畫方式並沒有標準技巧可言，每個人都可以自由自在地創作。但我們還是會觀察他的技法來學習，他下筆時喜歡用平塗法，再用細碎的筆觸和色彩來設色，通過色彩的交錯重疊製造色彩的對比，以及『顫動』的效果，而這種顫動，就是接近印象派的特色，這會產生一種光線移動的立體感。」

阿政在旁頻頻點頭，對於袁樞眞老師的說詞，不，應該說是陳澄波老師的說詞，非常認同。袁樞眞繼續敘述陳澄波的理念：「陳老師說，莫內的繪畫風格，簡單說，就是畫面上有顫動的感覺。而梵谷更是把畫面的顫動推到無以復加的地步。所以我們觀看陳老師的許多畫作，一樣有著這樣的風格。」

「對，」阿政說：「這種顫動的畫風使平面的畫面有動感，讓畫布上的靜態景物變成動態，感受到光線正在移動。」

袁樞眞點點頭，說：「這種顫動的效果，其實與日本外光畫派的細膩畫風已經不同了，這也可見陳老師並沒有被日本老師制約住，他開創自己的風格，難怪上課時，一直不願學生模仿他，這對長久以來受到儒家薰陶的中國學生來說，是一種文化的衝擊與挑戰，但也是最可貴之處。」

袁樞眞停下話來，看著阿政手上的畫冊若有所思。片刻後，她望向天花板，自言自語著：「或許可以這麼說，陳老師在當時眾多美術老師當中，不是技法教得最好的老師，但卻是美術觀念教得最好的老師。因爲他很少對初學畫的我們高談闊論深奧的技巧，他不要我們陷入技巧的鑽研，因爲過度注意細節上的修飾，反倒使畫面拘謹起來。所以，你若問我『陳老師教了我們什麼？』我會說，陳老師教會我們的是，作畫的態度，以及創作的熱情。」

「作畫的態度，以及創作的熱情？」方燕思索著。

「對，他教我們一種東西，叫『藝術家的人格特質』。」

袁樞眞的眼睛望向窗外，那個一九三〇年代的上海，彷彿回到她的眼前。

◆ ◆ ◆

一九三〇年，上海外灘碼頭。

冷風吹拂在碼頭廣場，廣場上那座紀念一戰期間在上海羅難的英法僑民的勝利女神紀念碑，依然張開著翅膀迎向風頭。

雖已是春分，仍然寒氣逼人。

這一天是假日，陳澄波帶著學生們出外寫生，大家都穿著厚重的棉衣，唯獨雙手，因爲作畫無法戴上手套，只得裸露在寒冷空氣中，受冰凍之苦。只見同學們一邊畫畫，一邊對著雙手呼熱氣。

外灘碼頭人潮洶湧，一片繁忙景象。工人們忙著搬貨物上下船，而裝貨的卡車也來往其間，川流不息地進行裝卸貨。一齣中國商貿的進出口大戲，就在這個碼頭上演著。

陳澄波正在進行鉛筆的速寫，只見他用快筆捕捉忙碌的碼頭工人的情景。而他的學生也在一旁跟著練習鉛筆寫生的技巧。

學生們塗塗抹抹，一直跟不上工人迅速移動的身體姿態，有學生感到挫折，不禁質問：「老師，咱爲什麼要來碼頭畫工人？爲什麼不畫些較靜態的人物啊？他們動個不停，我們要怎樣畫下來呢？」

同學紛紛附合著。也有同學抱怨：「碼頭這個地方又髒又亂，一點都不詩情畫意，拿它當作入畫的題材，感覺很不唯美。」

陳澄波停下筆，神情嚴肅地對學生們說：「我帶你們來碼頭畫畫，有兩個目的，一是因爲上海

■〈自由領導人民〉，德拉克洛瓦，1830。

外灘是中國跟西方接觸最重要的地點，有時代的代表性；另一個原因，碼頭工人工作中的狀態，對於你們練習快速運筆，應該有很大的幫助，同時也希望你們知道，各行各業的人都值得入畫。還記得我提過〈自由領導人民〉那幅畫嗎？德拉克洛瓦（Eugène Delacroix）把法國的工人、農人、平民百姓都畫進作品裡，因爲法國大革命後，西洋畫家已經體認到，美術作品不該只爲貴族服務，市井小民才是眞正的知音。」

「老師，」某位女同學提出她的想法，「你剛才的說法就像此刻冷風吹過我們的臉頰，令人刺痛，卻又那樣的令人清醒。」

「你的比喻很貼切，」陳澄波用他的大眼睛看著這個女學生，「確實，美術不應該只是賞心悅目的東西，它也應該是啓發人性的藝術品，作爲一個畫家，不要畫地自限，要勇於接近群眾。」

陳澄波說完，學生們低下頭來，有的若有所思，有的繼續專注地作起畫來。

不知過了多久，碼頭那邊有一群工人嚷嚷起來，接著人越聚越多。不尋常的情景讓師生們停下筆，走過去瞧瞧究竟發生了什麼事。原來有位年紀老邁的工人昏倒了，有人正朝著他潑水，冰冷的水淋到老工人臉上，水花都冒起煙來。

陳澄波見狀，連忙大聲制止：「停，停，別再潑了，潑水對昏迷的人不但無效，而且氣候這麼寒冷，也很危險，很不人道。」他趕緊蹲下來，按按老工人的脈搏，說：「他還有心跳，比較微弱，但應該沒事，可能只是餓昏了。」說完，他從公事包裡掏出一壺妻子自製的米漿，慢慢地倒進老工人的嘴裡，再把自己的羊毛外套披蓋在他身上。

不一會兒，老工人的眼睛微微睜開了一道縫。這時有位學生喊道：「這不是咱學校的工友周叔嗎？」大家仔細一看，果然是老周。

一位自稱領班的碼頭工人走上前：「這老頭確實在學校當工友，但家裡缺錢缺得兇，所以星期天都來碼頭打雜工，喏，他兒子也在這裡打工啊。」

果然，旁邊竄出一個瘦瘦乾乾的小夥子，哭泣道：「阿爹，你沒事吧？阿拉一起回家啦……」

陳澄波一聽到是學校的校工，連忙說：「快，快幫我叫輛黃包車。」

沒多久來了一輛黃包車，大家把老周扶上了車。陳澄波付了車費，又從口袋裡拿出一些錢給老周的兒子，說：「你拿去買些東西給你阿爹吃，知道嗎？」

小夥子點點頭，便隨黃包車離去。

工人們各自回去幹活，陳澄波也吆喝同學們趕緊作畫，別趁機偷懶呀。於是，碼頭上又開始忙碌起來；陳澄波與學生們手上的鉛筆，也開始飛舞起來。

◆◆◆

巴哈的無伴奏大提琴樂音繼續低鳴著。

袁樞眞啜了一口咖啡後，說：「其實，當時教書的待遇不是很高，陳老師卻經常幫助學生買顏料，或救濟一些貧困的人，這些點點滴滴的小事，我們都看在眼裡。尤其把家人從台灣接來之後，他家老四隨即在上海出生，一家子嗷嗷待哺，陳老師的經濟壓力就更重了。即便如此，他對貧困人的幫助，依然沒有停止過。」

「他的妻子就是畫冊照片中這位老夫人嗎？」方燕翻看畫冊照片頁，一位看似七、八十歲的老婦人凝望著她身旁的陳澄波畫作。

「是的，只是在上海時，師母還很年輕。我還記得第一次到陳老師家裡作客，竟然要脫鞋子，這讓我們很驚訝，因爲當時中國沒有這樣的習慣。後來我才知道，老師與師母都深受日本文化的影響。」袁樞眞笑了一下，繼續說：「我印象中的師母比較嚴肅，很少有笑容，不過她很注重禮節，很有日本婦女的氣質。平時跟我們見面時，她很少說話，可能是因爲不會講國語的緣故，所以我們跟師母談話，都會比手畫腳，或是說些簡單的國語或日語。陳老師很重視對子女的教養，他本身學西畫，卻要求孩子接受傳統文化的薰陶，所以他家的小孩書法都寫得很好，還曾入選過『全國書道展覽會』呢。」

方燕與阿政對看一眼，露出驚嘆的表情。

「我記得陳老師畫了一幅全家福，叫作〈我的家庭〉，尺寸大概是五十號。我們去他家時，經常看到這幅畫掛在畫室的畫架上，不斷地被他修修改改，可能是因爲陳老師覺得一生的奮鬥，終於在此刻有了不錯的成績吧，全家聚在一起，平安喜樂，所以就畫這幅畫作爲紀念。」

阿政在畫冊裡翻到這幅畫。方燕特地仔細觀看畫中的三個小孩。

「我印象最深的一次，是他的三個孩子吵著要進入爸爸的畫室……」袁樞眞頭抬得高高的，彷彿又進入當年的場景。

◆ ◆ ◆

一九三〇年，上海黃浦區的住家。

這天，紫薇、碧女、重光從書法老師那裡下課，剛回到家，就發現門口擺著好多雙鞋子，他們認出陳澄波的鞋子，知道一定是爸爸又帶朋友來家裡了。孩子們都很興奮，興沖沖地跑進屋內找爸爸。

進客廳後，不見爸爸的人影，猜想可能在畫室，便往畫室跑，卻發現門打不開。畫室的門平時不曾上鎖，爲何今天會鎖著？爸爸一定在裡面吧？三個孩子連番地敲門，大叫：「阿爸，阿爸，開門啦！」妻子張捷聽到叫喊聲，連忙出來喝止。但孩子們哪肯停止，就在畫室門口哭哭鬧鬧。

而此刻在畫室裡，坐著一個全身赤裸的女孩，擺著姿勢，一動也不動。她的四周圍聚一群學生，正聚精會神地拿著炭筆，畫著人體畫。

當孩子們敲門哭鬧時，畫室內的學生們都緊張起來，不知所措。而全身光溜的女模特兒，全身越來越僵硬，猶豫是否該起身躲藏。站在一旁指導學生的陳澄波，安撫著說：「沒事，沒事，你們繼續。」

陳澄波之所以把學生和人體模特兒帶到家裡作畫，是因爲最近學校一直遭衛道人士指控，說西洋式的學校就可以不守禮教，讓人全身脫光光作春宮畫嗎？上海教育局因而要求人體模特兒要穿上衣服，至少遮掩重點部位，否則將受到關閉學校的懲處。

模特兒穿上衣服，畫起人體畫來，無論光澤、線條、體積感……完全不對，更重要的是，在陳澄波眼中，人體是純潔的，畫家不該認爲畫赤裸的人體有錯，反倒是披上薄衣，更顯得猥褻。陳澄波不願接受這樣的指令，便把人體素描課移到家裡來上。

陳澄波心想，孩子們在門外哭鬧，會讓大家心神不寧，很難繼續作畫，他決定放孩子們進來。當他打開門時，卻看見孩子們被繩子綁在桌腳邊。

陳澄波非常驚訝妻子這麼做。張捷卻若無其事地瞪著眼說：「我得餵白梅吃奶，還要煮午飯給你們吃，我怎麼管得住他們三個哭哭鬧鬧吵個不停呢？」

陳澄波一時說不出話來，只能囁嚅地說：「其實，小孩子進來是沒關係的，也不是做什麼壞事。」

下課後，學生們與女模特兒小玉都被陳老師留下來吃午飯。小玉起初不敢上桌，她說：「我是從鄉下來的，今年才十五歲，年初剛到棉紗廠做工，沒多久就遇到工人鬧罷工，老闆把大家都開除了，我丟了工作，三餐沒飯吃，所以才來應徵你們說的，人體藝術工作。」

陳澄波堅持要她跟大家坐在一起。他說：「小玉姑娘，在我們家裡，每個人都是一樣的地位，沒有大爺，也沒有僕人，不分誰高貴誰卑微，大家都是平等的；我對學生是這樣，對你也是這樣。別掛慮，大家一起吃飯吧。」

說完，陳澄波幫每一個人挾菜，女同學們也起鬨要小玉多吃些，男同學則是耍寶逗小玉開心。不料，小玉邊吃邊掉眼淚。陳澄波問她怎麼了。小玉說：「我怕你們今天畫我全身光溜溜的圖畫被別人看到了，我一輩子便嫁不出去了。」

大家聽了都愣住，陳澄波卻突然大笑起來，說：「小玉姑娘，你別擔心，畫家作畫時，只注重人體的線條與光線，不注重五官畫得像不像，所以你不會被認出來的。何況現今上海時局這麼混亂，大家吃頓像樣的飯菜都很不易了，想要結婚生子、安居樂業，談何容易。來來來，別煩惱，多吃菜，這是師母做的台灣菜，你們嘗嘗看。」

陳澄波講完這番話，原本還算歡樂的氣氛，頓時都凍結起來，無人挾菜，大家默默地扒飯，心裡頭像掛著重重的心事，壓得說不出話來。此刻，只有從客廳傳來紫薇與碧女讀童話書的聲音，迴盪著。

吃完飯，陳澄波付酬勞給小玉，張捷還拿了幾個台灣口味的粽子，讓她帶回去。小玉一直道謝，說，下次若還需要人體藝術的工作，請再找我來……

◆◆◆

「這時候，學生們才知道請女模特兒的費用，都是陳老師自掏腰包，爲的就是要讓我們打好素描的基礎。」袁樞眞清了清乾癟的喉嚨，眼眶泛著一些淚珠。而方燕與阿政沉默無語，杯裡的咖啡逐漸變涼。

隨後，方燕打破這片寂靜說：「當時陳澄波在上海除了教書與畫畫，還做過什麼事嗎？」

「當時的上海聚集了中國最菁英的畫家，」袁回答：「像是潘玉良、張大千、劉海粟等人，陳老師經常與這些畫家們往來。我還記得有一次畫家們在梅園酒家聚會，我們學生還去幫忙接待。我看到陳老師與人交際，遞給畫友的名片上，都印著『福建漳州陳澄波』，所以許多人不知道陳老師其實是台灣人，還以為他是福建人呢。」

「他的名片為何要印上福建漳州？」阿政好奇地問。

「眞正原因我不清楚，或許有著不忘本的涵義吧。」

◆ ◆ ◆

一九三〇年，上海，梅園酒家。

「您老的大作最近展出，我特地前去觀賞，眞是大飽眼福啊。」「哪裡哪裡，阿拉出身土山灣畫館，未曾喝過洋墨水，不足抬舉。」「您客氣了，您曾師法任伯年大家的門下，傳統水墨兼雜西洋水彩，兼通中西啊。」「這是夾縫中求生存，不得不然啊，畢竟西洋畫已在上海登堂入室啦……」

這是一場畫家們的聯誼，聚會一開始時，畫家們在前廳寒暄聊天，話題繞著美術打轉。

陳澄波此刻正與一位水墨畫家傅已梅交換名片。傅先生端詳陳澄波的名片，說：「您是福建漳州陳澄波？」

「是的，我祖籍福建。」陳澄波客氣地回答。

「陳澄波？陳澄波？」傅先生複誦了幾次，突然憶起曾在報紙上看過這個名字，「原來你就是陳澄波，久仰大名，我知道你畢業於東京美術學校，並且得過日本的帝展獎，原以爲你是日本人呢，想不到竟也是咱中國人。」

「請多指教。」陳澄波欠身鞠躬。

「自從李叔同到東京學美術之後，就有越來越多中國人到日本學畫，以後還請你多給咱上海增添些光彩。」傅先生也對著陳澄波彎身抱拳，打恭作揖。

「不敢當不敢當，有機會來上海，親眼見證大時代的變遷，這才是我的榮幸。」陳澄波客氣地回應。

「這倒也是，你就好好地見證吧。」傅先生呵呵笑了幾聲，突然轉變口氣，對著陳澄波抱怨起來。

「不過我倒是挺納悶，」傅先生說：「爲啥咱中國人要到日本學畫畫？你說這船堅砲利咱輸給日本，我沒話講，但棋琴書畫也要向小日本學習，這我可不服氣了。一千多年來，日本完全自唐土輸入文化，你說這茶道、書道、香道、棋藝、花藝、園藝、建築、紡織、器樂、佛教、禪宗……哪樣不是出自中土的唐汁唐味，尤其是美術，日本完完全全拜倒在中國的腳下。不信你看看日本收藏的王羲之行草《喪亂帖》，收在日本皇宮當國寶；反過來說，日本有哪一張畫被咱中國當作國寶看待？完全沒有！那為何咱要去日本學畫畫？」

這番見解，陳澄波似已多次遭遇，於是他莞爾一笑，試著放輕鬆，和傅先生討論這個複雜的問題。

「當然，論水墨畫，日本難以跟中國相比，」陳澄波說：「但是一如明治維新大量引進西方科技一樣，日本的文化藝術，如今已大量引進歐洲的技巧與內涵。其中，畫畫，就是日本很有代表性的西方經驗……」

陳澄波還想繼續發表看法，卻被傅先生打斷。傅先生搖搖頭，說：「要說學習歐洲美術，早在十八世紀，就有義大利畫家郎世寧到咱中國北京，在宮廷作畫，中國比日本早一百多年接觸歐洲美術，哪裡會輸給日本啊？」

「不，傅先生，您可能不清楚日本學習西洋美術的歷程。」陳澄波示意對方尋安靜一角，兩人坐下慢慢地聊。待在兩張明式榆木官椅坐定後，陳澄波啓口細說：「是這樣子的，西洋美術自文藝復興後，歷經各種流派與畫風的演變，譬如巴洛克、洛可可、古典主義、浪漫主義、寫實主義等，直到十九世紀中晚期，印象派誕生，開始成為歐陸的美術風潮。而也正是這個時間點，日本展開明治維新，各領域都大量學習西方，引進西洋技術，美術界也引進歐洲的油畫，但日本當時所引進油畫的技法，不是學習最早的文藝復興時期，而是直接引進最新的、也就是十九世紀中期的畫風，因此，日本美術界的觀念與技術，可以說幾乎與歐洲同步。」

傅先生面無表情，陳澄波則熱情不減地往下敘說。

「中國現在所使用的現代化名詞，都是從日本那邊學來的，譬如政府、經濟、財政、交通、警察、消防，或是學校、算數、國語、自然、社會等等都是漢字日文，連你剛才所說的『美術』，這兩個字也是日文呢。所以中國學生到日本學美術並不可恥，反倒是取經的正確途徑。」

傅先生抖抖腿，搔搔臉，露出無可奈何的表情。隨後，他突然對陳澄波說：「看樣子你對日本的印象不錯啊？」陳澄波突然一愣，支吾著說：「日本確實在現代化的進程上領先亞洲各國，祖國要迎頭趕上，千萬不可自滿。」

傅先生打斷陳澄波，轉換個話題：「您知道福建人姓林的特多，光是叫得出名號的就有林紓、林覺民、林語堂、林徽音……」

「的確，」陳澄波對於被打斷不以為意，反倒鬆一口氣，侃侃而談：「我們家鄉有句話說，陳林滿天下，我小時便聽家父說，過去有位將軍叫陳元光，率軍開闢福建的瘴癘之地，後來漳泉一帶的人奉他為『開漳聖王』，漳泉州姓陳的特別多，就是這個緣故。」

「原來你是將軍的後代啊。」傅已梅露出驚訝表情。

「不敢當。」陳澄波搖頭笑著。

「那你知道我的先人是誰嗎？」傅先生拉拉長袍笑著說：「我們姓傅的，先人是滿州鑲黃旗的富察氏，算是皇家子孫，不幸的是，咱倆都淪落到鬻畫爲生啊，哈哈哈！」

兩人不禁笑了起來。

◆ ◆ ◆

聽了這些充滿藝術辯證的議題，阿政的興趣被點燃了，繼續追問袁教授：「陳澄波與這些畫家勤於交往，有產生什麼樣的影響嗎？」

「其實當時上海的畫壇是很複雜的，有左派也有右派，有留日派也有留法派，彼此各有立場，爭執不休。留日派的陳老師與留法派的畫友們合組一個叫『決瀾社』的畫會，想要團結美術界的力量，爲中國美術做點事，可惜……」袁樞眞嘆了口氣。

「可惜？」方燕感到疑惑。

袁樞眞停了幾秒後，才緩緩地說：「可惜，後來上海發生一二八事件，戰亂中斷了畫友們的交流，決瀾社幾乎停擺了，否則，說不定會對中國現代美術產生影響呢。」，她突然小聲地說：「或許，徐悲鴻所主導的寫實主義，就沒有機會與紅色政黨結合在一起，勢力獨霸中國畫壇了。」

阿政與方燕對看一眼。

「老師的意思是？」阿政問。

「我是說，正當中國的藝術界對印象派畫風越來越有好感的時候，堅持學院派寫實主義的徐悲鴻開始批評，他認爲中國畫家對於印象派的喜愛是一種盲目的隨從，甚至說印象派畫家脫離世俗，不知人間疾苦，簡直是道德的罪人。」

「爲什麼？」方燕不解。

「這與當時的大環境有關，因爲上海是十里洋場，所引進的西方文化都是西洋資產階級的娛樂。印象派在二十世紀後成爲歐美市場的主流，在西洋帶有一種資產階級優雅的色彩，這種優雅，在寫實主義藝術家眼中就成爲道德的墮落，接著，同情工農階級的左翼畫家也出聲批評印象派……」

◆ ◆ ◆

一九三一年，復旦大學大禮堂。

這天，上海多家美術學校舉辦秋季師生聯展，陳澄波帶領著他們學校的師生，展出人體畫作品。在展場大廳，陳澄波指著一批畫作，告訴學生，人體畫是通往西洋繪畫重要的橋樑，即便印象派不注重物體及造型的精準度，但對人體的輪廓、比例、陰暗對比等，依然認爲需要紮實的基礎功力，若沒打好人體畫的基礎功力，無法直接透過油彩在畫布上著色。陳澄波舉了羅特列克

（Toulouse-Lautrec）當例子，羅特列克就是握有人體畫的純熟技法，才能用快速的筆觸，掌握人體維妙維肖的型態與內心的思緒。

當陳澄波結束他的談話，一個年輕人走了過來，以傲然的姿態睥睨眾人，嗤之以鼻地說道：「裸女畫不是藝術，畫裸女畫的人是道德的罪人。」他肆無忌憚地說，「阿拉名叫江豐，今天是特地來跟儂『聯誼聯誼』。」

此年輕人看似二十歲左右，上海口音很重，陳澄波不認識他，正納悶他目的何在時，江豐桀驁不遜地繼續說：「阿拉是上海本地人，出身自工人家庭，阿拉爺娘都在棉紗廠裡做工，過去常被資方積欠薪資，全家生活困苦，阿拉自幼就喜愛畫畫，但沒錢上學接受正規的美術教育，所以早早就到工廠做工賺取微薄的薪資。」

江豐接著說，這幾年他在工廠結識工會分子，積極參與工會組織，多次發動罷工活動，成爲資方頭痛的人物。「阿拉一邊搞工運一邊自學畫畫，」他說，「在一個偶然機會，阿拉去參加魯迅先生辦的木刻講習會，從此阿拉不再畫那些風花雪月的玩意兒，阿拉要畫出人民的苦難來。」於是，江豐成爲上海左翼美術社團的一員，參加木刻板畫展覽會，共同出版畫冊，還請魯迅幫畫冊寫序等等。此刻的江豐邊說邊激昂地揮舞著右手，彷彿在細數戰績。

陳澄波望著眼前的小夥子，想不到年紀輕輕的他，已是戰功彪炳的革命青年了。

「但，今天你有何指教？」陳澄波客氣地問。

「阿拉今天不是來指教，而是來進行批判的。」江豐盛氣凌人。

「批判！批判什麼呢？」陳澄波疑惑著。

「批判裸體畫呀，裸體畫的本質是對肉體的慾望，忘了勞動大眾的苦難，這種完全脫離人民的美術，就是人類靈魂的墮落。」

「這位老弟，我想你誤解了，裸體的亞當與夏娃是人類純眞的起源，況且，裸體造型可以訓練線條，線條是畫家最重要的基礎，有好的線條才可以畫好芸芸眾生，你說是嗎？江先生。」陳澄波用誠摯的口吻回應。

「不，」江豐不以爲然地怒道：「當然不是！現今正規美術學校的教育偏重安逸、享樂的題材，正是學校老師帶領學生脫離勞苦大眾的方向，陳老師你想看看，模仿雷諾瓦畫出〈彈鋼琴的少女〉那種不知人間疾苦的作品，有什麼價值呢？」

「那麼，」陳澄波禮貌性地回應這位自視爲左翼畫家先鋒的年輕人，「江先生，你認爲學校的美術教育，應該教導學生什麼樣的美術觀點？」

「中國的美術要與人民站在一起，」江豐大聲答道，「學校的美術教育應該跟隨徐悲鴻的腳步，用創作來反應中國人民的生活，反應革命的現實，這種進步的美術觀點，才能奠定新中國社會主義的美術教育的基礎。」

江豐說話時的肢體語言，充滿控訴架式，最後，他指著陳澄波的鼻子罵道：「像你，資產階級文藝觀的形式主義者，是廣大人民所唾棄的對象，也是偉大普羅藝術的歷史罪人，儂曉得吧，小赤佬！」

江豐越說越激動，最後竟然暈倒了，所有人都嚇壞了，手忙腳亂找來硝酸甘油藥片讓他服下，江豐才慢慢甦醒過來。

陳澄波則像個啞子似地站在一旁，喃喃著：「我是普羅藝術的歷史罪人？」

◆◆◆

「你們一定無法想像，當時全體師生就在展覽大廳堂上，默默聽著江豐宣傳徐悲鴻的美術觀點。」袁樞眞把玩著精緻的咖啡杯，像是欣賞品味，話語卻又充滿感慨：「唉，總之，這是一段藝術與政治的歷史糾葛，在那個大時代，畫家很難單純的作畫，也很難進行單純的聯誼。」

此時，巴哈的無伴奏大提琴正迴盪到第四段薩拉邦德的舞曲，旋律緩慢而莊重，帶有些微凝重感。

「老師您講的這段歷史，學校沒教，我們都很陌生。」阿政用著迷茫的語氣喟嘆著。

「當然，」袁樞眞屈著身子，小聲地說，「學校怎敢教這些呢，這是禁忌的話題。」

「又是禁忌？」方燕大眼睛亮了起來。

「左派與右派之間的問題，很政治，很複雜，三言兩語說不清楚的。」袁樞眞對著他們眨眼，「我們這叫密室談話，台灣社會公開場合不會討論這些，這都是禁忌。」

「我們當然知道台灣在政治上有一些不能碰觸的敏感神經，只是沒想到單純的美術藝術，也會與政治扯上關係。」方燕說。

「是啊，」阿政也附和：「尤其是沒想到在戰亂頻仍的民國年代，有這麼一位來自台灣的畫家，與上海關係這麼密切。」

袁樞眞喝掉最後一口咖啡，繼續說：「總而言之，陳老師在上海時，就熱衷於交流，剛才提到決瀾社，陳老師參與這個大型畫會的經驗，讓他回台灣後積極招兵買馬，成立『台陽美術協會』，這對台灣美術史的影響就很大了。另外從大陸來台的畫家李仲生，當年在上海也參與過決瀾社，他來台灣後帶動一九五〇、六〇年代的前衛畫派。可以說，台灣美術的重要發展，都可往上追溯到決瀾社。」

阿政身爲美術系學子，竟然不知這些大時代的歷史演變，他聽得既熟悉又陌生，既入神又驚訝。他也直到此刻，才知道對台灣美術影響深遠的台陽美術協會，幕後重要推手，竟是這位他之前完全沒聽聞過的畫家——陳澄波，而阿政即將要修復他的畫作……

「老師，」方燕突然發問：「我們去拜訪林玉山教授，他說：『陳澄波在台灣求職碰壁，轉而赴上海工作的這段過程，可能影響陳澄波的祖國認同。』他這句話是什麼意思啊？」

阿政與方燕望著袁樞眞，片刻後，她才說：「林教授爲什麼這麼說，我無法幫他解釋，身爲外省人，我也很難揣摩陳澄波老師眞正的內心世界，我只知道台灣人確實有複雜的祖國情結，他們的心路歷程，恐非三言兩語可以談得明白。」

袁樞眞又端起咖啡杯，唇貼杯口，才發現杯裡一滴不剩了。她放下杯子，說：「你們若眞的對陳澄波的心路歷程感興趣，不妨去問問當時也在上海藝專學畫的劉新祿。」

「劉新祿？」

「劉新祿是陳老師的同鄉人，在那個瀰漫烽火的年代，他們在異鄉相聚時，必定有許多內心的交流吧。」

之後三人陷入沉默，只有卡薩爾斯的大提琴聲還幽幽地鳴奏著。而阿政把陳澄波遺作展的畫冊，緊緊握在手中。

3.

對於袁樞眞所述說的那一段混雜著藝術與政治的歷史糾葛，而形成一道台灣人民不敢叩門的心靈關防，令阿政和方燕既心懼又充滿好奇，然而越是禁忌，越激發出他倆的好奇，於是他們決定繼續追尋關於陳澄波的禁忌往事。

「對對，是個畫家。」一回到住處，方燕隨即聯絡嘉義的地方記者，要對方幫忙查詢一個名叫劉新祿的聯絡電話。「幾歲啊？肯定年紀是很大了……」方燕在電話中絮絮說著。而阿政在一旁不停地翻看陳澄波遺作展的畫冊；雖是印刷品，且有半數是黑白色調印刷，仍讓他看得聚精會神。

此時，客廳的電視新聞正播放著江南命案的消息。主播義正辭嚴地說：「新聞局提出嚴正聲明，我國相關單位絕無涉入美國華裔作家江南命案，坊間各種傳說，絕非事實，我政府願意配合美國政府展開調查，相信必將還我國政府的清白，在此同時，新聞局也呼籲各界人士與新聞媒體，勿妄加影射，做不實報導，以免影響民心士氣……」

阿政看了一下新聞，不禁搖搖頭，順手把電視關掉，立刻又埋首畫冊。

方燕掛斷電話後，從轉角走向沙發，「我聯絡好了，嘉義的地方記者會幫忙查詢劉新祿的聯絡方式。」

「動作好快。」阿政露出讚揚的表情。
「當然，我是記者，」方燕坐定後問道：「剛才新聞播什麼命案啊？」
「就是上個月發生的江南命案啊。」
「你猜是怎麼回事，是不是政府派人幹的？」方燕看著阿政。
「這個嘛，」阿政也看著方燕，「你認為呢？」
「我認為？我知道，你是不是又要說，」方燕模仿起阿政的腔調：「通常我們的政府若是不斷地 Say No，那答案可能就是 Yes 了。」
阿政苦笑：「我也不是要刻意抹黑啊，譬如說，政府每次都說我國是民主國家，但每次選舉，我南部家裡都會收到買票的錢。」
「好了啦，不談這個，我已聽你說過N遍了。」方燕急著把話題轉到陳澄波身上，「你以畫家的眼光審視陳澄波的作品，說說看你的印象。」
阿政打開畫冊，對照著裡頭的畫作，述說他的看法。
「陳澄波的〈自畫像（一）〉果然很有梵谷的味道，」阿政說：「也與我的畫風很像，不，應該是說，我們的畫風，都有梵谷的影子。不過……」
「不過什麼？」方燕從茶几上拿起一顆橘子。
「若是再看其他畫作，就覺得他的作品，畫面內容豐富熱鬧，但隱隱約約有些地方，好像不是

■ 陳澄波帶有梵谷味道的〈自畫像（一）〉，1928 年。（參見書末彩頁）

很順暢的感覺。」

「哦，怎麼說？」

「譬如〈西薈芳〉這一幅，」阿政看著畫冊思索，「畫面好像不穩定，或是視角不自然，或是景深不清楚。你看圖畫中下方的地面，是採取俯瞰的角度，但右上方的遮雨棚，卻又是採取仰視的角度，這種『雙重視角』，應該不是專業畫家會犯的錯誤啊！」

「你是說陳澄波的畫不好？」

「不能這樣說，一張畫好不好，不能單純從技法來評斷，否則沒受過學院訓練的高更、梵谷，他們的畫不也都沒價值了。」

「那你的疑惑到底是什麼？」方燕撕一瓣橘子，送到嘴裡。

「我的疑惑是，陳澄波入選過帝展，他的技術應當無庸置疑，但爲何一個東京美術學校的畢

■〈西薈芳〉中下方的地面，採取俯瞰的角度，但右上方的遮雨棚，卻採取仰視的角度，形成「雙重視角」，1932年。（參見書末彩頁）

業生，又是日治時期帝展的入選人，他的畫作給人不自然不穩定不順暢的感覺，難道是……他故意製造的？」

「故意製造？」方燕詫異得忘了咀嚼。

「是啊，畢卡索、米羅……這些大師，就是很愛玩這種稚拙的畫風。」

「那陳澄波為什麼要玩這種稚拙的畫風呢？」

「或許，」阿政猜測，「這種稚拙的畫風，才能達到他所要表達的意涵吧。至於他要表達的意涵是什麼，我也不瞭解？也許藏在他畫中的密碼裡？」

「密碼？你認為陳澄波的畫作有密碼？」

「是啊，我覺得陳澄波的作品裡可能藏有文章，否則……哎呀，先不談這個，去吃飯吧，我肚子好餓。」阿政把畫冊闔起來，擱在桌上，拉起方燕，逕往門外走去。

兩人到波麗路餐廳吃飯。阿政當年來台北念書時，經由台北同學介紹，他這個南部來的鄉下孩子才知道這家有著老派歐洲風的餐廳，在日本時代即已赫赫有名，所以阿政之後有機會便會來此用餐。倒是在台北長大的方燕，從來沒到過這裡，甚至重慶北路以西這一帶，她根本很少踏足。若要吃西餐，她與家人通常是去沾美西餐廳，她喜歡那裡的肋眼牛排，以及現場鋼琴演奏的氣氛。

此刻阿政點的是豬排咖哩飯，方燕不餓，只點一道牛尾湯。餐點送上來後，兩人邊吃邊聊著阿政所說的密碼話題。

「你說的密碼是什麼意思？」方燕問起阿政。

「嗯，這說來話長。」阿政放下湯匙，用餐巾擦拭沾了咖哩汁的嘴角，「所謂的密碼（Code），是西方特有的一種編碼規範，可以運用在各種領域。在西洋美術史上，它有一段特殊的淵源……」

阿政認眞地對方燕解釋說，在羅馬帝國時期的基督徒，會在住家門口畫上一個類似魚形的符號，傳達自己是基督徒的訊息，如此既可藉以躲避羅馬軍隊的逮捕，又可向上帝表示忠誠。後來基督教變成羅馬國教，這些符號不斷發展，陸續出現在基督教的各種圖畫裡，有獅王的形狀，有城堡的形狀，不一而足，逐漸成爲一種眞誠的象徵。到了文藝復興時期，這些符號還被教主、貴族們擴大到集團、家族的畫像裡，形成私人密語，透過這些只有自家人才看得懂的密語，將祕密流傳給後代。

■〈春〉，波提且利，1482。

而這個密語，就叫密碼。

「好像滿有意思的。」方燕點點頭。

「後來，連畫家也加入密碼的遊戲，透過畫中的密碼，傳達私人訊息，尤其是不欲爲人看破的思想、教派、密社、甚至性傾向……只給圈內人知曉。」

「這可有趣了。」

「波提且利（Sandro Botticelli）的〈春〉，就是一幅知名的密碼畫作。」

「波提且利在這幅畫裡藏著什麼密碼呢？」方燕問。

「這幅畫表面上畫的是買主麥迪奇家族所想要的對希臘神話的歌頌，但畫家藉機傳達另一層涵義，他細描數百朵不同季節的不同花朵，不合理地把它們統統安置在畫中的花園裡，這些花朵，便是畫家的密碼。」

「那是什麼意思？」

「什麼意思？當時沒有人知道，畫家在世時也不曾解釋過，於是，它就成爲美術史上的懸案。」

方燕正喝著湯，經阿政這麼一說，她突然停下來。「所以密碼是無法破解的？」

「不，後來這些密碼還是被專家破解了。」

「破解了？如何破解的？」

「透過研究波提且利的書信、筆記、文件紀錄，以及當時藝文界的各種私人筆記，多方比對求證，終於找出答案。」阿政解釋著，原來，波提且利信仰古希臘時代的自然主義，但十五世紀時，自然主義與基督宗教神造萬物的觀念相牴觸，在當時可說是異教信仰，若被察覺，可能會處以火刑。所以畫家以這些花朵當作對自然主義尊敬的密碼，既表達他的信仰，又不致因違反當權者的宗教路線，遭到迫害。

「原來密碼有這麼多故事。」方燕興味盎然地問道：「那麼，你認爲陳澄波的畫作裡也有密碼？」

「沒錯，」阿政舀了一匙咖哩飯，送到嘴裡，「我的直覺指向這個方向，否則沒辦法解釋他畫面的不合理。至少〈我的家庭〉這幅畫，不合技法的地方就很明顯。」

「是嗎？」

「回家看畫冊，我再解釋給你聽。」

■ 陳澄波 1979 年遺作展畫冊中的〈我的家庭〉，1931 年。
（翻攝自《學院中的素人畫家：陳澄波》，雄獅美術）

「好吧。」方燕喝了一口柳橙汁後，說：「今天我請客，用我的經紀人佣金。」說完，她得意地笑著。

回到住處，阿政連忙翻出畫冊。

「你看，」阿政直接翻到〈我的家庭〉這一頁，「這幅畫，我怎麼看就怎麼怪。」

「你先別說，我想看看……」方燕邊看邊思索，「嗯，畫裡的人都缺乏笑容，一家人表情嚴肅，的確看起來怪怪的。陳澄波爲何要捕捉家人沒有笑容的這個時刻呢？袁教授說師母較嚴肅，可能不輕易笑，但小孩是天眞的，爲何連三個小孩也沒笑容呢？」

「你說得沒錯，」阿政點頭附和，「要弄清楚畫家作畫的原意與動機，才能理解爲何畫中人物是如此神態。」

「還有，幾乎每個人手上都有一樣物品，為何家人手中要拿著東西啊？」

「你看到的是人物的奇異，而我看到的是技法的怪異。」

「技法怪異，是指哪裡？」方燕反問。

「最一目瞭然的錯誤就在光影上，左邊的陳澄波，光影與其他四人相反。」

方燕仔細一看，「是耶，沒仔細看，我都沒發現。」

「還有，你看桌子。」阿政皺著眉，百思不解，「我對這張桌子很好奇。」

「怎麼說？」方燕不解其意。

「桌子面積幾乎占畫面的一半，構圖上有喧賓奪主之嫌，而且透視錯誤，把應該是橢圓形的視角，畫成正圓形，這麼明顯的錯誤，簡直不可置信。」

「我是不懂什麼是透視，」方燕再把視線投注到畫上，「但我很納悶桌面上幹嘛擺放這麼多東西？」

「沒錯，桌面上的東西干擾了人物主題，但我更好奇的是，左下角是本什麼樣的書？」阿政用夾著香菸的手指頭敲著自己的腦袋，疑惑著。

「書？有這麼重要嗎？」方燕抬頭問著阿政。

「當然重要啊，就如我剛才所說的西方繪畫的密碼，畫家會在圖畫裡畫上一些有象徵性的物品，例如書本，這可能是他的密碼了。譬如梵谷的〈高更的扶手椅〉也擺放著兩本書，正是他對高更所傳遞的密碼。」

「如果〈我的家庭〉也有密碼，」方燕追問，「那你該不會想要去破解吧？」

「或許。」阿政聳聳肩。

「可是，陳澄波已不在人間了，你怎麼追查？」

「就像前人破解波提且利一樣啊，從文章、筆記、更多的畫作，以及採訪生平事蹟，總可以找出答案。」

「這下可好了，」方燕皺了一下眉頭，「當時要你振作，你現在倒狂熱起來了。」

「你不是鼓勵我生命要有熱情嗎？」阿政露出難得一見的俏皮笑容：「陳澄波，我越認識他，就越不瞭解他，越不瞭解他，就越想要認識他。」

「所以呢？」

「繼續調查、繼續破解啊！」阿政語氣高昂起來。

回辦公室的途中，方燕思忖，才幾天前，阿政還憤世嫉俗，對不得志滿腹牢騷，如今他有了奮鬥方向，那就是尋找陳澄波畫中密碼的眞相。雖然也怕他耽誤修畫、延遲交件，但看他認眞投入，看畫冊時閃閃發亮的眼神，還是令她感動。只是，老畫家已不在人間，他的家人也拒絕受訪，資料管道如此缺乏，陳澄波密碼要如何破解呢？「看來，我還是要多出點力才行，誰叫我強迫他接下這個案子呢。」

此時方燕腦海中閃出一個念頭，她直覺陳澄波這個畫家的禁忌性，應該是與政治有關，否則兩位大教授說到最後，怎都變得呑呑吐吐？若果眞是政治禁忌，這是可以碰觸的範圍嗎？「也許先到報社的情資室搜尋與陳澄波有關的訊息，再來判斷如何幫助阿政破解陳澄波的密碼吧。」方燕盤算好策略。

當晚方燕發完稿，報社同仁正忙碌於校訂文字稿，準備送至印刷廠打樣時，她來到主管老羅的辦公室。

「你要進情資室查什麼資料？」老羅看了一下他這個同鄉叔父輩的女兒，此時遞上的一份申請獲得批准進入情資室的公文。

「我要查詢台灣省藝文人士的資料」，方燕篤定地說。

「查藝文人士的資料，爲什麼得到情資室查？」

「因爲……要弄清楚一些藝文人士的底子。」方燕知道情資室收集機密的新聞檔案，必須上級核准才能進去，若無重要的新聞訊息要查，沒有人能隨意進入這個同仁口中的「胡佛的小房間」。

「做什麼用？」老羅追問。

「要請藝文人士撰寫恭請經國總統競選連任的文章。」方燕說得理直氣壯，「所以要查查他們的思想是否純正，可不可靠。」

「可是經國總統五月時已連任就職了啊？」

「哦，不，」方燕連忙轉移理由，「我是說要請思想純正的藝文人士呼籲經國總統連任之後，藝文界該有的團結愛國的作爲。」

「寫這個幹嘛？」老羅疑惑。

「這你就不知道了，」方燕露出嚴肅的神情，趨近老羅的辦公桌：「近來江南命案的新聞鬧得很大，藝文界若能寫些支持政府的文章，對政府的形象會有很大的幫助，到時若有居心叵測的人士批評這些愛國文章，就跟他們打筆仗，把新聞炒熱，剛好可以轉移江南命案的焦點，你說是不是？」

老羅不禁笑了起來，問道：「你怎麼有這個點子？」

「哎，我政治 Sense 很好的，你都不知道。」方燕得意著。

「那就辛苦你了。」老羅笑著在公文蓋上印章。

「沒問題。」方燕恭敬地向老羅行禮。

方燕緊抓住時間，連著幾日出入情資室翻找陳澄波的資料。

此時，方燕依然埋頭在光線昏暗的情資室裡翻找，找了好一陣子，都沒有找到相關的資料。方燕眉頭深鎖，心裡納悶著：「奇怪？怎麼連蛛絲馬跡都沒有。」她靈機一動，從藝文區起身，轉往政黨區的櫃子翻找。

「你在找什麼？」一名身穿深藍色中山裝的男子，不知何時進來，猛然站在她的面前問道。

「我，我在找資料啊。」方燕嚇了一跳。

「找什麼資料？」對方口氣冷峻。

「我……」方燕一時之間不知如何回答。

「我發現這幾天你進進出出，而且行跡很可疑。」

「我有提申請啊，要待多久是我的事。」方燕答得臉不紅氣不喘。

「你申請的是藝文區的情資，」男子手上拿著方燕給老羅的申請公文，「現在卻擅自轉移到政黨區，我直覺就不對勁。」

「你是誰？管這麼多幹嘛？」方燕上下打量著對方。

「我姓王，是人事單位的。」男子斜著眼看著方燕，然後一個字、一個字，堅定地對她說：「我有權利管你們所有的人。」

男子拿出一張證件，在方燕的眼前晃動幾下，方燕連忙緊張起來，裝出強硬的口氣說：

「我……我有違法嗎？我只是盡我記者的職責……」

「有沒有違法要看你後續的作爲，但我要提醒你，來情資室搜找資料，不得違反申請所填寫的區塊與目的，否則我會究辦！」

被報社「人事單位」警告的事，方燕沒敢告訴阿政，怕他擔心。事實上，當那個姓王的出示寫著「法務部人事室」字樣的證件時，她便知道對方不是好惹的，因爲方燕父親任職於中央政府部門，根據聽聞長輩談話的豐富經驗，她知道有一些單位是不能招惹的，譬如法務部的調查局。畢竟，她不是隻天眞的彩蝶，無知地在黑蜘蛛面前飛舞而遭致災禍降臨。她知道「陳澄波」這三個字不容再碰觸了。方燕暗自決定，等拜訪完嘉義的劉新祿，就該結束掉陳澄波密碼的調查了。

至於劉新祿的聯絡方式，方燕透過嘉義同事探查，終於有了消息。同事在電話中告知她：「我費盡千辛萬苦幫你查劉新祿的聯絡電話，之所以這麼難查，是因爲全嘉義找不到一個叫劉新祿的畫家。」

「找不到？」此刻坐在阿政住處沙發上的方燕顯得不可置信。

同事繼續說：「但有一位已退休的阿公，名字也叫劉新祿，不知是否是你要尋找的對象？」

方燕馬上撥這支電話號碼，聯絡上這位阿公。結果，對方不願直接回答是否就是認識陳澄波的劉新祿，只是一逕地反問方燕，你找劉新祿有什麼事？直到方燕說，是袁樞眞老師介紹，要詢問有關陳澄波在上海教書的事時，這位阿公才緩緩地說：「我就是你要找的劉新祿。」

隔日，方燕和阿政搭火車南下，前往拜訪劉新祿。

坐在火車裡，阿政用手托著下巴，望著車窗外的景觀。

「在想什麼？」方燕問。

「每次坐火車南下的時候，我都有股想哭的衝動。」阿政竟說得有些哽咽。

「爲什麼？」她問。

「不知道。」阿政輕輕地搖著頭，愁緒不知從何而起，又如何對生長在台北的方燕解釋清楚呢？

這麼多年來，每當阿政搭火車南下時，必定是要回到那個有著童年回憶的大林老家，那個還有務農的父母的三合院老家。由於大林車站只有平快車停靠，每次回老家，他都是在平快車匡啷匡啷的鐵輪聲中，慢慢地迎向回家的時刻。木訥寡言的父母從沒過問他最近在忙些什麼「事業」，只是一逕地關心：吃飽了沒？在台北衣服要穿暖和些……而一回又一回，他強烈地感覺到父母老了，操持農事的手，繭又更粗厚了些。

「你太多愁善感了吧？」方燕把外套拉緊一些。

「也許是鄉愁。」阿政自言著。

「鄉愁？哼，我都沒鄉愁。」方燕露出無奈的表情，閉起眼睛半晌後，她突然睜開眼睛說：「我的鄉愁好像是西門町的電影街吧。在美國念書時，最想念的地方就是西門町。」說完自己不禁笑了起來。

方燕又把外套拉下，緊挨著阿政說：「阿政，我跟你說，等拜訪完劉新祿後，我們兩個可就要回歸正常的生活，我繼續當認眞的記者，而你，也全心投入修畫的工作，到了假日，我們還可以手牽手去武昌街看電影……」

「是嗎？」阿政問。

「I hope so.」方燕點點頭。

阿政對方燕報以微笑，並握著她的手。

而火車已快速穿越廣袤的稻田，嘉南平原就在眼前。

劉新祿同意接受這兩位從台北下來的記者及畫家的採訪，但對於有關陳澄波的話題，他顯然懷著戒心。當他在門口請阿政和方燕進屋時，頻頻轉頭看門外，似乎怕有人跟蹤。這像是諜報片裡的動作，讓劉新祿更顯蒼老，彷彿有千斤萬擔壓在他的心底層。

屋內狹小的書房因堆滿陳年書籍，顯得老舊凌亂，房內只有一盞鵝黃色的小燈，時不時會忽然閃滅一下。三個人就擠在這小燈下，彷彿在開一個不能曝光的密會。

許是已老邁的關係，劉新祿說話時口齒有些遲緩不清。他首先詢問兩個從台北來的貴客，爲何要談論陳澄波？

「是這樣子的，」方燕對劉新祿說：「因爲我們要修復一幅陳澄波的畫作，想要多了解他的風格與背景。」

阿政連忙從背包裡取出圖畫的照片。劉新祿戴上老花眼鏡，趨近一看，眼淚竟撲簌而下。

「我還沒青瞑，這幅圖我已整整四十幾年不曾見過了。」劉新祿拿出手帕，邊擦眼淚邊說：「沒錯，這是澄波兄畫的，畫名叫作〈琳瑯山閣〉。」

「阿公，你是說這幅畫的圖名跟這個所在都是叫〈琳瑯山閣〉？」阿政連忙問著。

劉新祿點點頭，繼續擦拭著眼淚。隨後，抬起頭來，疑惑地問：「這幅圖爲什麼會在你們手裡？」

「有人拿來請阿政幫忙修復。」方燕說：「但我們也不認識委託人是誰。」

「這個藏家是跟陳澄波有關係的人。」劉新祿邊說邊收拾起老花眼鏡。

方燕與阿政對望一眼。

「您怎麼知道？」方燕疑惑著。

「唉！這一切都是緣跟怨啊！」

「緣跟怨？什麼意思？」阿政追問。

劉新祿不再答腔了。方燕不想就此打住，她轉移話題：「阿公，你跟陳澄波是怎麼認識的？」

劉新祿點起一根菸，緩緩說起：「我與阿兄都是嘉義人，他大我許多歲，當我在台北師範當學生時，就耳聞他入選帝展的盛名。一九二九年我辭掉國校的教職，去上海藝術學校學油畫，正巧這一年阿兄也到上海教書，他鄉遇故知，我們倆也就特別投緣。」

劉新祿彈一下菸灰，繼續說：「阿兄會到上海教書，一方面是因爲當時在台灣與日本，他都找不到高等學校的教學工作，而上海的大專聘請他去當教授，他當然就去了。另一方面，也是因爲他那個年齡層的台灣人，對祖國有強烈的興趣與好奇心，尤其他的父親是秀才，對阿兄漢民族意識潛移默化很深，只要有機會，他總想回去看一看古詩詞裡的祖國是長什麼樣子，所以……」

劉新祿停了一下話，吸了一口菸。

阿政心有同感地說：「阿公說的這種心理，就如同十九世紀的美國人對於歐洲巴黎，同樣充滿嚮往，因爲歐陸是美國人的母文化，當時美國文化位階較高的人都會有回歐洲尋根的意識，所以美國作家亨利・詹姆士（Henry James）才會寫出 *The American* 這樣的小說，就是在寫這個文化尋根的心理。」

劉新祿點點頭，認同阿政的說法。

「是啦，後來的鍾理和、吳濁流……大抵都是這種心理，有一個文化的祖國在召喚我們回去看看啦。」劉新祿說著。

「那陳澄波去上海後，除了教書，還做些什麼？」方燕問。

「陳澄波除了教書，其他時間大都用來創作，他雖然貴爲教授階級，可是他喜歡與普羅大眾接觸，喜歡與市井小民相處，他常去畫一些工人、路人，也畫了許多淡彩速寫。他畫這些人物速寫，與其說是在訓練線條、造型，倒不如說是在捕捉小人物的神態。」

「捕捉小人物的神態？」阿政問。

「我想，他是想要進入這些基層民眾的內心，想要體驗他們的辛勞吧。當年的梵谷不也是在礦場裡畫很多礦工的速寫嗎？還有，我們在上海有一個福建同鄉會，他也經常幫助那些家境較貧困的福建同學。」

「爲什麼你們是參加福建同鄉會，而不組台灣同鄉會呢？」阿政問。

「當時台灣是屬於日本國的領土，中華民國的領土裡沒有台灣，所以我與阿兄在中國時的籍貫，都塡上福建。」

「所以你們的名片就印著福建漳州？」方燕問。

「確實是如此。」劉新祿答。

「原來是這樣啊。」阿政說。

「在上海這段日子，他過得怎麼樣？」方燕再問。

「當時上海可以說是全中國美術最蓬勃的都市，我們到上海那一年，也就是一九二九年，正逢上海舉辦第一屆全國美術展覽會，阿兄的畫作〈清流〉參加了展覽，同時他也獲選爲全中國當代十二位畫家，〈清流〉還代表中國去參加芝加哥博覽會，可說是出盡風頭，所以許多畫家的聯誼、座談活動都會邀請阿兄。而當時的上海可說是全國菁英大會合，每個人都自認爲最優秀，人多嘴雜，經常出現各大畫派的論戰……」

「什麼樣的論戰？」方燕問。

「譬如說，中國美術應該要維護傳統水墨或開創現代畫？若要開創現代畫，是要爲藝術而藝術，或爲社會而藝術？若不管社會問題，依循自己的心境創作，那麼要走印象派，或野獸派……等等這類論戰，總之一人一把號，喋喋不休，有些畫家忙於辯論的時間，還多於作畫的時間呢。而當時的澄波兄不免也會捲入這些爭辯當中，畢竟他是中國十二位當代畫家之一，具有舉足輕重的地位，他不說些話也是不行的。」

「他怎麼說？」方燕又問。

「他也只能盡量呼籲大家團結，畢竟無論是中國或上海，都不是他的母土，沒有地盤，沒有人脈，沒有關係，沒有派系。在那樣複雜的環境中，任何一句話都可能變成被攻擊的藉口，何況他是一個使用日文思考、日文寫作、日語演講的人，想要活躍於中國論壇，也不容易，於是他選擇參加畫派，用畫派的力量來推動他的理想……」

「您是說決瀾社嗎？」方燕問。

「沒錯，」劉新祿對著方燕點頭，「決瀾社成立沒多久，便得到許多畫家的支持與響應，形成當時最具分量的美術社團。而他在這之間，優游自在，如魚得水，尤其是他那一頭齊耳的長髮，出現在眾畫家面前，特別有分量。」

「我們有聽袁老師說過，」方燕笑著說，「陳澄波想模仿歐洲的藝術家，所以留了一頭長髮。」

「模仿歐洲藝術家？呵呵，可不是如此呢。」

「不是如此？那是什麼原因。」方燕好奇地問起。

此時，劉新祿的菸燃盡了，於是他又點起一根，「總之，當時我們除了教學，畫畫，參加畫會這些事務外，最大的樂趣就是買書。」

阿政發現劉新祿轉移話題，只好跟隨劉新祿的話題提問：「買什麼樣的書？」

「跟思想有關的書，尤其是歐洲來的思想，關於哲學，還有社會、政治，都是我們關心的學識。那時候各種思想從世界各國湧進上海，年輕的知識分子在思想上受到很大的衝擊。」

「東京對於西方文明的吸收應該更快速吧？陳澄波留學東京時，應該吸收到比上海更新潮的思想吧？」阿政問。

「這可錯了，東京雖然物質進步，但有內閣政府在控制思想，上海是十里洋場，外國租界地是南京政府管不到的地方，許多禁書在那裡都可以買到。例如我們會去魯迅常去的內山書店，買日文原版的書。」

「魯迅？」方燕記得聽袁樞眞提過這個名字，卻不知他是何人。而劉新祿聽到方燕重複一次魯迅，不禁愣了一下。

「你們……」劉新祿露出警戒的表情。

「阿公你放心，我們不是抓耙仔。」阿政看出劉新祿的疑慮，連忙向他解釋。

「怎麼了？」方燕不明白事出何因。

「魯迅的人跟他的書，在台灣都是禁忌的。」阿政小聲告訴方燕。

「這樣啊。」方燕還是感到納悶，因爲她的生命經驗裡，從沒接觸過這類所謂禁忌的事物。

「沒事的，阿公你繼續說。」阿政再度向劉新祿澄清。

「你們……到底是哪個單位派來的？」劉新祿依然警戒著。

「我們絕對不是有關單位的人。」阿政急切地要挽回劉新祿對他們的信任。

「阿公，我們眞的不是壞人。」方燕突然想起，「不信你看……」她趕緊從皮包裡拿出一張名片，呈給劉新祿看。「這是林玉山教授的名片，他認識我們的，我們還去過他家……」

「嗯，他好些年沒回嘉義了」劉新祿看著林玉山的名片。

「還有，袁樞眞教授的名片……」方燕繼續掏出名片。而阿政也一再保證他們絕不是有關單位的人。

於是，劉新祿終放下警戒，對他們點點頭，繼續開口說話：「嗯……所以，剛才我說到哪裡了？」

「您說您們都去魯迅的書店買日文書。」方燕鬆了一口氣。

「對，當時魯迅在中國很紅，是年輕人的偶像，但書店不是他開的，是一個叫作內山完造的日本人開的。內山完造與魯迅是好友，魯迅的許多書，都是由內山書店出版。魯迅經常在這家書店演講、會客，或是進行一些祕密的活動。我們到這家書店買書，偶爾會遇到魯迅，當時他大約五十歲，身體看起來不是很好。不過我們去書店，不是為了看魯迅，主要是因為書店進口大量的日文書籍，而且都是東京剛出版的新書，這些書是我們心靈的寶庫，因為在中文的世界裡，我們像是個掉進乾涸水池的魚，一旦來到日文書店，我們便像是游進降下甘霖的池塘，快活又自在……」

◆ ◆ ◆

一九二九年，上海施高塔路，內山書店。

這天下午，陳澄波與劉新祿信步來到內山書店。書店位居上海虹口區，這一帶是日本的租界地。街道上，包括房屋、建築、店招，充滿了日本風味，讓陳澄波有種回到家的感覺。所以他一有空，便喜歡來虹口逛逛，尤其發現內山書店賣很多日本書，而且多是出版於大正時代的書籍，他去得更勤，買得更開心，畢竟進入昭和時代後，這類鼓吹自由思想的書籍在日本都被禁了。

陳澄波與劉新祿來到書店門口，發現今天人特別多，探頭一看，原來是書店老闆的弟弟內山嘉吉，正在舉行木刻版畫技法的講習會。最近這段時間，內山書局經常舉辦版畫的推廣活動。陳澄波還記得魯迅曾在書店辦的座談會上說：「木刻版畫有助推動社會、政治的改革，是改造大眾意識的最好工具……」年紀小魯迅近十五歲的陳澄波認同這樣的說法——雖然他對版畫的藝術層次有所保留。

今天正巧又遇上版畫的推廣活動，陳澄波注意到有面貌神態嚴酷的人在店外徘徊，頻頻注視店內活動，「可能是特務吧」，他想。自三年前發生四一二國民黨清黨事件後，內山書店成了左翼青年的避難所。儘管特務依然會盯哨，所幸這裡是外國租界，特務行動不敢過於明目張膽。

此時，老闆娘內山太太為來客奉茶，陳澄波接過熱茶，用日語致謝。劉新祿對版畫感到好奇，便向阿兄問起。

陳澄波說，歐洲自啓蒙運動後，發現印刷與版畫這兩樣工具，可以快速傳達知識與消息，有助於啓發人民的智識，對於宣達各種形式內涵的社會運動，有很好的效果。

「原來版畫有這樣的功用。」劉新祿恍然大悟。

「如果有一天，台灣發生什麼大事，也可以用版畫來宣傳。」陳澄波說。

「台灣會發生什麼大事？」劉新祿疑惑著問。

「不知道。台灣的命運無法自己做主，以後會發生什麼大事，誰也難以預料。」陳澄波彷彿自問自答似地。

內山書店採取開放式陳列，書本上已標示價錢，挑定想買的書，直接把錢投入一個盒子裡即可，不需經由老闆收錢。

陳澄波突然眼前一亮，他看到永田一脩寫的《プロレタリア絵画論》，興奮地拿給阿祿看，告訴他在東京的普羅畫展見過這位畫家，也曾聽過他演講普羅藝術，想不到今天會在上海看見他的著作。

劉新祿問阿兄是否要買這本書？陳澄波想了一下後說，他曾聽過永田桑的演講，已明白而且欣賞他的想法，這本書，就留給其他需要的人吧。劉新祿又問，這本書是寫些什麼？陳澄波小聲的說：「プロレタリア（Puroretaria）就是無產階級的意思，所以這是一本關於普羅階級繪畫的書，這種左翼的書，在日本與中國都是禁書。」

「為什麼要禁？」劉新祿小心翼翼地問。

「因為……」陳澄波思考後，說道：「因為普羅藝術的中心思想是在宣傳文化藝術要為社會公義服務，所以這本書表達了要對貴族、上流階層進行財富的重新分配，給予貧困、下層階級彌補與幫助，這樣才能讓上下階級沒有懸殊的貧富差別，如此社會才會祥和。但這樣的改革會衝擊到貴族與上流階層，所以被政府禁止。」

「阿兄，你為什麼對這些事有興趣？」劉新祿好奇地問。

「阿祿，我小時看太多富人欺負窮人的事，感受到這世間有太多的不公不義。後來留學東京時，許多教授、大學生，都在討論 Marukusu（馬克思）的思想，譬如他所主張的『人類社會是在控制生產資源的統治階級與提供勞動生產的勞動階級間不斷的階級鬥爭中發展而成』等這種理論。或許我未必完全懂得 Marukusu 的思想到底是什麼，但對於富人欺負窮人的經驗，我感同身受。我永遠忘不了我父親過世時，家裡為了買一副棺材，去向某位地主磕頭，最後還是沒有借到錢的那種悲哀。唉！我自己身為藝術家，對於永田桑寫這種追求公義的書，有著很高的敬意啊。」

「那為什麼叫左翼？不叫右翼？」

「嗯，」陳澄波遲疑半晌，想著要如何用簡單的語句說明，「那是因為在法國大革命時，當時國會裡坐在左邊座位的都是反對保皇、支持共和體制的議員，所以被稱為左翼；相反地，坐右邊的都是保皇、庇護皇家與貴族的議員，被稱為右翼。後來 Marukusu 思想席捲歐洲後，支持無產階級革命的，也被稱為左翼，支持資產階級保護的，也稱為右翼。總之，支持左翼的大多是思想進步的青年，支持右翼的大多是有錢的、保守的中老年人。」

「所以你也是左翼的人嗎？」

「噓！」陳澄波看看左右，輕聲地說：「小心！」

劉新祿也張望了一下四周。

「你不能這樣隨便問，」陳澄波小聲地說：「你要知道，真正左翼的人，是會加入共產黨，但無論在日本、中國、滿州、朝鮮或我們台灣，加入共產黨的人都會被政府捉走。」

陳澄波話才說完，書店另一頭有人大聲演講，他轉頭一看，是上次那個來師生聯合畫展鬧場的左翼畫家江豐。他講話時不斷地舉起右手，向上揮舞擺動，一副控訴對方的架式。此刻，他正在對書店內的來客說話：「版畫是爲廣大群眾服務的藝術，」他的臉上有股倔強固執的神情，說話的語氣激動又快速，「所以，大家要把版畫藝術的思想貫徹到中國的美術教育之中，爲社會主義的美術教育，做有益的探索準備。因此，請大家支持版畫運動所傳遞的人民必勝的意識！」

江豐說完後，一個外貌溫文的中年男子說道：「版畫一團烏漆抹黑的，看也看不清楚，有啥好看的呢？」江豐聞言，不禁怒道：「儂曉得個屁，阿拉版畫每一刀一刻，都是用盡力氣在刻，每一個畫面的內容，都是低階人民受盡欺凌的眞實情境，每一個畫中人物的表情，都是卑微人民發出的怒吼！儂看看自己，西裝領帶，油頭粉面，一看就知道是站在欺壓者那邊，才會替資產階級說話，令人厭惡。終有一天儂會被廣大人民綁在樹頭，群起鬥爭……儂曉得吧？小赤佬！」

江豐的措辭激烈，毫不客氣，彷彿同誰在吵架，末了還帶出一句咒罵——儂曉得吧？小赤佬！陳澄波皺著眉頭，想起那天，這個憤怒的年輕人，也曾指著他的鼻子罵道：「像你這種資產階級文藝觀的形式主義者，是廣大人民所唾棄的對象，也是偉大普羅藝術的歷史罪人！」

想至此，陳澄波的胃又是一陣的痙攣……我是普羅藝術的歷史罪人？他連忙擠過人群，從書架再次拿起《プロレタリア絵画論》。我是普羅藝術的歷史罪人？內心喃喃著的同時，他把幾張鈔票投入盒子裡。我眞的是普羅藝術的歷史罪人嗎？陳澄波帶著書快步離開，留下江豐那尖銳的批判聲，在他身後迴盪著。

而劉新祿默默看著澄波兄一連串奇異的舉動，來不及問，就快步跟隨，離開人聲鼎沸的書店。

◆ ◆ ◆

「你們讀過《雙城記》嗎？」劉新祿輕咳了兩下後，問道。

「有！*A Tale of Two Cities*，狄更斯寫的。」方燕答。

「書裡不是有一句話說：『那是最好的時代，也是最壞的時代。』當時的上海，是最好的時代，也是最壞的時代。我們那時雖然過得非常充實，但那也是一段逼迫人成長的磨練時期。」劉新祿搔著臉頰的白鬍渣說。

「你的意思是，你們在上海過著磨練的日子？」阿政問。

「的確如此。」

「爲什麼？」方燕問。

「說來話長，表面上，我們忙碌於美術創作，但生活上的複雜程度，卻遠遠超過單純的畫畫……」

阿政與方燕被劉新祿的話題吸引住了，迫不急待地想聽聽他與陳澄波在上海經歷怎樣的磨練。

只見劉新祿再度點起一根菸，然後將身子貼緊扶手椅的靠背，緩緩地說：「從一九二九年抵達上海

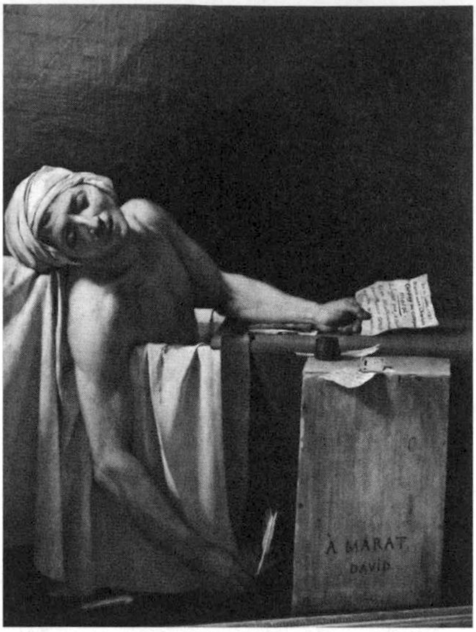

■〈馬拉之死〉，大衛，1793。

開始，我們的生活就不斷被捲入上海的動亂中。八月，八一事件，國民黨血腥鎮壓加入共產黨的工人。隔年，上海大罷工，嚴重影響老百姓的生活。當時的上海，表面歌舞昇平，可是內部早已是驚濤駭浪。」

劉新祿吐口煙後，繼續說：「就在同一年，魯迅等作家組織中國左翼作家聯盟；隔年，戲劇界組成左翼戲劇家聯盟；不久，美術界也組了左翼畫家聯盟。之後，上海發生龍華血案，二十三名左翼年輕人，未經審判，就被警備司令部槍決，全國輿論譁然，上海各大校園都在議論這樁血腥槍決事件。我們幾個台灣人，內心其實受到激烈的衝擊，背著畫架到風景區寫生的時候，口裡不談政治，表現出雲淡風輕的樣子，但心裡卻波濤洶湧，想著大衛在畫〈馬拉之死〉時，是否也正經歷著與我們相同的亂世。」

「〈馬拉之死〉？」方燕望向阿政。

「這幅畫，」阿政向方燕解釋：「畫的是法國大革命那段混亂時期，代表無產階級的雅各賓黨的領袖被刺死。」。

「阿兄關心社會局勢，上海這些紛紛擾擾的政治事件，他不可能無感，」劉新祿說：「或許是因爲他的家人難得來上海團聚，或許是因爲他對澄波嫂抱著愧歉的心理，所以他沒參加任何政治活動，也不加入任何學生運動，但他告訴過我，他時時想起大衛，畢竟，上海畫壇充斥著左翼畫家與右翼畫家的對抗，我們周遭的朋友，時常因立場不同而翻臉，在這股漩渦裡，你不可能置身事外。」

「後來呢？」方燕問。

「後來，就在國共激烈內鬥時，日本也趁機向中國進行掠奪。一九三一年，東北發生了九一八事變，上海全市十萬名學生發動大罷課，我們忽然無課可上，頓感失落，阿兄和我就更加勤奮地到各地寫生。」

阿政與方燕摒氣凝神聽著，而劉新祿手指間的菸，不知何時熄滅了，他重燃起火，用力吸氣後，繼續說：「我們雖然把生命重心投注在畫布上，但內心已無法安分於塗塗抹抹。時局鎮日牽動著我們的思緒，尤其阿兄是熱血男兒，對於政局的變動更爲敏感，上海的街坊巷弄間、食堂裡、報紙上，到處都在談反日、抗日！我與阿兄及其他台灣人，有如驚弓之鳥，我們經常憂慮著或許沒有明天。」

「阿公，你是說……」方燕問。

「政治立場的問題。」劉新祿回答。

「政治立場的問題？」方燕疑惑。

「嗯，沒錯。」劉新祿答道，手中的菸灰掉落地上。

「你所說的政治立場，是指對祖國的認同？」阿政問。

劉點點頭，繼續說：「歌舞昇平時，台灣人可以跟中國人稱兄道弟，像是一家人，但當中、日兩國交惡時，敵我意識就強化起來了。中國的畫家看待我們這些來自日本領土的畫家，明顯不再像以往熱絡了，我們的臉上，頓時刻上了『通敵』兩個字。」

「通敵？」方燕與阿政同感驚訝。

◆ ◆ ◆

一九三一年，上海巷弄內的食堂。

許多客人正在用餐，陳澄波與劉新祿也在其中，兩人點的是一份湯包、雪菜炒年糕、煨臘肉，及一碗青菜豆腐湯，簡簡單單的幾樣菜，在這亂局中算是可口豐盛了。

兩人邊吃邊用台語交談。

「阿兄，」劉新祿問：「局勢走到現在這個地步，照你看，Tokyo（東京）的帝展會繼續辦下去嗎？」

「嗯，難說，」陳澄波答道：「帝展自從一九〇七年以『文展』之名開始舉辦，一九一九年改名為『帝展』後，這二十多年來，只有一九二三年因為發生關東大震災曾經停辦一年，其他年分，就算大正天皇過身那一年，也沒停止舉辦。所以我看，繼續辦下去的可能性較大。」

「那按呢，你覺得我是不是應該參加徵選？」

「上海到Tokyo（東京）的海運很便捷，作為一個畫家，沒有拒絕參加畫展的理由啊。」

「這道理我知影，但是上海萬一開戰，海運交通被封鎖，圖畫就無法寄到，甚至會遺失。」

「這，你的顧慮，確實有可能。」陳澄波臉上也流露憂色。

就在兩人談話時，隔桌的客人站起來，走到他們這一桌，大聲詢問。

「敢問兩位是打哪兒來的？」問話的是個滿臉鬍鬚的壯男。

「我們……」劉新祿猶豫著該如何回答。

「聽你們的口音，咿咿呀呀的，Tokyo！Tokyo！好像是在講日本話？」旁邊立刻有個讀書人模樣的附和。

「不是，我們方才是講台灣話。」劉新祿答。

「台灣話？」鬍鬚男問：「台灣在哪兒？」

「台灣就是當年甲午海戰，滿清戰敗，割給小日本的那個在東南一隅的海島。」讀書人看似熟悉近代史，侃侃而談。

「所以說你們是日本人？」鬍鬚男又問。

「這，該怎麼說？」劉新祿回答得戒慎恐懼。

此時，越來越多人包圍著他倆。

「兩位兄長，諸位鄉親，」陳澄波放下碗筷，不慍不火地說：「事實上我們台灣人有兩個國家，一個是國籍的國家，一個是文化的國家。我們現在雖然是拿日本護照，但這並不是台灣人自己選擇的，我們是被大時代改變國籍的人。在文化與血緣上，我們自認爲是漢人，因爲家裡神主牌上的姓，都是漢姓，不是日本姓。這一點希望你們能夠理解。」陳澄波再補上一句上海話：「阿拉這樣子講，儂曉得吧！」

此話一出，四周的上海人全笑了起來，對這男子頗有老鄉的親切感。

唯有鬍鬚壯男，依然忿忿然，他說：「不管是不是你們自己選擇的，總之，日本鬼子欺負我們中國人越來越明顯，如果你們繼續當日本人，最好滾出我們中國，否則，小心挨揍。」

◆
◆
◆

「那你們該怎麼辦？」方燕問。

「那時，我們也無可奈何，」劉新祿彈彈菸灰，然後再吸一口，讓煙霧飄浮到鵝黃色的燈泡上。「我們只能祈禱不要發生戰爭。就在這個時間點，接到台灣傳來的電報，說陳植棋病逝了。我們相當震驚，尤其是阿兄，在東京時他與阿棋形影不離，兩人有革命情感，不但想共同籌組畫會，甚至想效仿蔣渭水組政黨搞社會改革，沒想到幾年不見，阿棋才二十六歲即英年早逝，這對阿兄打擊很大，也讓他強烈感受到朝不保夕。在這樣的心情和時局下，澄波兄更加珍惜與家人的團聚，他以家人為題材畫了一幅〈我的家庭〉，與其說他在畫全家福，不如說，是面對無常的紀念照吧。」

三人突然靜默起來。片刻後，阿政打破沉默：「名片上印福建漳州，對於有日本國籍的你們來說，也算是一種自保吧？」

「也是啦。」

「後來呢？」方燕又問：「後來時局的變化？」

「共產黨用更激烈的手段，逼迫國民黨不要再對日本隱忍，上海因此變成中國反日的大本營。日本為報復上海，在一九三二年發動了一二八事變，全面轟炸上海，死傷無數……」

此時，頭頂上鵝黃色的燈泡一閃一爍，彷彿當年砲彈迸裂的火花。

◆◆◆

一九三二年一月三十日，日軍轟炸上海的第三天。

日本駐上海領事館發出緊急通知，要日本僑民進入租界地避難。陳澄波一家子，加上前來會合的劉新祿，一行人帶著大包小包的行李，徒步走往離住家較近的法國租界地。

途中，零星的炮火在屋頂上、馬路上、公園裡爆開，四處都在冒煙。三個已懂事的小孩——紫薇、碧女、重光，不慌張也不哭鬧地一路走著。妻子張捷抱著未滿週歲的白梅，步履維艱地跟隨在後。路上行人稀疏，來往車輛也少，上海的大白天罕見的寂靜，只聽見遠遠的黃浦江碼頭，不斷傳來砲彈的響聲；每一響砲彈聲，都讓陳澄波把孩子們的手牽得更緊。

當一行七人穿過層層的路障與煙硝，終於走到徐家匯一帶，法國租界地就近在眼前了，此時，突然出現幾個中國士兵，硬是在租界區邊界把他們攔阻下來。

負責盤查的小隊長問他們是哪裡人？陳澄波鎮定地答說，是福建人。

「福建人？你們要去哪裡？」

「我們要去徐匯公學……找朋友。」

「徐匯公學是在租界裡面，目前租界地封閉，咱們中國人沒有通行證可不能進去。」

另一個士兵接口說：「除非你是外國人。」

陳澄波臨機應變：「是，是，我們有外國護照。」說完便拿出他的日本護照。

小隊長一看，臉色勃然大變。

「原來是日本人？」

「這……」

「你不知道日本正在轟炸咱上海嗎？你中國話說得很不錯，福建人，哼，幾乎把我也騙了，我守邊有責，豈可放敵人逃進法租界去？」

小隊長一聲喝令，士兵們上前押住陳澄波一行人。

「把他們關進倉庫裡。」

「是！」士兵應諾。

「等一下！」千鈞一髮之際，有個老士兵跑過來，氣喘吁吁地說：「報告小隊長，他們不是壞人，是好人。」

「你說啥，好人？」小隊長滿臉不信。

「這位留長頭髮的先生是新華藝專的陳教授，」老士兵說：「他在學校很有名，對咱中國學生很好，雖然他們拿日本護照，但他們實在不是日本人，他們是日本台灣福建人……」

「日本台灣福建人？」小隊長困惑地望著陳澄波。

機警的陳澄波，一時也不知如何解釋，只一逕的點頭。

「你說他們不是日本人？」小隊長再次確認。

「報告小隊長，他們確實不是日本人，」老士兵也再次強調，「陳教授的三個小孩還得過咱們上海書法比賽的優勝呢。」

「是的是的。」陳澄波趕緊從行李底部找出獎狀，呈到小隊長眼前。

「小隊長，如果他們不是中國人，怎麼有資格參加咱中國的書法比賽？」老士兵說。

「可是他們爲何有日本護照？」小隊長看著另一隻手上的護照，疑惑未解。

「他們拿日本護照是有特殊任務的……」老士兵連忙對著小隊長耳語一番。

「什麼？替祖國做情報？」

「沒錯。」老士兵用力點頭。「你看陳教授留這頭奇怪的長髮，就是要掩護他情報員的身分，如果身分快暴露出來了，他就把長髮剪掉，讓敵人認不出面貌。」

小隊長聽完老士兵的話後，半信半疑，說：「這頭長髮，不男不女的，確實是很奇怪。」然後再看看陳澄波身後跟著的，孩童、婦女、嬰兒，確實不像有什麼威脅性的壞人。

小隊長點點頭，把護照還給陳澄波。老士兵對著陳澄波大吼：「還不快走！」

陳澄波愣住，一時竟會意不過來。妻子張捷連忙用台語喊他：「緊走啦！」於是一行人提起行李，快步往法國租界地奔去。

陳澄波一邊跑，一邊回頭看剛才相救的老士兵，只覺得眼熟，但想不起在哪兒見過。

突然，老士兵對著陳澄波大聲喊：「我是老周啊！學校的工友老周啊！」

這時，陳澄波對著老周，激動得不斷點頭。

◆◆◆

「眞的嗎？」方燕大爲吃驚，「陳澄波眞的是情報員嗎？」

「當然是老周胡謅的。」劉新祿笑了起來，隨後表情又轉嚴肅，「二二八事變雖然在一個月後停火了，但上海從此不再歌舞昇平，因爲交通被封鎖，整個上海形同一座孤島。此時，我再也無法收到台灣家人寄來的生活費，而阿兄在新華藝專的課也停了，他的薪資頓時中斷，我們倆在上海幾乎難以立足。日本領事要求台灣僑民盡速返台，於是澄波兄先把家人送回台灣，自己則留在上海等待時局。」

「爲什麼？」方燕問。

「是啊，他爲什麼沒跟家人同時間回台灣？」阿政也好奇。

「這可能有兩個原因，」劉新祿把菸熄掉，繼續說：「一個是工作的關係，他期待能復課，繼續教書，畢竟他喜歡這份工作。另一個原因是對祖國有文化上的 Kizuna（絆，牽絆），他應該能預見，若此刻離開中國，就再也回不去了。」

「所以說，陳澄波在心底，還是認定自己是中國人？」方燕問。

劉新祿抬頭看了方燕一眼，然後再望著那盞鵝黃色的吊燈，喟嘆著：「想當中國人、日本人、台灣人，這對我們那代的台籍知識分子來說，彷彿是走在迷霧森林裡，選擇哪條路走，都有可能掉落懸崖。」

方燕與阿政傾著耳，靜靜地聽著劉新祿的答覆。

「事實上，」劉新祿繼續說：「澄波兄拿日本護照卻代表中國參加芝加哥博覽會的畫展，這本身就有著文化認同與政治現實的雙重矛盾。他遊走在漢／日、東／西不同文化裡，追求美術技法的試驗，享受著藝術人生，但命運卻不容他如此優游，一二八事變只是再次迫使他面對身分的選擇，要當日本人？或中國人？」

「那他的選擇呢？」方燕與阿政幾乎同時問。

◆ ◆ ◆

一九三三年六月，外灘的華懋飯店八樓餐廳。

餐廳內正演奏著剛自美國引進的爵士樂，場面熱鬧，音符奔馳。

此時，陳澄波坐在這家開幕不到幾年的華懋飯店（今和平飯店）餐廳裡，正與老潘吃著美式的牛排。這家餐廳最著名的就是爵士樂團演奏，激昂的小喇叭聲，把現場氣氛炒熱到彷彿是芝加哥爵士俱樂部的翻版。即便是一年多前上海才剛發生一二八事變，但外灘依然歌舞昇平，處處衣香鬢影，杯觥交錯。

老潘——陳澄波都是這麼稱呼潘玉良的，而潘玉良則稱呼他老陳——與老陳相識於一九二八年，當時陳澄波還在東美念研究所，剛自法國回上海擔任西畫老師的潘玉良到東京進行考察，陳澄波盡地主之誼，一路擔任翻譯，兩人因而結下情誼。隔年，陳澄波來到上海任教，與潘玉良重逢，格外欣喜。

陳澄波感覺與潘玉良有深緣，不僅因爲是美術同行，更大的巧合是兩人都出生於清光緒二十一年，也就是一八九五年。那年，台灣割讓給日本，陳澄波從一個漢人秀才的兒子，變成明治天皇的子民。而潘玉良的出生地揚州，因上海在鴉片戰爭後工商崛起，導致揚州經濟衰退，潘玉良出生於貧困之家後不久，父母皆亡，她和陳澄波皆在失怙又喪母的背景下成長，時時面對險惡命運的吞噬。

陳澄波到了十三歲方才上小學，而潘玉良則在十四歲的時候被親人賣到青樓，嘗遍辛酸與艱苦。幸好後來遇到興中會的革命黨員潘贊化，潘贊化爲潘玉良贖身，並讓她受教育，成爲新時代的女人，命運才因而改變。而後，潘玉良在一九二一年到巴黎學畫，陳澄波在一九二四年到東京習畫，兩人在一九二九年於上海成爲摯友。

兩人在上海任教時，畫壇紛擾不休，留法、留日兩派常爲爭取西畫正宗而打對台，老陳與老潘皆思考著該如何弭平彼此傷口，奈何二二八事變打破一切癒合的機會，一場烽火，人事皆非。

陳澄波終於決定回台灣定居，今天是來吃老潘爲他送行的惜別宴。

■ 陳澄波畫作〈清流〉揉雜中國水墨技法，1929 年。（參見書末彩頁）

潘玉良穿著旗袍，切牛排的手勢流利而優雅，許是在巴黎學來的身手。而陳澄波雖也經歷東京大都會的洗禮，但在西餐的禮儀上，顯得生疏。

閒聊之際，服務生送來餐後點心起司蛋糕。潘玉良認爲華懋的師傅遜於巴黎的師傅，「這起司的餐點技巧，全世界沒人贏過法國。」陳澄波聽後露出羨慕的表情，不是想吃法國的點心，而是從學生時代起，他就夢想去法國學畫，他說：「光是想到莫內、雷諾瓦、梵谷、秀拉等人都在巴黎留下光彩，就很令人興奮。」但因他的恩師石川欽一郎勸他不需全以西方技巧爲尚，反倒該學習中國、印度這種東方的特色，才能形塑出東方畫家的風格，他因而放棄巴黎之行的念頭。

「所以你那幅參加芝加哥博覽會的〈清流〉，就是參雜著中國水墨畫的技法而形成的？」老潘好奇地問。

「確實，我參考倪瓚的線描法，以及八大山人的擦筆法，讓整個畫面產生動態感，繼而活潑起來，這已完全脫離莫內所制定的印象派畫風了。雖然未必是成熟的技法，但這代表著一個東方油畫家在尋找一條適合自己文化的路線。」老陳說完，露出自信的表情。

潘玉良聽後，也點頭同意這個論點，因爲她自己住過歐洲，知道東方畫家全然以西方畫風是拚不過他們的，「其實我在法國時，跟林風眠、常玉、徐悲鴻……常爲了所謂風格與路線而爭吵，最後大家都陷入莫名的焦慮，之後總有一段時間很難提起筆來創作。」老潘閉著眼睛搖頭。須臾，又燦爛地笑說：「後來想通了，管他什麼路線跟風格，作畫時，我就半閉著眼睛，讓手自然地引導我的腦來下筆，手怎麼畫，畫面的圖形就怎麼成形，於是一幅油畫就這麼完成。啊，不再追逐這些潮流了，追都追不完，何況這些年西方畫風的演變快得令人目不暇給。前些年，爲了一個野獸派，大家吵到不可開交，後來又有一個叫畢卡索的傢伙用立體主義來嚇唬我們，好像我們正要去了解一個主義是什麼時，另一個主義就又跑出來嘲弄我們，眞教人心慌！」潘玉良笑著說。

陳澄波也點頭，說：「祖國人比較辛苦，因爲你們傳統包袱比較深，對於接受西洋文物比較掙扎，台灣人就比較單純，日本人帶領我們接受什麼事物，我們就直接接受，很少抗拒。台灣畫家從日本老師那裡學來技法，就單純的從一而終，即使受到野獸派的影響，也只是參考而已，並無太大改變。所以我們不隨波逐流，我也只畫自己所擅長的技巧，所關心的題材。」

隨後，老潘問起老陳，送妻兒回台灣後，獨自在上海又留了些年，爲何最後還是決定要走？是害怕戰爭嗎？

只見陳澄波輕搖著咖啡杯，淡淡地說，戰爭固然令人害怕，卻不是全部原因。在中、日衝突越發尖銳時，國籍問題已無法再迴避了，想留，就要放棄日本國籍，因爲祖國已不容許拿日本護照卻在中國學校教書。「譬如我的一位台籍前輩畫家王悅之，本名劉錦堂，他爲了長留祖國，改名換姓，並放棄日本國籍，與河北姑娘結婚，成爲道地的中國人，現今在北平美術學院當校長。但對我而言，卻無法放棄日本國籍，若放棄，以後很難再回台灣，那麼我與內人便必須割捨台灣的親友，尤其是我內人，她已爲我犧牲甚多，怎可再讓她因爲我而無法回鄉探望父母親？更何況……」

陳澄波抬頭看看潘玉良，猶豫著是否該說下去？潘玉良嚥下一口起司蛋糕後，頷首示意要他繼續往下說。

「事實上，」陳澄波苦笑地說：「內人對於在上海生活並不是很習慣，外國租界區固然富庶繁華，但更廣大的本國人區卻充斥著髒亂、無秩序。記得周作人寫過一篇文章：『外灘公園禁止狗與華人進入的規定，固然是西方人對我們的歧視，但中國人在公園內大小便、破壞公物、四處喧譁等等，自己不尊重自己，如何叫外人尊重？』」陳澄波嘆口氣說：「祖國在文明的程度上，不僅遠遠落後於日本，也落後於台灣，這是另一個難以言明的苦惱啊。」

陳澄波停下話，只見潘玉良露出一個無奈的表情，接口說：「我何嘗沒有文明落差的困擾。」

她語調緩慢地說：「巴黎、上海兩地的文明差異，可能是一個世界跟另一個世界之差別吧。我在上海——這已算是咱中國文明水準最高之地了，依舊時時遭受異樣的眼光，即便我憑藉著實力而擔任教授，依然遭受歧視，他們用看笑話的態度看待我這個女人，『她在大學裡能教什麼？是教如何侍奉男人？或是教如何陪男人睡覺？』有次畫展的記者會上，一位記者質疑我的畫是有人代筆的，因爲他不相信青樓出身的女子，怎麼可能畫出這樣的作品。於是我拿出畫布、顏料，一筆一筆的重畫給他們看，他們才啞口無言。多年前我在這裡不被尊重，如今學成歸來，依然是此等滋味，哈哈。」

潘玉良笑中帶淚。一時間，陳澄波不知是否該安慰她。

「老陳，你走後，可能我也會離開。唉，曾經滄海難爲水啊，畢竟我們的文明基因都與祖國水土不服了，我只能說，我愛祖國，可祖國並不愛我。」

陳澄波看著潘玉良把杯中的最後一口咖啡喝完，突然想起，不知這桌惜別宴，到底是誰要送別誰呢？

◆ ◆ ◆

「四年後，她也離開上海，遠赴巴黎。」劉新祿往椅背上靠，緩緩地說：「就我印象所及，潘玉良終生沒再回中國，算是客死異鄉吧。」

「所以陳澄波是爲了國籍問題而回台灣？」方燕問。

劉新祿沒有回答方燕的提問，反而自言自語：「劉錦堂，他……」

「誰？」方燕聽不清楚。

「劉錦堂，嗯，就是王悅之。」

「哦，就是放棄日本國籍的那位台灣畫家，他怎麼了？」方燕望著劉新祿。

劉新祿想再從長壽菸盒中取香菸，卻發現盒中已是空無一物，他遂把菸盒壓扁，丟到腳旁垃圾桶裡。然後撫摸著下巴，略爲沉思，再緩緩啓口。

「他是台中人，跟黃土水在東美時是同學，算是最早到東美念美術的台灣先輩之一，他比我們早到大陸，當時他拜國民黨的王法勤爲義父，當上了北平美術學院的校長，但他的義父因爲追隨汪精衛，在國民黨的派系鬥爭中失勢，錦堂兄的處境也跟著陷入艱險。一些依附南京政權的報紙對他連番攻擊，說他貪污校款，接著，在中、日衝突升高的時刻，又質疑他的台灣日本國的身分，懷疑他的忠誠有問題，即便他已放棄日本國籍了。錦堂兄爲了表達他愛祖國的立場，畫了一幅〈棄民圖〉，描繪東北難民受到日軍迫害的景象。但是他的處境並未因此而有所轉圜，於是他爲躲避政爭跑到華南避難。當時，阿兄曾寫信給錦堂先輩，表達慰問之意，信中並勸他，若眞的萬事不順，可返台歇息，再重新發展。結果錦堂兄回信說，他已改名換姓，愧對台灣家人，已不便再回台。所以

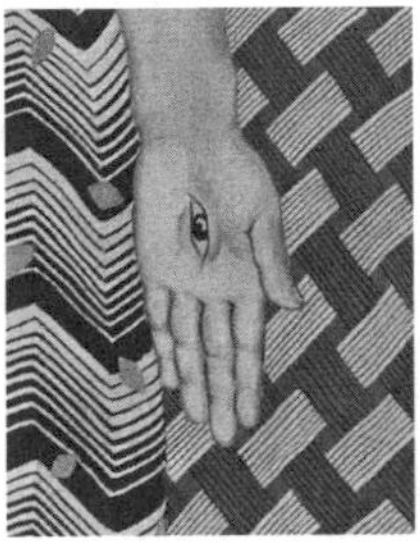

■〈台灣遺民圖〉，劉錦堂，1934。
小圖爲局部放大，可見手掌心上的眼睛。

他繼續留在他的祖國面對祖國人給予他的刁難處境。」

劉新祿咳了一口痰後，繼續說道：「我曾讀到他一首詩〈迎台友遊中原〉，詩中寫著：『武人擅國政，剝奪民膏液。同胞更自殘，神州更誰惜。』唉，他一頭栽入祖國的懷抱中，卻被祖國的政治鬥爭焚燒啊。」

劉新祿撫摸著下巴，片刻後才又說道：「一九三四年，也就是澄波兄回台灣的隔年，錦堂兄畫了一幅〈台灣遺民圖〉，表達他對台灣家鄉的思念。這幅畫中有三個女人，中間那位右手拿地球，左手掌心有一個眼睛。有人曾問他這兩隻手代表什麼意思？他說，地球代表台灣人流落四海的處境，眼睛代表無論流落何方，始終是望向台灣。由於他不斷被攻擊，累積成病，隔沒幾年，錦堂兄就病死他鄉了。唉，如果澄波兄沒回台灣，處境可能也是好不了多少吧，當時日籍台民的命途，就是鍾理和所寫的〈白薯的悲哀〉那般景況了。」

「〈白薯的悲哀〉？」

「『白番薯的悲哀』就是說，雨水摧殘番薯的根，白番薯的心就會爛掉，象徵我們這代台灣人的悲哀。」

「雨水？」方燕不解，「是怎樣的雨水？」

「就是排擠你是一家人的雨水！在祖國人的眼中，台灣人與朝鮮人的血統、文化、地位相似，都是邊緣地帶的次民族，而不是正統的中原人。日本人把台灣人當作琉球人看待，祖國人也把台灣人當作朝鮮人看待，我本將心向明月，奈何明月照溝渠，張秋海、郭柏川、陳承藩、王白淵，還有音樂界的江文也，大抵都是白番薯的命運啊！台灣人永遠有一個內地的祖國，但不論是哪個內地的祖國，都不把台灣人當作眞正的家人……」

劉新祿突然停下話來，在桌子上東張西望，一臉焦慮不安的表情。阿政連忙遞上一根菸，他才露出笑容。「吱」的一聲，當香菸點燃後，劉新祿手指夾著菸，搔搔後腦杓，突然問起方燕、阿政兩人：「你們知道我們在大陸時，每次所做的夢，場景都是哪裡？」

方燕與阿政皆搖搖頭。

「都是在台灣。」劉新祿說：「我跟阿兄的根都是在豔陽下的嘉南平原裡長出來的，所以，最終我們都選擇回家了！畢竟當時中、日關係越來越緊張，我們若沒回台灣，可能永遠都回不來了，就像劉錦堂那樣……」

說完，劉新祿長長地嘆了一口氣。

阿政看著劉新祿吐出這長長的一口氣，有感而發地說：「陳澄波的選擇，大概就跟小說 *The Americans* 的男主角一樣，終究是除卻巫山不是雲。」

「回到台灣之後呢？」方燕又問。

「回台灣後，」劉新祿繼續吐著煙霧，說：「澄波兄作畫的題材逐漸轉回到台灣，畢竟以寫生創作的畫家，沒有尋找一塊雙腳可以踩踏的土地，是無法激發手裡的畫筆的，所以他在台灣各地寫生，創作量激增。同時，他也投入家鄉的文化改造，經常與嘉南的文人雅士一起推動國民美育，這幅〈琳瑯山閣〉就是在這時期所畫的。」

大家又把目光投向桌上照片裡的畫。

「那時澄波兄已是嘉義的名人，大家都稱呼他『畫伯』。古早時代畫圖是沒出息的行業，澄波兄會變成畫伯，四處受人敬仰，眞的是不簡單啊。在這同時，他又與全台重要畫家籌組台陽美術協會，對美術的推廣，不遺餘力。這段過程，台北的三郎兄比較熟啦。」

「哦，就是省展的資深評審楊三郎老師。」阿政說。

「那後來呢？」方燕又問。

忽然間，房間的燈泡快速一閃一滅，幾秒後，燈泡突然熄掉。此時室內變得更加昏暗，只有隔壁房間的餘光，微微滲透進來。而三個人一動也沒動，方燕與阿政靜靜地等待劉新祿的回話。

「後來？後來！後來……」

「是啊，後來呢？」

「後來他就死了……」劉新祿囁嚅著。

「死了！」方燕與阿政像是被電觸擊到的驚訝，「怎麼死的？」

劉新祿沒回答問話，卻自言自語：「自從陳澄波走後，我再也不敢提筆畫畫，甚至大家都不知道嘉義有個畫家叫劉新祿……」

劉新祿停頓了半晌後，忽然說：「阿兄，快了，快了，我也快要去與你重逢了！」

4.

從嘉義回台北後，方燕原本想要結束調查陳澄波密碼的念頭，卻又被受訪者奇特的反應，激發出好奇心，於是陷入進退維谷的窘境。一方面，她想與阿政繼續深挖陳澄波被掩埋的生命史，另一方面，她也擔心會掉進難以自保的深淵裡。她還擔心若無限期的追尋陳澄波的祕聞，恐怕會延宕阿政修復畫作的時間，於是她決定與阿政商量，考慮是否結束相關追查。

「阿政，」回到住處後，方燕對阿政說：「三十天的修復期限已經快過一半，你若不趕緊動工修復〈琳琅山閣〉，萬一延誤交件時間，是會被扣除尾款的。我們結束對陳澄波的探索，好嗎？」

「又是談錢，」阿政搖搖頭說：「你不覺得在陳澄波面前談錢，是很俗氣的事嗎？」

「可是不斷的調查下去，又看不到終點，我眞擔心你交不出畫作。」

「沒準時交件頂多扣錢，但修不好畫作，是會對不起陳澄波的。」

「你……唉，不跟你辯。」

方燕一停下話，即看到阿政又把〈琳琅山閣〉拿起來端詳，那投入的情感，比看情書還要強烈，這讓方燕心裡五味雜陳。難道眞該逼迫阿政停止追尋陳澄波嗎？方燕自忖，或許想停止探查陳澄波的密碼，眞正原因不在擔心延誤修復工作，而是不敢碰觸政府的禁忌。畢竟作為公務人員的子女，奉公守法一直是她遵循的目標。身爲守法的人民應該不斷挑戰政府的禁忌嗎？當方燕這麼一想，另一個念頭又襲上心頭。多年來，總是扮演一個從不違逆家庭、學校乃至國家的規定的好孩子，以致她到美國求學時，被同學取笑是個標準的亞洲人。直到有天她跟大夥兒抽了菸，喝了酒，才被認定是個有主見的女孩。「是的，叛逆！」她想起了西方人所鼓勵的叛逆精神，雖然她不是學習藝術領域，但她清楚明白藝術向前推展的動力，都是來自叛逆的性格。她還記得有次觀看一支紀錄片，片中的鄧肯（Isadora Duncan）脫掉芭蕾舞鞋，赤腳站在舞台上，伸展雙臂的姿態，是那麼的美麗，盡管台下的觀眾對她噓聲連連，但那一夜卻是現代舞的誕生……「是的，叛逆！」她心裡默念著。從鄧肯的紀錄片裡，她明白正是叛逆帶領人類的文明往前走，而今她該做個遵守政府法令的好公民，或是做個追求理想的叛逆者？一道難題鯁在她心裡。

她相信她可以找到答案。

隔日，方燕又假借其他名義申請進入情資室，此刻，她更細心翻找光復前後的相關資料。不料當她翻看完一疊資料時，那個號稱是人事單位的、長得一臉嚴酷的王姓男子，又推門走了進來。方燕發現，連忙躲在角落裡。

王姓男子走到剛才方燕駐足的櫃子，隨即在櫃子上看到一疊資料，他拿起來檢視，嘴裡唸著：「動員戡亂時期叛亂犯懲治名單？」他露出狐狸般的眼神，搜尋四周，卻不見任何人影，便再低頭翻閱資料。

方燕趁他不注意時，悄悄溜出情資室。

趁著晚餐休息時間，方燕又來到阿政住處，這回她不再掩蓋她被人事部門的王先生追查的事，她一五一十的告訴阿政整個過程。

阿政聽後心裡震驚，他擔心方燕因而受害，連忙向方燕致歉：「對不起，都是我害了你，害你差點被有關單位帶走。」

「別擔心，我不是好好的嗎？」方燕細聲地說：「我原先猜測陳澄波之所以會這麼撲朔迷離，可能是跟政治有關，所以才會去情資室翻查被審判過的叛亂犯名單。」

「那有找到什麼嗎？」阿政好奇地打斷方燕的話。

「沒有。」方燕搖搖頭。

「沒有？」阿政也納悶起來。

「嗯，都翻查過了，叛亂犯名單裡沒有陳澄波的名字。」

「藝術家對現實不滿是常有的事，」阿政也低聲地說：「但林玉山說陳澄波有妻小，行事作風也不像陳植棋那麼衝動，所以陳澄波應該不會變成叛亂犯……」

「那為何會成為禁忌的話題？」方燕感到疑惑。

「這，我也百思不解。」

「再想辦法查查看吧。」

「別想了！」阿政大聲地說。

「別想了？你不是想要破解陳澄波畫中的密碼嗎？」

「不破解了，我們就到此爲止！」

「Why？」方燕單手拔下眼鏡，瞪視著阿政。

「我不希望影響到你的工作。」阿政露出果決的態度。

「我不怕！」方燕語氣堅定地說：「我好不容易才突破心結，決定不再當個聽話的好國民，我要當個有主見的個體，而你卻叫我到此爲止！不，我要學伍德沃德（Woodward）和伯恩斯坦（Bernstein）那樣，對水門案進行永不退縮的追續調查。」

「所以？」

「繼續調查！問楊三郎！」

方燕說完，雙眼炯炯有神地望著窗外的雲彩。

兩人來到永和中正橋下，花了一番功夫，才在四海豆漿店旁的一條巷子裡找到楊三郎的府邸。

一頭漂亮銀髮的楊三郎及夫人，一起在這座有著寬敞花園的別墅裡接待到訪的方燕與阿政。

身爲畫壇大老的楊三郎，並不因輩分高、資歷深，而怠慢眼前兩位年輕人，畢竟這一代老畫家已因現代主義的強勢崛起，前衛畫風的興盛傳播，不再受到主流媒體的青睞；他們在畫壇已寂寞甚久，對於年輕一輩願意拜訪，自然是樂於接待。七十七歲高齡的主人帶著兩位客人在大廳裡參觀今年到玉山寫生的作品〈玉山日出〉，楊三郎侃侃述說著高山症的辛苦，同時表露出一份驕傲的神情。

巡禮過後，主人請客人就坐，同時，楊三郎坐在一張可以搖晃的主人椅上，輕輕地晃盪著。楊夫人則是忙著在唱盤上播放了一張素有「昭和魂曲」之稱的作曲家古賀正男的吉他演奏唱片，頃刻間，〈男の純情〉（男性的純情）優美的旋律便從音響裡響起。接著，楊夫人又用一套京都清水燒的茶碗，裝著八分滿的宇治抹茶，端到客人面前。

待主人眞誠且熱情的張羅款待告一段落後，阿政便開門見山提到此次前來拜訪的目的，並從畫袋裡拿出〈琳瑯山閣〉。

拿著〈琳瑯山閣〉端詳甚久的楊三郎，左瞧右瞧後才說：「這是陳澄波的畫風沒錯，但這幅畫並沒有參加一九七九年陳澄波的遺作展。」

「那，老師對琳瑯山閣是否了解？」阿政問。

「琳瑯山閣在南部很有名，但這地方跟陳桑有什麼樣的關係，畢竟我不是下港人，不是很清楚。」

「這樣子啊。」阿政略感失望。

「請問楊老師，」方燕連忙追問：「您可否談一談當年跟陳澄波來往的往事。」

「往事啊？」楊三郎喝一口茶後，緩緩談起：「陳澄波從上海回台灣後，喜歡四處去寫生。有一次我與他到阿里山寫生，他完成作品後連忙請人給予批評，結果造林班的課長評論他的畫說，你把這片有著六百年壽命的紅檜樹林畫得栩栩如生。他一聽，感到很欣慰，覺得自己的確將阿里山樹木的神韻表現出來了，呵呵。」

「還有，」楊夫人也說：「因爲他家在嘉義，所以他來台北時常住我們大稻埕的家。每當他來過夜時，一定會帶著家裡的棉被。三郎便問他說，你是嫌我們家的棉被不乾淨嗎？否則爲何要千里迢迢從嘉義帶棉被上來？他說，因爲家裡的棉被有牽手的味道，這樣抱著比較睡得著啦。」

楊夫人一說完，大家都笑了起來。

楊三郎接續說：「陳桑來台北，除了參加台陽協會的活動外，還有另一個喜好，就是到滬尾寫生。我還記得有一次協會開完會，我要請他吃午飯，結果他一口拒絕，說要趕去滬尾寫生，怕晚去，光線會不好。我看他背著一個畫架，身上什麼東西都沒有，也還沒吃午飯，我於心不忍，就說，那我陪你去好了。於是我也帶著畫架，與他到車站搭火車……」

◆ ◆ ◆

一九三五年夏，台北雙連車站。

小販在月台旁叫賣著：「便當，燒的便當！」此時是中午時刻，月台上等候火車的乘客甚少，不見學生與上班人士，只有一些來雙連市場買菜的婦女，提著裝滿菜物的菜籃子，有一搭沒一搭的閒聊著——「歐桑，你為什麼搭火車來買菜？」「誰不知道雙連市場的菜色較多呢，愿頭（傻瓜）。」諸如此類的話題。

楊三郎與陳澄波兩人則是坐在月台的木椅上，吃著便當。

「尼桑（哥哥），這條香腸給你。」楊三郎把自己便當裡的香腸夾給陳澄波。

「不用了，我也有。」陳澄波連忙用筷子阻擋。

不料楊三郎拚命要放在陳澄波的便當裡。

「我知道你也有啦，可是你這麼瘦，應該多吃些。」

「不用啦，我天生瘦命底，多吃也無用。」陳澄波繼續推卻。

「好啦好啦，別客氣，」楊三郎把香腸放進陳澄波的便當，笑著說：「這火車要坐一、兩個小時才會到滬尾，不多吃點，怕你等會兒就餓了。」

「你不也是會餓嗎？」

「別擔心，我若餓了，到滬尾時，再到媽祖宮吃點心，好嗎？」

「你呀，就是故意找藉口要請我吃東西的，對不對？」陳澄波笑著瞪三郎。

「沒有啦！沒有啦！」三郎笑了起來。

隨後，火車進站的氣笛聲及鐵輪摩擦鐵軌的匡啷聲傳來，月台的廣播也響起：「欲往士林、北投、關渡、淡水的旅客，請趕緊上車……」

火車抵達淡水車站，陳澄波與楊三郎提著畫架走下火車。車站前停了幾輛東洋車（人力車）。楊三郎對陳澄波說：「尼桑，叫兩台車來坐吧？」

「不用吧，我們還年輕，不要做老爺啦。」陳澄波搖搖頭。

於是兩人背著畫架，從車站往滬尾老街的方向走。由於老街的尾端是上坡路，在下午近兩點的時刻，日頭依舊炙熱燙人，兩人在這高溫下，背著畫架往上爬，不禁氣喘吁吁。尤其是楊三郎，因爲體型較爲寬胖，更是上氣不接下氣。

「我很久沒爬山了。」楊三郎喘著氣說道。

「哈哈，這哪裡是爬山。」只見陳澄波依然是步履平穩地走著。

「所以我較愛畫海景，不愛畫山景。」楊三郎邊說邊拉起快滑下肩的畫架，「畫山景不但要爬山，而且還要背這些畫架，會累死人的。」

「改日我們去畫新高山，你就知道山景有多美。」

「不用，上次跟你去阿里山寫生，我心臟都快受不了，新高山就免了吧。」

陳澄波聽後不禁笑了起來，「作爲台灣畫家，畫新高山是Isshokenmei（一生懸命，終身職志）的事啊！」

當兩人耗盡力氣地爬到紅毛城時，陳澄波終於說：「到了，可以休息了。」楊三郎連忙把畫架放下，拿出毛巾擦汗，並大口喝水。擦完汗後，望著眼前這片美麗的景觀，楊三郎不禁讚嘆說，眞想搬來這裡住呢。陳澄波聞之，會心一笑。

此時，已近下午三點，太陽早已從東邊走到西邊了。楊三郎望著紅毛城的方向，不禁皺起眉頭：「尼桑，我們來的時間不對，現在紅毛城是逆光，畫起來光線不會好看，應該是早上順光時間來畫較適合。」

只見陳澄波不疾不徐地打開著畫架，淺淺笑著說：「這個時間來沒錯啊。」

「沒錯？紅毛城明明是逆光，怎說沒錯？」

「我又不是要畫紅毛城。」陳澄波依然是淺淺地笑。

「那你要畫什麼？」楊三郎不禁迷惑起來。

「我要畫另外一邊。」

楊三郎越加迷惑，於是轉過頭看看另一邊山腳下的滬尾街，是一整排紅瓦厝，他心想，這紅瓦厝景觀可以用俯視的角度來畫，但是否好看，倒不是那麼的肯定。爲什麼紅毛城這麼氣派不畫，卻要畫老舊的紅瓦厝？他邊打開畫架，心裡邊疑惑著。

隨後，他看著陳澄波搭畫架的動作是那麼的輕快，彷彿感受到他內心的歡愉，楊三郎不禁問道：「尼桑，你爲什麼對滬尾的紅瓦厝這麼有興趣？」

「你很好奇嗎？」

「是啊，」楊三郎疑惑地問：「你在上海時畫了很多的湖，可是來到滬尾，明明看得到淡水河的出海口，你沒想要畫海，也沒興趣畫紅毛城，反而偏愛紅瓦厝，這是什麼原因？」

「三郎，你不覺得站在滬尾的山坡上，高高地往下看，看到山腳下一間一間的紅瓦厝，就能感受到房子裡住著許多人，每一戶人家好像都有一段爲生存而奮鬥的故事。這些人在老街上來來往往的走著，每一個人的生命力都那麼強，這些畫面，光是想像，就讓我感動。」

「你講的是沒錯，只是我對人比較沒興趣，我喜歡畫景物。台北城那麼繁榮，有那麼多的大建築物，像總督府、台北州廳、新公園、博物館、菊元百貨、台灣神宮、圓山公園等等，都是很好的景觀，我不知道你爲什麼不畫現代建築物，反而喜歡跑去偏遠的地方，盡畫這些紅瓦厝、廟口、鄉村……」

「三郎，我挑選的景觀，是在反應我自己所關心的時代精神，這個時代精神，其實就是我的生活經驗與情感呢。」

「是這樣嗎？我倒覺得我們在景點的選擇上各自不同，其實也是我們出身不同所造成的吧？」楊三郎似笑非笑地說著。

「怎麼說？」陳澄波不解地問。

「你想想看，我成長在大稻埕的現代化都市裡，你出身在下港的紅磚厝裡，我與我家人過著西洋文明的生活，你與你阿嬤過著庄腳人的生活，所以，我們的生活方式不同，價値觀也不同，當然，題材的選擇也就不同了。」

「這倒不盡然。」

「怎麼說？」

「阿棋仔跟你一樣都是富家子弟出身，」陳澄波望著楊三郎說：「但阿棋仔的價値觀卻跟你不一樣。」

「這……」楊三郎當然知道陳植棋這個汐止地主的兒子，學生時期就愛替弱小打抱不平，同時，陳植棋作畫的題材，也甚少現代都市的景觀，所以出身背景確實未必跟作畫題材相關聯，於是他也只能笑著答道：「也是啦。」

兩人說著說著，就把畫架搭好了。陳澄波拿著炭筆，對著紅瓦厝畫起了底稿。

「淡水風景，有一種歷盡風霜的感覺，」陳澄波一邊打底稿，一邊說：「尤其是充滿古早味的建築物，在下過雨後，特別的好看。還有，三郎你瞧，那紅瓦厝搭配青山，顏色多麼的豐富啊。」

楊三郎順著陳澄波的話望著紅瓦厝，突然有感而發地說：「尼桑，你對紅瓦厝這麼有感情，會不會是因爲這些紅瓦厝讓你觸景生情呢！」

■〈淡水（一）〉，陳澄波，1935。（參見書末彩頁）
■〈淡水風景〉，陳植棋，1930。（陳子智提供）

「觸景生情？」

「嗯，是啊。」

「怎麼說？」陳澄波手中打底稿的炭筆突然停止下來。

「因爲畫淡水的不只你一人，阿棋仔還更早；甚至阿棋生前最後一幅畫，畫的正是淡水。只是那幾年你正好在上海，沒能跟他一起來。結果現在你回台灣了，他卻已死。你們當年在東京留學時是「師公仔神杯」，兩人經常在一起，有很深的革命感情，你沒見到他最後一面，心裡應該很難過吧？所以我猜你這一兩年常來淡水，可能是在想念阿棋？」

「想念阿棋？」陳澄波自己也愣住了。

◆◆◆

此時，音響播放著古賀正男另一首歌曲〈酒は涙か溜息か〉（秋風女人心）；楊夫人要大家別客氣，「喝喝茶，冷掉了，味道就不好。」而楊三郎則是繼續對著阿政與方燕敘述那天的往事。

「我還記得那天下午我們連畫了兩、三個小時，就在快收尾時，不知何故，陳桑在畫布上不斷的塗改、不斷的塗改，接著，竟激動的把畫架、畫箱摔在地上，然後捶胸痛哭起來。我問他：『尼桑，怎麼了？你怎麼了？』隔了一陣子後，他才停止哭泣。」

「還眞有梵谷的味道。」阿政苦笑著。

「我相信當時他是爲阿棋而哭，」楊三郎說：「也許是哭阿棋爲什麼這麼早走，也許是哭阿棋的畫作被歷史埋沒了，也許是哭阿棋這個鬼才要來挑戰他。」

「鬼才？」方燕露出疑惑的表情。

「沒錯，石川老師曾親口評價他們兩人的畫作，說：『陳澄波是將才，陳植棋是鬼才！』那次在淡水寫生，陳澄波氣得摔畫具，搞不好是因爲將才大哥正在想如何擊敗鬼才老弟的事而苦惱呢，就像是宮本武藏和佐佐木小次郎的決鬥那樣，而淡水就是他們的巖流島。畢竟他們兩人都是個性狂野的畫家，想要怎麼畫就怎麼畫，而畫筆就是他們的武士刀。所以澄波兄才會在一九三五年到一九三七年之間，多次到淡水寫生，爲的是，懷念這個老弟啊！」

楊三郎突然停止搖椅的搖動，悠悠地說：「我還記得他們倆最後一次相聚的情景……」

◆◆◆

一九二九年，東京上野，年初。

楊三郎自關西京都美術學院畢業後，準備返台結婚。離開前，他搭乘火車來到東京旅遊，順道拜訪故鄉好友。這天，楊三郎被陳植棋、陳澄波帶到上野的吉村方松老師所開設的「吉村畫塾」裡聚會。

吉村方松是陳植棋的家教老師，平時很照顧台籍學生，因此這三個台生在此飲酒談天，特別放鬆，也不用擔心因講台語而被日本人以厭惡的眼光待之。此時，他們已喝了不少酒，有老師招待的溫熱清酒，也有楊三郎自京都四条通買來的法國葡萄酒。

由於此時不但正值楊三郎畢業，陳澄波也即將從研究所畢業，而一年後，阿棋也將要畢業，因此三人對於畢業後何去何從，分外關心。三郎與阿棋家境較為優渥，畢業後的經濟壓力自然較小，但家裡有阿嬤、妻小待撫養的陳澄波，畢業後將面臨人生重要的關卡，一生的成敗，或許都要看此刻，因此陳澄波此時心情自然較為沉重。喜好玩鬧的阿棋便安慰著阿兄，說：「如果找不到工作，就來組黨搞革命，像阿貴（楊逵）那樣，跟阿本仔（日本）玩草螟弄雞公。」阿棋說著說著，神祕兮兮地從包包裡拿出一根雪茄，遞到阿兄面前，然後詭異地笑說：「阿兄，這是日前我去Ginza（銀座）買的，店員說是古巴進口的，是稀貨哦，你吸一口看看。」

「不了，我抽Tobacco（菸草）會頭暈，還是不要。」陳澄波笑著搖頭。

「這不是Tobacco，這是Cigar（雪茄），是上等好貨，試一口看看。」

「還是不要好了。」

「欸，阿兄，我看你什麼都不敢試，你還說若有機會願意跟我一起搞革命。」阿棋諷刺陳澄波，「連吸菸都不敢試，還說要搞革命，你沒看西蒙·玻利瓦（Simón Bolívar）都是含著Cigar在搞革命的嗎？」

「我是怕我抽上癮了，我可沒錢買菸啊。」陳澄波解釋。

「哈哈哈，搞革命的人還怕有沒有錢。」陳植棋笑道。

「我說澄波兄，」楊三郎也插話說，「我看你這麼顧家，還是不要搞革命吧，革命是會死人的，你知道以前汪精衛刺殺小皇帝他老子，差一點被砍頭呢。」

「其實我也沒有眞的想搞革命，」陳澄波語氣稍微嚴肅地說：「我只是欣賞、尊敬可以改革國家弊病，拯救國家災禍的革命家，想效仿他們那種博愛的精神，如此而已。」

「你是說誰？」三郎問。

「我知道，阿兄說的是支那的 Nakayama 桑（中山先生），對不？」阿棋說。

「的確，我來東京後，知道了 Nakayama 桑對祖國的努力，令人敬佩，眞希望他可以像明治天皇那樣改造祖國啊！」

「所以你想當台灣的中山樵？」三郎又問。

「唉，這是不可能，我只想要透過社會運動，讓台灣變得更好一點，就像永田一脩所宣傳的理念，透過普羅文藝的改革，讓普羅大眾不再被欺壓。」

「永田一脩，永田一脩，」陳植棋感嘆道：「我們都受到他的影響，奈何當畫家好像也不能眞的改變什麼。當年我被台北師範退學後，曾到太平町的文化協會那裡幫忙，想看看能不能搞革命，結果每天都是在演講、辦活動，什麼命也沒革到，最後還是回來讀書學畫畫。」

「阿棋仔，別這麼說，文明的改革不輸給政治的改革，」陳澄波說：「渭水先退出文化協會，成立台灣民眾黨，雖然算是個政黨，但也是以推動台灣的文明改革爲主要任務。渭水先跟中山桑一樣，都是棄醫從政，爲改造社會的公義而奮鬥，他們都是我所敬重的政治家。而我們畫家的任務就是要當老百姓文明的啓蒙導師，老百姓走上文明的道路，台灣才有救。」

「既然我們畫家要當老百姓文明的啓蒙導師，倒不如來學中山桑、渭水先那樣，也來組一個畫家的黨，怎麼樣？」阿棋說。

「組黨？」楊三郎嚇一跳，「會被捉吧，聽說楊逵回台灣後，組了什麼農會的組織，已被日本官廳捉過好幾次，這不妥吧？」

「畫家組政黨恐怕會變成政治的社團，必定受到政府的打壓，未必對台灣有所貢獻，」陳澄波冷靜地說：「但是若來組畫社應該就無大礙了，畢竟內地這裡也是有很多畫社，日本警察並不干涉。」

「好啊，那就組畫社。」阿植也興奮起來，「而且越快越好。」

「能多快呢？也得待下次回台灣時才能組織啊。」陳澄波說。

「倒不如現在跟三郎一起回台灣，然後馬上召集島內其他畫家，如此一來就組成了，順利的話，今年還可以辦第一屆畫展，跟官廳的台展相對抗。」陳植棋說得慷慨激昂。

「好是好，但是經費來源……」陳澄波擔憂著。

「經費來源不用擔心，」阿棋說，「上次我們組的七星畫壇受到倪桑（倪蔣懷）很多的贊助，這次一樣請他掛頭號籌辦人，相信以他對台灣美術的熱愛，一定會繼續慷慨解囊。」

「但我們應該也要有一個宣言，」三郎說，「這樣才能說服群眾，否則群眾會以爲畫家喜歡隨便組織畫社。」

「對，這次一定要不一樣，」阿棋同意三郎的見解，「上次的七星畫壇是屬於自己同仁的畫社，與社會大眾沒有關聯，但這次的畫社不是畫家自己互相取暖而已，而是要爲社會做出服務與貢獻，是屬於廣大人民的畫社。」

「宣言嘛，我們可以說希望『以赤誠的藝術力量讓島上人的生活溫暖起來』這樣的話。」陳澄波如此說著。

「赤誠的藝術力量讓島上人的生活溫暖起來……好，那黨名就叫作『赤島黨』。」阿棋興奮地叫著。

「阿棋，不是黨名，是畫社的名稱啦。」三郎笑著搖頭。

「好啦，那就叫『赤島社』啦。」阿棋也不禁笑了。

「赤島社？嗯，好，就取這個名稱。」澄波老大也點頭。

「當然，除了組畫社，也要辦畫展，比看看誰畫得好。」三郎說。

「對，也要比看看誰受老百姓的歡迎。」陳澄波也附和。

「怕你，比就比啊！」阿棋豪爽地說，「來啦，阿兄，抽一口看看，我看看你抽 Cigar 像不像西蒙．玻利瓦？」陳植棋想把雪茄放到陳澄波的嘴裡，被陳澄波用手推開。

「你喲！猴死囡仔！」陳澄波邊笑邊罵道。

◆ ◆ ◆

「當時我們三人一回到台灣，立即到九份拜訪倪蔣懷。」三郎伯坐在那張搖椅上，一邊搖晃，一邊繼續說：「倪桑比陳桑大一歲，是石川老師在台最早的學生，被認定是台灣第一個西畫家。原本他也是公學校的教師，後來因為與基隆礦產業顏家的女兒結婚，就成為企業家了。他本來也有意赴東京習畫，但遭到石川老師的勸阻，石川要他好好留在台灣經商，用金錢來資助台灣的美術界。果真，倪桑在九份的礦業賺到錢後，多次拿錢出來贊助台灣剛萌芽的新美術運動。所以我們去拜託他時，他也樂於相挺，赤島社就這麼成立起來。」

阿政感到驚訝，因為他只知道台灣前輩畫家在日本時代組織台陽美術協會，並延續到光復後，但不知前身還有一個叫赤島社的畫社。

「既然當時組赤島社，為何沒延續？」阿政問。

「因爲一九二九年成立後不久，澄波兄畢業後回台找不到工作，便去上海任教，一九三一年阿棋過世了，到了一九三二年我也去法國學畫，三個主要成員都不在了，自然就停擺了。」楊三郎淡淡地說。

「楊老師，能否請問一下，陳植棋是怎麼過世的？」方燕突然提問。

「你說阿棋嗎？」

方燕點點頭。

楊三郎滿頭銀髮在日光燈的照射下，更加閃亮。此時，他瞇著眼睛，又將思緒帶回那日，陳澄波在淡水寫生時哭泣的往事……

◆　◆　◆

「想念阿棋？」當陳澄波被楊三郎這麼一問，自己也愣住了。

只見他放下炭筆，獨自一個人走到旁邊的樹下沉思。

「你怎麼了？」三郎走到他身旁關心著，「不舒服嗎？」

陳澄波搖搖頭，然後從外套內襯取出一個皮夾。皮夾裡夾著一個信封，信封的外表已有些破損，應是夾帶甚久，因而摩擦損壞。他從信封裡取出一疊信紙，三郎馬上認出這信紙是日本知名的阿波和紙。接著，陳澄波打開信，可以見到信裡的文字是用毛筆寫的，字跡雖然稍微飛躍，但有行書的美感，顯現出書寫者的毛筆功力。

「這些年來，」陳澄波聲音低沉的說：「只要夜深人靜時，我就會把這封信拿出來讀，每讀一次，眼淚就掉一次。」

陳澄波說完後，把這信遞給三郎，三郎接過讀著——

澄波吾兄：

多時不見，甚念。

你上次來信，告知你以〈清流〉參加芝加哥博覽會，甚喜。在我病懨懨的時刻，得知你的喜訊，特別欣慰。

猶記去年三月，弟畢業後，帶著東京美術學校的卒業證書與帝展入選的榮耀束裝返台，家人欣喜迎接我，一掃過去被台北師範退學的恥辱，總算不愧家中父老的期待。我本打算以內地高等學府之學歷謀職，奈何日本政府不願把高等學校的美術教職開放給台灣人，同時，因爲過去的退學紀錄，導致諸多會社不敢予我任職，因此處處碰壁。看來，台展、帝展的光環，在島內或內地，都毫無意義。這也是我們台灣二等國民的悲哀。

巴黎，是我嚮往的美術之都，無奈家父不願放行，即便地理位置較近的上海，家父亦是不同意，因此無緣與你重聚。二十六歲的我，頓覺人生一片黯淡，眞是到了人生的十字路口，不知何去何從啊，所以我只好繼續專職於畫圖。

去年八月，我決意再度參加帝展的選拔，雖然我已於一九二八年以〈台灣風景〉與繼春兄同時入選帝展，但相較於你分別在二六、二七年二度入選帝展，頻創佳績，實爲台灣人的光榮，我還需努力。因此，我要以淡水的風景來作爲二度參加帝展的作畫題材。

多年來，淡水一直是我鍾愛的景點。淡水風景，有一種歷盡風霜的感覺，尤其是充滿古早味的建築物，在下過雨後，特別的好看；還有那紅瓦厝搭配青山，顏色多麼的豐富啊。我之所以鍾愛淡水，是受到我們的老師 Okada 桑（岡田三郎助）所說的，畫家要畫出地方色彩的味道所影響。Okada 桑從巴黎回東京後，筆下盡是日本的風土，以及穿著 Kimono（和服）的婦女，他用細膩的筆觸畫出日本女人的婉約與溫柔，他說，「這就是屬於我們大和民族的油畫，陳君，那你們台灣的油畫是什麼？」我還記得當老師這麼問時，我才頓悟，是啊，內地再美，也是異鄉，唯有台灣，才是家鄉。所以從此當我以日本風景爲寫生對象時，便以客觀輕鬆的態度視之，若以台灣風景爲寫生對象時，則相對熱情投入，畢竟一個是異鄉，一個是家鄉啊！

表現亞熱帶台灣特有的地方特色，成爲我們創作的共同色彩，熱愛鄉土也是每一位台灣畫家的共同意識。Okada 桑曾說：「陳澄波畫筆下的鄉土，色彩喧騰、陽光炙烈，浪漫，卻又眞實。而陳植棋畫筆下的鄉土，尋常景致，莊嚴入畫，畫面眞誠。」這就是我們的特色。當時我曾對你說，數年之間，我一定要揚名於世，雖然一九二八年終於入選帝展。但還不夠，我不願輸你，我還要再爭取二度入選。

所以去年夏天，我完成〈淡水風景〉後，準備赴東京參加帝展。不料八月時颱風來襲，我為趕赴船班，冒著溪水大漲之險，涉溪而過，結果不愼跌倒，胸口撞到溪石，劇烈疼痛。我顧不得疼痛，繼續帶著受傷的身體趕到基隆搭乘輪船，終順利抵達東京。九月，傳來好消息，〈淡水風景〉二度入選帝展。我雖高興，卻已無心情慶祝，因為我的胸口因連日劇痛而至醫院檢查，結果得知是嚴重的胸膜炎，且因容易導致併發症，恐有生命之危……

一九三〇年眞是值得喜賀的一年，除了我二度入選帝展之喜外，你的〈普陀山的普濟寺〉、我的〈芭蕉〉、先輩黃土水的〈高木博士像〉，三人同時入選東京聖德太子美術奉讚展，這是台灣人無上的光榮。但這一年也是令人憂傷的一年，土水兄在創作完〈水牛群像〉後，便去世了，而我也身染重病，這讓我感觸到生命的短暫，對死亡有更切身的感受。

「如果生命是細而長的話，我寧願短而亮，我嚮往迸發的生命力。」這句話是當年我在台北師範發動罷課，被學校開除時所喊出來的口號，現在依然可以作為我此刻的心境。

我的未來如何，只能看天命了。能活下來，我就繼續奮力的作畫，若不能活下來，也只能順從天意。現今我最喜歡的一句話就是，「就算是因爲繪畫而倒下去，也絕不後悔。」只是遺憾的是，我此生恐怕已無機會親身爬上新高山，畫一幅台灣人最有尊嚴的玉山寫生。

阿兄，你要記得，我若先走，許多未完成的志業，你要幫我完成。我們要推動社會的公平與正義，我們要改造台灣人文明的水準，我們不要做日本人的二等國民，我們要消除獨裁者壟斷社會的、經濟的任何資源，我們要實現我們的安那其夢想。

阿兄，你已把家人都接到上海了，你要珍惜這得來不易的幸福，好好爲家人畫一幅全家福，否則像我病倒後無法再提筆，想要爲妻小畫一幅全家福，已來不及。

人生很短，時間不夠，土水兄已先走了，恐怕我也要走了，我生平未能完成之心願，盼吾兄替我完成。你若有機會回台灣探親，就抽空到淡水寫生，那是紀念我最好的方式。

弟　植棋　寫於昭和六年（一九三一年）三月

「這封信過了一個月後才送到我的手中，」此刻，夕陽餘暉已自觀音山那頭照射到紅毛城這端來了，陳澄波輕輕拭著淚水，對著三郎說：「當我接到這封信時，也同時收到台北傳來的電報，說阿棋走了。我當時工作繁重，無法回台北送他最後一程，於是在他上山頭的那一天，我在上海對著台北的方向遙望。我告訴阿棋，未來的日子，我將要替你畫下你來不及畫的題材，我要替你做你來不及做的社會運動……。兩年後，我離別上海，返台定居，這兩個心願遂更加的巨大、沉重。而回台灣後的這段期間，我多次到淡水寫生，每每提起畫筆時，阿棋的人影就會出現在我的面前，用著他那玩世不恭的態度逗弄我。他越逗弄我，我心裡就越難過，最終都畫不下去，於是便大發脾氣地把畫架畫箱摔成一堆。但我知道我不能消沉下去，我要把紅瓦厝所代表的意義呈現出來，這樣才能讓阿棋在九泉之下開心的笑。因此，我現在來淡水寫生時，都會大聲的喊：阿棋，別睡懶覺，快起來畫畫吧！」

◆◆◆

當楊三郎敘述完這段故事時，方燕竟淚流滿面。

「就算是因爲繪畫而倒下去，也絕不後悔。」阿政複誦著陳植棋的話，有感而發地說：「他爲了參展而涉溪受傷，感染發炎，可說是因繪畫而倒下去的！眞是血性男兒。」

「爲何我們都不知道這些故事，都不知道這些歷史。」方燕擦拭著臉頰上的淚水，「我以前讀《梵谷傳》時，對梵谷、高更的故事著迷不已，但我覺得陳澄波與陳植棋的故事一點都不輸給梵谷跟高更啊！」

「這是時代的無奈，」楊三郎淡淡地說：「我們年輕時的歲月，都被當代政權斬斷了。」

「你意思是說？」阿政望著楊三郎。

楊夫人馬上接話說：「不過，你終於完成玉山寫生，也算是完成身為台灣畫家的 Isshokenmei（一生懸命，終身職志）了。」

楊三郎聽夫人這麼一說，輕輕地笑了起來，並拍拍她的手。

阿政發現楊夫人轉移話題後，只好轉問其他問題：「赤島社停擺後，你們又組了台陽？」

「沒錯。」楊三郎端起抹茶喝一口，說：「一九三四年陳澄波回來台灣後，即與我們籌組一個規模更大的畫會，把本島畫家和灣生畫家，譬如立石鐵臣，統統網羅在一起，這些畫家有畫油彩的，也有畫膠彩的。當然，籌組過程中，也有畫家認為，畫家專心作畫就好，有需要去參與這些有的沒有的活動嗎？他義正詞嚴地說，畫家要有社會責任感，不能獨善其身，台灣美術界必須大團結，才能真正推廣美育，並且改造社會的文明。呵呵，他真的是很會說道理啦。」

「以前梵谷在巴黎時，」阿政笑著說：「也曾號召羅特列克、高更、秀拉、塞尚等畫家，共組『藝術合作社』的畫會。對繪畫充滿熱情的人，似乎總有多餘的精力去從事社會運動。」

「哈哈哈，明政老弟你這麼說好像也對啦。」三郎伯接續說：「當然，組台陽也有另一個目的，就是為了爭取美術的主導權，以對抗日本官方所控制的『台展』。因為當時的台展評審都由日本官廳所指定，對台籍畫家並不公平，所以我們也要有在野黨的美展。」

「台展？」阿政問。

「台展是由總督府所主辦，是當時台灣官方最高等級的畫展。每年舉辦一次，到了一九三八年後，名稱又改爲『府展』，一直到一九四三年之後，因爲太平洋戰爭擴延到台灣而停辦。」楊三郎繼續說：「由於當時全台菁英畫家幾乎都加入台陽，陣容龐大到驚動日本官員。成立的那一天，鐵道飯店人山人海，文化界、政界、日本官方等等都出席。」

「鐵道飯店是在哪裡？」方燕感到疑惑。

「鐵道飯店在台北車站對面，戰爭時被米軍的炸彈爆擊，燒倒了。」楊夫人回答。

「爆擊？」方燕不解其意。

「爆擊是日本字啦，意思就是被炸彈擊中了。」楊三郎幫忙解釋。

方燕此時想起，老畫家們習慣在國語裡加上日文。

「我曾聽人說過，台陽美術協會具有台灣人的民族主義，當時日本政府不禁止嗎？」阿政再問道。

「這，是否有民族主義，要看個別畫家的態度。」楊三郎停止搖椅的搖晃，靜靜地說：「有些畫家對政治感興趣，有些則無，有些畫家較反日，有些沒意見。但因爲當時有一些資助者，譬如台灣地方自治聯盟的楊肇嘉對台陽的鼓勵，就被外界認定台陽是『台灣知識分子反殖民運動的一種文化力量』。」

「楊肇嘉？」阿政問。

「對，在日本時代，許多台灣畫家出現的場合，都可以見到楊肇嘉的身影。」楊三郎說：「楊桑是台中清水的望族，家境富裕，曾留學日本，後來投身台灣民族運動，對台灣文化向來出錢出力，熱情贊助。當時他與日本關係有些緊張，但因爲是仕紳，日本政府不敢隨便動他。也因爲他反日同時又支持我們，因此帶給畫家們不小的影響，這也讓我們經常處於一種矛盾的情結中……」

「矛盾的情結？」阿政打斷楊三郎的話，「怎麼說？」

◆◆◆

一九三七年十二月，江山樓。

楊肇嘉全家人從台中北上，攜帶著眾多行李，投宿在鐵道飯店，準備近日搭乘輪船赴東京。由於不知將停留多久，或說，不知是否還能回台灣？故行李特別多，頗有搬家的意味了。

台陽畫家們聽聞楊桑即將遠行，特地邀請他到日新町的江山樓吃飯，爲他「相送」。江山樓的門口高懸著「台灣第一之支那料理」的匾額，素來以閩粵菜色聞名，畫家們心想，楊桑此去東瀛，不知何日才能再品嘗到家鄉料理，故特選江山樓作爲惜別之處，也藉以重溫大家多年來在此喝酒吃飯、各吐心事的點滴往事。

此番前來爲楊桑餞別的畫家，只有陳澄波、廖繼春、李梅樹、李石樵與楊三郎五人。人數不多，卻是台灣最重量級的畫家。這些年來，楊肇嘉與他們形同革命情感，他不只出錢，更是出力，所以畫家們對於楊桑的即將離去，心情頗感沉重，畢竟他們均知，楊桑此番遠行，恐怕是有去無回的。

楊桑之所以要遠離故土，與一年前的「祖國事件」有著密切關係。一年前，即一九三六年，「台灣地方自治聯盟」的精神領袖林獻堂，以報社考察的名義，至中國華南各省參觀，當他在上海的歡迎會上致詞時，說了一句「很高興回到祖國」的話，被日本特務回報至台灣軍司令部的耳裡。待林獻堂回到台灣，就在一個台中州知事（市長）所舉辦的活動場合裡，正當他致詞時，一個自稱是「愛國政治同盟會」成員的日本右翼浪人，竟上前打了林獻堂一巴掌，說他出賣眞正的祖國日本。事後此浪人被法院判決無罪，同時，具有官方立場的《台灣日日新報》連篇累牘的批判林獻堂。林獻堂知道這背後是日本軍方在運作，因爲當時日本皇軍已展現出在大東亞擴展的野心了。林獻堂自恐有生命危險，故攜家帶眷，避居到日本東京去了。

當林獻堂離開台灣後，「台灣地方自治聯盟」形同群龍無首，於是楊肇嘉便挑起重任，擔負起重要決策工作，但也因此與日本官方的關係漸行緊張，尤其是與日本軍方的關係，更是有一觸即發之勢。隨後，日本確定了南進政策，開始了第一波的同化運動，總督小林躋造發表「國民精神總動員」的談話，要求台灣人「眞誠」、「同心協力」地與內地人站在一起；同時，也正式取消了所有的社會運動，並且大倡台人全面日本化，要說國語、讀日文。昭和十二年（一九三七年）這年，所有報紙、雜誌，全面禁止漢字。到了年中，中國北平的盧溝橋爆發軍事衝突，中、日兩國正式全面大戰，內地政府果眞逼迫滿州、朝鮮、台灣三地全面動員。

「局勢開始緊張起來了，」楊桑在餐桌上對著這幾個拿畫筆的藝術家說：「軍方已控制總督府了，我們這些高倡民族運動的討厭分子，必將被日本政府逮捕入獄，所以我此刻不得不離開台灣。」

楊桑說完後，畫家們都顯露出憂愁的神情，心中思索著，那個到百貨公司搭溜籠（電梯）、去三線路（今中山南路）散步、聽古倫美亞唱片、在鐵道飯店跳華爾滋……的時代，恐怕將要消失了。

正當大家抑鬱寡歡時，突然，有人發現山崎課長也來到江山樓，大家趕緊裝出笑容與山崎課長Aisatsu（問候）。山崎是總督府文教局的課長，平常與畫家們頻有來往，尤其是台陽舉辦畫展、租借場地時，很需要山崎課長的幫忙，因此自是對他恭敬有加。寒暄時，肢體不知不覺都僵硬起來。而山崎課長則是勉勵大家，要效忠小林總督，把台灣建設爲東亞共榮圈的楷模，齊心齊力爲日本祖國貢獻心力等等。

山崎離去後，眾人才又恢復漢人慣常的鬆散狀態。楊肇嘉喝了一口紅露酒後，不屑地說：「哼，此人是九州薩摩籓的人，這些阿貓阿狗來台灣後，雞犬都可以升天！我去東京後，就不必再看這些地方小官的臉色了。」

廖繼春說：「楊桑到東京後，也未必眞正安全，畢竟東京還是日本人的領土啊。」

楊桑說：「若再不行，也許就跑到支那去，在祖國總該安全了吧。」

突然，年齡最小的李石樵發出嗚咽的聲音，大家紛紛轉頭，看見阿樵竟是眼眶濕潤。大家自然知道楊桑的離去，最不捨的是石樵了，他與楊桑亦父亦友的交情，在台灣畫壇人人皆知。去年，石樵還幫楊桑畫了一幅〈楊氏家族〉，贏得二度入選帝展之榮耀。聽說，當時天皇來看展，還問台灣楊肇嘉是何許人也？而此番楊桑的離去，且可能遠行至中國避難，如同與石樵永別了，此刻石樵的心情之低落，可想而知。

而一向豪氣的楊肇嘉，不喜離情依依的場面，因此以莊嚴的態度鼓勵大家，他對眾老弟們說：「記得啊，我不在台灣的時候，你們要繼續爲台灣民族運動打拚，繼續對抗日本啊，呵呵……」

此話一出，卻不見眾人回應，只見畫家們面面相覷，反應不一。楊桑感到異狀，這似乎不是以往眾人對他一呼百諾的反應，他甚感奇怪，莫非是眾人想法不一？於是他要大家誠實表述對日本的態度：「你們說看看，對日本這個祖國的看法到底是怎樣？」

畫家們被楊桑赤裸的提問爲難住了，大家支支吾吾，有些不知所措。學弟們禮讓先輩發表看法，陳澄波卻要學弟先行表述。於是年齡最小的李石樵、楊三郎兩人便先發言。他們輕言簡語地敘說，日本政府對台灣人確有不公，但該如何反日，未曾細想。同年齡的廖繼春、李梅樹則表示他們心中並無太大的反日情結，並認爲身爲畫家，不是社運人士，很難有反日的作爲等等。楊肇嘉聽後，頗感意外，「原來你們對日本的想法不是我所以爲的那樣啊……」他嘴裡喃喃自語。

此時，陳澄波灌下一口紅露酒，並鬆開領帶後，幽幽地說：「老弟們對日本的認同與我有所差異，這可能是跟『出生時的祖國』有關係吧。或許因爲我與楊桑都是十九世紀末，清國時代出生，襁褓之年仍有大漢奶汁可吸吮；而老弟們都是二十世紀初，日本時代出世，一出世即是吸吮大和奶汁，所以心中的祖國已非漢土了。」陳澄波說，他可理解老弟們的心態，只是他仍要對所謂的日本祖國進行一番「指教」。

陳吐了一口氣後，氣憤地說：「我與阿棋自東美畢業後，在台灣找不到一份工作，我們頂著帝展入選人的光環回到台灣，卻不能跟日本人平起平坐。日本人要我們念書，是要幫忙他們統治台灣人，所以只讓台灣人讀師範與醫學，然後派到基層當國校教員及醫療工作人員。而具有思想的藝術、哲學、法學等高級教員的工作，都不放心交給本島人，怕我們推動民族運動，日本人把台灣人才當作歹銅舊錫對待。諸位老弟或許因家境較優渥，故對日本較無怨尤吧！」說至此，陳澄波抓緊玻璃酒杯說：「但你們可知我們在日本——無論是內地或本島，永遠無法成爲 Kazoku（華族，貴族人士），任憑我們再怎麼努力，永遠都是二等國民，永遠都是他們的卒子。你們對日本如此寬容的態度，阿棋地下有知，恐怕也會跳起來罵一聲 Baka（笨蛋）！」

陳澄波說完後，學弟們臉色沉重，氣氛頓時僵硬。

楊桑此時要這些年來一直受他資助作畫的李石樵也說幾句話。未滿三十歲的李石樵，雖然是這些畫家當中入選帝展最多次的優秀後輩，但在先輩面前發表意見，仍有些膽怯。他只是語氣平靜地說：「我關心平民大眾的苦難與澄波兄相同，只是我對如何推動民族運動沒特別研究，我不像阿棋與澄波兄那樣喜愛社運，我都是在畫室裡畫圖……」

「當然，」楊桑鼓勵著李石樵，「畢竟你在日本的成績那麼優秀，而且你現今大都住在內地，要你厭惡日本，也是很為難，你只要繼續好好地畫，繼續得獎，就是對台灣最大的貢獻了。」

「楊桑，」一直沉默的李梅樹突然開口了，「既然大家把話說開了，我也想說點自己的看法。」李梅樹雖是三年前才自東美畢業，算是較晚正式學畫，但與廖繼春同是一九〇二年出生，且家裡在三峽經商，現今又擔任三峽的協議會員，可說是地方望族，因此比較有膽識說話。此刻李梅樹低著頭，看著餐桌上的 Oshibori（濕毛巾），語氣低抑地說：「作家喜歡寫社會題材，暗諷日本政府，是因為小說這種藝術品具有故事性，適合透過故事來進行社會改革，但圖畫是靜態的，它較適合呈現美的事物。太平時期有美的事物可欣賞，戰亂時期也是有美的事物可欣賞。我們東美的老師 Okada 桑，他生平歷經了日露（俄）戰爭、護憲抗爭、米騷動事件、關東大震災等等全國紛亂的大事，但還是內心寧靜地畫著穿和服的女士肖像畫，並未捲入時代的漩渦。所以我也是師法老師，畫著我身邊女士的肖像畫……我覺得只要把自己的工作做好，也是一種對台灣的報答方式啊。」

李梅樹說完後，楊肇嘉輕輕地點點頭，並無不悅，因此，與李梅樹同齡的廖繼春也接著放膽說話了。

他說：「我與澄波兄是同一年搭船到東京赴考，我還記得當年未婚妻幫我買二等艙的船位，我心想爲何船上的人這麼少，等到抵達神戶港時，才看到三等艙湧出大批人潮，這時我看到一個同樣背著畫架的人，仔細一看，竟是台北師範的先輩，於是我們兩人一起去參加考試，竟然也同時錄取，就這樣，我與澄波兄在東美當了同學。隔一年後，陳植棋也來了，結果我這個同學竟然與學弟阿棋走得比較近，反倒把我冷落了，呵呵。當時澄波兄跟阿棋喜歡去看普羅藝術的畫展，回來後就嘟囔著革命革命，但我卻喜歡靜靜地到上野公園散步，所以說，凡事都是人各有志吧！」

廖繼春笑了一下，又說：「關於畫家們對待日本的態度，我是認爲台陽不需針對官方的台展而舉起對抗的旗幟。其實，大多數畫家只是想要多一個畫展如此而已，秋天辦台展，春天辦台陽，有一個奮鬥的目標。台陽的宗旨應該與台展是一致的，目的只是爲了藝術精進，文化向上，會員親睦，大家爲這三樣的理想而努力就夠了，至於其他，應該不必帶著民族偏見的色彩吧，何況……」

廖繼春停頓了一下，才又說：「若說畫家對日本態度必須強硬，那麼，澄波兄有一幅東美時期所畫的〈二重橋〉，現今掛在嘉義郡白川宮學校的校長室內，每個老師與學生經過時，都要向這幅畫脫帽敬禮，這幅畫有如媽祖神像一般，充滿著神聖，原作者又該如何澄清這幅畫象徵的意義呢？我記得當時澄波兄可是戰戰兢兢地畫著〈二重橋〉，難道對二重橋內的主人沒有敬意嗎？我這麼說，希望澄波兄不要介意。」

當廖繼春果決地說出想法後，陳澄波心裡震了一下，他彷彿想要解釋、澄清、說明，一時之間，卻不知從何說起。只見他嘴唇動了一下後，又頹然地放棄。

隨後，平時不言政治，甚少參與社運活動的楊三郎，也說出他的心裡話。

「唉，楊桑，陳桑，你們不滿日本人歧視台灣人的心，我都很欽佩，我何嘗不知道身爲二等國民的辛酸，但我們老弟也有苦惱呢。」三郎拿起手帕，擦著額頭上冒出的微微冬汗。「說起來我們這群人都是被日本教育培養出來的文藝青年，我們都是得利於日本帶給台灣文明的受益者啊。在日本留學時，整天穿日服、講日語、睡榻榻米、吃日本料理，甚至許多台籍生還娶了 yamato nadeshiko（大和撫子）。而我們的老師、同學、友人等都是日本人，我們是徹徹底底的過著日本式的生活，就算居住在台灣，我們辦任何活動，也都要日本官方的支援，甚至核准，我們要如何反日呢？我們都融入日本的體制裡了，某種程度來說，我們也算是日本人，如何反自己？就像用自己的雙手要割掉自己的大腦，這談何容易啊。我們的處境也請大老們體恤一下啊。」

三郎說完後，又是一陣沉默。

陳澄波突然拿起酒杯，要大家好好敬楊桑一杯，他說：「無論如何，楊桑過去對大家照顧有加，今日大家都要祝楊桑一路順風，全家平安，早日歸鄉。」

陳澄波說完，眾人舉杯，大喊一聲 Kanpai（乾杯），喝完後，眾人依舊笑聲盈盈。不料李石樵突然大聲說：「今晚好好喝醉，明天的煩惱就留待明天再去煩惱了。」說完後，哭了起來。

◆
◆
◆

楊三郎拿起清水燒的茶碗欣賞著，再慢慢說：「那一頓離別宴，阿樵最傷心，不過後來他的成績最好，獲得七次入選帝展的佳績呢，果然不負楊桑的期許，爲台灣人爭光啊。」

阿政突然興奮起來，說：「李石樵教授也是我的老師，本來也想拜訪他，但他已去美國了。」楊三郎聽後告訴阿政：「阿樵最近有回國，現在人還在台灣。」阿政暗叫一聲：「太好了！」

須臾，楊三郎繼續說著：「對日本的看法，我與老廖固然與澄波兄見解不同，不過大家還是感情很好，兩、三年後，老廖還曾想介紹澄波兄進入長榮女中任教。總之，很少有同業像我們感情這麼好的。」

「人家都說文人相輕，但在你們身上，看不出彼此相忌。」方燕說。

「是啊，這種感情叫作『好漢剖腹來相見』。」阿政說。

「呵呵，是啦，朋友弟兄無議論啦，但是……」楊三郎語氣突然低沉下來，「我們畫家在時局進入大東亞戰爭後，立場也越來越艱難。」

「怎麼說？」阿政問。

「一九四〇年，蔡培火、吳三連等人相繼入獄，隔年，我們就聽說楊桑已從東京逃到中國上海了。日本政府逼我們台灣人表明立場，我們有些畫家因爲家庭經商或工作關係，必須改成日本姓，這也讓文化界的情誼產生微妙的變化。當台陽辦畫展，文化界人士來聲援時，彼此也盡量不談這個話題，但當台籍的藝文朋友叫我一聲『楊佐桑』，我就渾身不自在，我感覺到對方是刻意要刺我，但我們也是爲了生存啊。」

「楊伯伯，你是說你曾改成日本姓？」方燕好奇地問。

「啊這，呵呵。」楊三郎似笑非笑，一臉奇特的表情，「唉，那段歲月的我們，都是隨著海浪的升落而沉浮，不僅是我，老廖也是，還有跟我一起到京都學畫、家裡開永樂座的陳清汾，我們都有家庭經商的因素，不得不然啊。一些文學界的人士不能體諒我們，但大多數的畫友都能理解我們的處境，畢竟那時候民生物資受到管制，進口的美術顏料必須經由當局核准才能購買，若沒有我們扮演與日本政府溝通的橋樑，畫家如何有顏料可畫畫？就如同澄波兄說的，如果沒有我三郎與日本政府做好關係，台陽如何辦下去？後來國民政府來了也是如此，總是要有人跟他們打交道啊。」

「玉山兄說我們三郎是元朝的趙孟頫，在改朝換代的對抗中，犧牲個人的名節，讓藝術文化能夠發展下去。」楊夫人說。

「總之，在我們那個年代，要當一名藝術家，不是只有單純的畫畫而已，時代的變化總會影響到創作，所以要一邊畫畫一邊因應時局，這時候思想就很重要。澄波兄在這方面是榜樣，他是很有想法的人。」

楊三郎邊說邊起身，走向書櫃拿出一堆泛黃的剪報，再走回沙發，拿給阿政。

「台灣畫家裡最擅長理念思考的大概就是陳澄波，」楊三郎說：「他當年經常在報章雜誌寫文章，你們可以參考看看。」

阿政把三郎伯給的剪報收下來。

此時，音響喇叭不知不覺中又播放著另一首古賀正男的名曲〈湯泉町哀歌〉（溫泉鄉的吉他）。楊夫人的眼睛剎那間似乎被這首曲子觸動而眨了一下。頃時，客廳裡無語，只有吉他演奏聲噹噹地響著。

方燕爲打破這突來的寂靜尷尬，遂再問道：「你們那代人都喜歡寫文章嗎？」

「不多，澄波兄是少數愛寫文章的畫家，所以我們都會開玩笑，尊稱他是『大話家』，說話的話。你們想要多瞭解他，可能還要看他的私人筆記。」

「要去哪裡看他的筆記？」方燕好奇。

「這要去問他的家人。」

「但他的家人婉拒我們的拜訪。」

楊三郎停頓了一會兒，才說：「莫怪啦，澄波嫂的痛苦，不是外人所能瞭解的……」在旁的楊夫人也感嘆起來：「澄波嫂孩提時代跟我一樣是好命底，都是千金小姐出身，她少女時不曾做過粗活，想不到後來卻這麼艱苦，都是因爲陳桑死得太早，才讓澄波嫂一生這麼的辛苦。」

「爲什麼死得太早？」方燕小心翼翼地問。

楊三郎夫婦沒有直接回答方燕的問題。只見楊夫人喃喃自語：「陳桑逝世那年，Koga 桑（古賀正男）剛好出版了這首〈湯泉町哀歌〉的曲盤（唱片），這首歌讓我想起光復前，有一次我們招待陳桑夫婦到草山洗溫泉的往事，所以他走後的那一年，我一直聽這首歌，邊聽邊哭……」楊夫人突然流下淚水，她拿出手絹擦拭著。而三郎伯逕自囁嚅著：「陳澄波如果多活些年，也許台灣美術界後來的發展，就不會有那麼深的芥蒂了。」

「什麼意思？」阿政不懂楊三郎此話何意。

只見楊三郎拿起茶碗，發現碗裡已是空了。楊夫人見狀，便拿起茶壺，搖一搖壺身，把沉澱的抹茶粉搖均勻後，再倒進丈夫的茶碗裡。

「光復後，台灣美術界分成兩派，」楊三郎喝一口抹茶後說：「一派是以台陽美術協會爲主的本省派，畫風以印象派爲主；另一派是以李仲生的學生所組的『東方畫會』爲主的外省派，畫風以前衛抽象爲主。兩派畫家互相敵視，互不往來。平時若是各自作畫，各自辦展覽，倒也相安無事，但是到了一年一度的台灣美術界大事——省展時，評審委員便會爲了要以哪種畫風來作爲評審標準，吵到不可開交。」

楊三郎又喝一口茶後，說：「此時，若澄波兄還在的話，依他對兩方，無論是本省籍或是外省籍，都有所交往的情況下，加上他足稱 Tairo（大老）的資歷，相信所有人都能服從。不但我們這群本省畫家會服他，相信當年在上海決瀾社時期即見過澄波兄的李仲生，也會信服這個曾入選中國十二個當代畫家的意見。如此，有澄波兄調和鼎鼐，做兩方的中間人，本省、外省兩派人馬也不至於會割裂得那麼厲害吧……」

說完，楊三郎緩緩地起身，走到辦公桌上，拿了一張名片，遞給方燕。

「你們若想多瞭解陳澄波，可以拿我的 Meishi（名片）去嘉義找他的長子重光仔，說是台北三郎叔介紹你們來的。」

方燕接過名片後，與阿政互看了一眼。

當阿政與方燕走出楊府大門時，天色已轉昏黃。由於攔不到計程車，兩人決定徒步越過中正橋，到市區再搭乘計程車。

就在兩人雙腳踏在這條傳聞當年是爲了日本太子至頂溪楊府花園賞菊而興建，名爲「川端橋」的橋上時，心情頗感沉重，尤其目睹楊夫人流淚那一幕，讓他們內心爲之震動。但因多次探觸陳澄波過世之因而遭對方轉移話題的經驗後，他們也只能看著楊夫人的淚水滾落臉頰，不敢造次探觸她心裡頭的枷鎖。

此時，方燕問阿政：「楊三郎敘述石川老師形容陳澄波與陳植棋，一個是將才，一個是鬼才，說『他們兩人都是屬於個性狂野的畫家，想要怎麼畫就怎麼畫，而畫筆就是他們的武士刀，都想要透過畫作來傳達理念……』似乎他們兩人的主見都很強，不受拘束？」

「當然，」阿政說：「繪畫不僅依賴技巧，創作題材是含有思想層面的，它是屬於『原創』的藝術，所以有隨興發揮的空間。」

「那麼原創的藝術在追求什麼？」方燕追問。

「原創的藝術追求『情感』與『思想』，這也是梵谷與高更的作品之所以感動人的原因。」

「所以說，陳澄波當年也可能是效法梵谷他們的精神，追求情感跟思想？」方燕停下步來，問著阿政。

「確實。」阿政點點頭。

「但陳澄波在追求什麼樣的情感跟思想呢？」方燕自言自語著。

「這就是我所說的動機不明，譬如陳澄波說：『我要把紅瓦厝所代表的意義呈現出來，這樣才能讓阿棋在九泉之下開心地笑。』這個淡水紅瓦厝的意義，可能就是畫中的密碼。」

「代表密碼還是無法解開？」

「沒錯。」阿政也露出無奈的表情，「不過我同樣好奇的是，陳澄波處在日本時代，對日本到底是怎樣的態度呢？是仇恨？還是依賴？是無奈？或是亦愛亦恨？還有，楊三郎說陳澄波是一個很有想法的人，那麼經歷過戰爭，這樣一個有想法的畫家，他的命運，他的畫作，到底受到怎樣的影響呢？」

「這些或許都跟他神祕的死因有所關係？」

「有可能。」

「不入虎穴，焉得虎子，我們再約嘉義的陳家人吧，只有透過他家人的解說，才可能解開密碼。」方燕說。

阿政看著方燕堅定的表情，連忙點頭。

當兩人緩步走到橋中央時，橋下的新店溪因連日的冬雨而溪水漲滿，水勢湍急地往西邊流去，流經改換名字的淡水河後，繼續往大稻埕那端流去，就這樣一路流奔到淡水，流奔到那個陳澄波與陳植棋決鬥的巖流島。而此刻夕陽也正在觀音山那頭緩緩落下，映照著兩個手持畫筆決鬥的身影。

5.

方燕再度鼓起勇氣打電話到嘉義陳家，並且抬出林玉山、袁樞眞、楊三郎等人的引薦，用著誠摯的語氣表達想了解陳澄波先生的畫作，希望有機會帶領讀者認識陳澄波這位畫家等等說詞，終於獲得陳家人同意接受採訪，時間就敲定在本週日。

當晚，方燕踩著愉悅的腳步進入報社，即被主管老羅叫進辦公室。方燕還沒開口，老羅便用嚴厲的口氣逼問：「你找這些資料做什麼？」

方燕還一頭霧水時，老羅即把一堆資料丟到辦公桌上。

「這是人二拿來的，說你在情資室翻找叛亂犯的名單，你到底在找什麼？」

「我？」一時之間，方燕也不知該如何回答。「我，我在……」她突然想起那天在情資室，那個人事部的王先生進來後，她趁機溜走時沒把資料收好，以致被這閻羅「王」發現了吧。

「你是藝文線的，爲什麼踩到政治線去？」老羅推推眼鏡問。

「誰說藝文記者就不能關心政治？」方燕也推推眼鏡，理直氣壯地答道：「很多藝術家都很有政治理念呢！」

「藝術家太有政治理念就會去綠島唱小夜曲。」老羅哼哼地說著。

「Shit！」方燕小聲地罵道。方燕與老羅有著家族的交情，所以早已習慣對老羅沒大沒小。

「眞是胡鬧，什麼是紅線你都分不清，還去招惹人二。」老羅又拿起桌上的資料翻看一下，然後再丟回桌上。

「我怎麼知道什麼叫『人二』。」方燕嘟囔著。

老羅壓低嗓門說：「你得時時牢記：『舉頭三尺有特務』啊！小心你的人事資料已被註冊了。」

「註冊又怎樣？」方燕不以爲然地說。

「又怎樣？會害你沒飯吃。嚴重的，還要進牢房。」老羅口氣嚴厲地說。

「我又不怕。」方燕依然擺出一副不在乎的模樣。

「不怕？你別以爲你老爸在中央當官，人家就不會來抓你啊。」老羅壓低嗓門說：「你要知道，最近江南案鬧得很大，有關單位怕暴露太多新聞，所以在報社裡監控我們監控得很緊，連印刷廠都有人監管，你不知死活，還在這節骨眼找碴，萬一出什麼事，不但你要倒大楣，連我也會跟著遭殃呢？」

「好了啦，不談這個了，」方燕表情突然一轉，露出眞誠的眼神向老羅說：「老大，我這幾天要下南部去挖掘一段被歷史掩沒的美術史，關於一位台灣梵谷的故事，所以要請幾天假。」

老羅望著眼神眞誠的她，問道：「你是當眞，還是瞎扯？」

「當然是當眞。」方燕露出慧黠的笑容說：「這篇採訪若能順利完成，或許有機會拿到普立茲獎。」

「別矇我！」老羅拔下眼鏡罵道：「我告訴你，要採訪就去採訪正經的人，不要去找什麼偏激分子亂寫文章。還有，不許再給我惹麻煩，別忘了我剛才說的……」

「我知道，舉頭三尺有特務！」方燕露出不耐的表情。

方燕沒把她在報社裡已被人二盯上的事告訴阿政，她不願阿政再爲她擔心，畢竟此刻她自己也對陳澄波的生命謎團與圖畫密碼充滿好奇，她也期待能與阿政一起解開這道神祕之鎖。方燕只把陳家人同意接受採訪這個好消息告訴阿政。阿政聽後也充滿期待。

同時，阿政也高興地對方燕說，那天聽楊三郎說到光復後，兩方畫派之間有所芥蒂之事，他很感興趣，想再進一步探索細節，他感覺或許會跟陳澄波有關，而今得知李石樵老師人在台灣，眞是天賜良機，他已順利聯絡上李老師，要去拜訪他，相信李老師可能有獨特見解。

方燕聽後也深表贊同，於是他們一同前往新生南路的「李石樵畫室」。

李石樵畫室位居新生南路的巷子裡，這是阿政所熟悉的地址，當年他爲了考美術系，特地北上來到李石樵畫室補習素描，畫室的一牆一瓦，一草一木，至今他還印象深刻。此刻與方燕步行前往畫室的途中，阿政還回憶著當時跟李老師學素描的情景。

「當我們把畫紙架好後，老師會指定今天要畫哪一尊石膏像，然後我們就開始用炭筆分割人像的比例，再畫人像輪廓，再分光影明暗等等。最有趣的是，我們若要修改畫面，都是用饅頭擦拭炭粉，因爲饅頭既便宜又好擦。所以上完一堂課後，地板上都留下一堆饅頭屑，學生們再拿掃把清掃乾淨，哈哈。」

說著說著，兩人已走到新生南路十六巷的地址了。然而阿政仔細一看，卻不見昔日那棟日式老房子？

「怎麼不見了？」阿政感到奇怪，那棟外表已經陳舊、老朽，室內卻因爲陳列著許多李石樵的作品，以及學生們習畫的專注神情，而充滿著生命力的畫室爲何不見了呢？

「被拆掉了！」耳後突然傳來一個老者的聲音。他倆回頭一看，竟是李老師。「畫室已在兩年前拆掉了，土地被地主收回，要蓋新樓房了。」李石樵喃喃說著。

阿政詫異地看著眼前拄著拐杖的李老師老邁的身影，彷彿此刻是一場夢幻。

他們來到李老師的家。此刻，已是夜晚。三人坐在沙發上。李石樵點起菸斗，點點頭，對於方才阿政所提問的：畫室爲何不見了？細說分明。原來，自一九四八年即設立在新生南路巷子裡的李石樵畫室，多年來一直是台北、甚至台灣學習美術的莘莘學子心中的殿堂，但兩年前，一九八二

「喝茶。」李石樵說。

年，因台灣經濟起飛，台北地價爆漲，地主爲求金錢，賣給建商，日式老房遂在一夕之間夷爲平地，準備蓋大樓。一棟承載眾多學子記憶的和式建築，無緣成爲市民的公共記憶財。李石樵對此，已經看得很淡，也很無力了。他在電話中與阿政約定在畫室碰面，只是想要回憶當年與學生在此揮汗作畫的共同歲月。而阿政在紐約留學時，只知李老師退休後搬到西雅圖與女兒同住，卻不知台北的李石樵畫室已遭拆除，他著實被這「台灣經濟奇蹟」下政商拆房的行政效率嚇到了。

「原來如此啊。」阿政喝了一口茶後，感嘆不已。

阿政在師大時期，親炙李老師門下，直到李老師退休，因此阿政對李石樵有著很深的孺慕之情。所以此刻可以當面向他請教陳澄波的事蹟，以及台灣畫壇過去的種種風波，也算是遲來的運氣，阿政欣喜不已。

「所以老師您與澄波先的關係是……」阿政問道。

「我與澄波兄差了好幾屆，」李石樵手持菸斗說話的神態，有一種藝術家的風範。他的菸斗是一把咖啡色的胡桃木菸斗，菸草散發著一股淡淡的香草味，一種讓人可以愉悅的味道。此刻，只見他緩緩地說：「一九二九年一月，我到東京準備報考美術學校時，受到澄波兄的照顧，但因爲澄波兄在三月畢業後，便離開東京，之後又到上海任教，所以我們只有短暫的交集。我在東京時，跟陳植棋的來往比較多。事實上，對於澄波兄的認識，許多都是從阿棋那邊耳聞的。」

李石樵那低沉渾厚的嗓聲，在這夜晚，特別讓人有種想要仔細聆聽的魅力。

「阿棋很喜歡說他與澄波兄籌組畫會的事，說起畫會，阿棋就眉飛色舞。一九二九年所組的赤島社，產生相當大的迴響，讓台灣各界見識到台灣畫家的組織動員能力。這一年也是澄波兄到上海工作的第一年，所以赤島社在台灣的畫展與活動，主要都是阿棋自東京搭蓬萊丸回台奔波所完成。」

「哦？」阿政好奇地問：「那赤島社跟後來的台陽有何不同？」

「簡單說，赤島社重理念，擅長做宣傳，台陽重組織，擅長辦活動，」李石樵邊思考邊說：「赤島社時期，日本政府對台灣人管得比較鬆懈，畫家與其他團體經常一起參與社會改造的運動；到了台陽時期，日本逐漸進入大東亞戰爭時期，所以管制比較嚴，我們自然也比較不敢挑戰日本政府。」

「您說赤島社重理念，是怎樣的理念？」阿政對這些議題很感興趣。

「這個……」李石樵突然稍微猶豫了一下，然後壓低嗓門，小聲地說，「在我們那個年代，光聽赤島社的這個『赤』字，就知道是反骨的意思。」

「什麼意思？」阿政感到好奇。

「什麼意思？你們知道『赤』代表什麼嗎？」李老師反問著他倆。

阿政與方燕互看一眼，說：「赤誠、熾熱吧。」

「也是，但不只如此。赤，也是代表紅色，而紅色在那個年代，就是代表蘇維埃政權。」李石樵嘸了一下口水，小聲地說：「當年俄國在十月革命時，打敗政府軍隊的就是列寧所率領的紅軍，之後，列寧掌握布爾什維克黨，建立了蘇維埃政府，紅軍、紅旗、紅色政黨，這些都是蘇維埃政府的象徵，所以當時的畫家若是大面積塗上紅色，都是具有象徵意義。」

李石樵說著說著，突然停頓一下，環顧左右，再繼續小聲地說：「而這個蘇維埃政權就是建立在馬克斯思想體制之下，可說是世界上第一個社會主義的國家，這在當年，是獲得世界各地進步青年支持的，自然地，這股紅色旋風也傳到中國、日本、朝鮮、台灣……。陳澄波、陳植棋，還有很多文化界、社運界的人，都被這個以公義爲號召的社會主義的紅色風潮所感染。」

李石樵的神情，在述說「具有公義的社會主義」的時候，似乎閃過一絲的光芒。阿政彷彿看到年輕時期的李老師，也在這風潮中綻放風采。

李石樵吸口菸斗後說：「當時日本社會主義的支持者在一九二二年成立日本共產黨，又稱爲赤黨，這段時期正好是大正時期，也是日本較爲自由的時期。澄波兄與阿棋兩人分別在一九二四及二五年來到東京，正好遇上這波流行紅色思想的時期，而他們的個性又是喜愛追求公義，好打抱不平，所以滿腦子『革命』、『革命』、『革命』的念頭。但畢竟兩人都有家庭壓力，這些關於革命的事情也都只敢想不敢做，所以他們就把革命轉化爲改革。改革什麼？改革台灣社會的不公，改革台灣社會的不文明。但他們又覺得不能光說不練，於是籌組畫會，一方面薰陶台灣人的藝術內涵，另一方面與台灣社運界串聯，推動文明的啓蒙，所以說，赤島社的『赤』，不是憑空跑出來的。」

「但是前天我們訪問楊三郎前輩時，他所提到的赤島社，並沒有說到紅色思想這一塊啊？」阿政感到奇怪。

「當然啊，紅色思想在日本時代是禁忌，在光復後更是禁忌，誰敢隨便說呢。今天若不是因爲老師認識你，怎敢說這些予你聽呢？」

「啊？這樣子啊！」阿政突然感到對老師有些抱歉。

「所以你只要看看我們年輕時期特別喜歡留到耳朵的長髮，就知道在暗示我們是信仰社會主義的人……」

「什麼！留長頭髮跟社會主義有關？」阿政驚訝地問。

「是的，當時這種髮型叫作 Orubakku（All Back 髮型），也就是把頭髮全部往後梳，並且留到耳根，」李石樵極小聲地說：「其實這是效仿馬克思的髮型，當時澄波兄與我，都曾留過這種髮型。」

「原來陳澄波在上海留長頭髮，不是想模仿歐洲藝術家。」方燕驚訝地說。

「眞沒想到連髮型也有文章，」阿政也小聲地回道：「這也算是你們信仰的密碼吧？」

李石樵點點頭，繼續說著：「當時我曾聽阿棋說過，赤島社在一九二九年八月舉行第一屆畫展，就在展出的前幾天，代表官方立場的《台灣日日新報》刊出新聞說，『赤島社將對抗官方的台展』，結果提供展場的博物館突然宣布收回場地。眼看就要開天窗了，阿棋趕緊打電報給東京的教授，拜託他們尋找友台派的國會議員幫忙，以及再三拜託總督府的山崎課長，花費一番心力後，最後才讓總督府收手，畫展如期展開。但這件事已產生陰影了，之後便有畫家質疑赤島社的名稱，並同時討論畫家是否該只專注於畫布上，畫布之外的事物勿干涉？」

「結果呢？」

「但阿棋依然不改其志，回到東京後，與遠在上海的澄波兄用電報聯絡，繼續推動赤島社在台灣的活動。我想，他們兩人對於赤島社的情感，或說職志，應該不止於畫家的創作，而是包含更多社會層面的理想與抱負，這也是『兩陳』與其他畫家最大的差別吧。或者，也可以說，他們兩人的眼睛不是只看畫布，更看向畫布以外的地方吧。」

李石樵說完，兀自沉思著。

停頓片刻，他又說：「然而，一九三一年，阿棋死了，讓我很傷心，赤島社也無疾而終了。」此時，李老師的聲音逐漸轉為哽咽，「但我心裡許願要以他為榜樣，向帝展挑戰，同時也要關懷社會改造。終於，兩年後，繼澄波兄、阿棋、繼春兄之後，我以第四個台灣人身分入選了帝展，算是報答他們對我的牽成。之後，也許是潛移默化，我也以社會寫實、普羅大眾作為題旨素材，陸續畫出〈合唱〉、〈市場口〉、〈田家樂〉。可以說，是澄波兄敲開帝展這道大門，讓晚輩有一個效仿的道路可走，也讓台灣畫家有一個座標可以追尋，並且影響我們在作畫議題上關心社會大眾，澄波兄對台灣美術史的貢獻就在這裡。」

「為什麼你們當時對帝展這麼看重？」阿政問。

「因爲當時台灣人與日本人沒有任何可以較勁的舞台，台灣人在日本人眼中像是未開化的土著，就像是Okinawa（沖繩）人那樣的階級，因此當台灣畫家可以擊敗眾多的日本畫家，入選國家美術最高等級的比賽時，等於宣告台灣人是可以跟日本人一樣優秀的。所以當時全島的台灣人把入選帝展當作大喜事，那種感覺就像台灣少棒隊在威廉波特打敗美國隊，贏得世界冠軍時，台灣人三更半夜放鞭炮慶賀那樣的心情啊！」

李老師一口氣說了一些屬於他們時代的陳年往事，說了一些他以前不曾在課堂上說過，被政治斷隔在歷史課本以外的故事。深夜時分聽來，阿政感覺彷彿是另一個世界的奇譚。

阿政對於李老師光復前的〈合唱〉、〈市場口〉、〈田家樂〉這幾幅大作，相當熟悉，這些作品不僅是尺寸上的大作，也是視野上的大作，是台灣首次以群體人物爲對象的畫作，其眼界之高之廣，可直逼林布蘭特處理諸如〈夜巡〉這樣龐大題材的等級，在台灣美術史上，具有崇高的地位。老師具備大家風範的畫風，本應繼續創作群體人物題材，留下台灣人物像的史詩作品，「但爲何在光復後嘎然中止，反倒轉向抽象畫風？老師，您是否也爲了追隨時代的潮流而改變？」阿政就這麼突兀且冒昧地，問了這個他在學生時期忘了問或說不敢問的問題。

「畫風爲何從關心民眾轉到抽象去？」李石樵複誦著阿政的提問。

「是……老師。」阿政怯懦地回應。

李石樵黑粗的鏡框突然滑落到鼻子下，缺乏鏡片的輔助，他只能把眼睛覷成一條縫，看著阿政，然後說：「你覺得我隨波逐流？」

「這……」阿政不敢直言。

空氣突然凝住了。

方燕見氣氛頓顯沉重，猜測應是阿政問了不該問的問題，腦筋伶俐的她擔心老師若是因此心情不悅，結束談話，豈不令人扼腕，於是連忙改變話題。她問了一個關鍵的問題：「那麼，光復後，台灣美術界為何會分成兩派呢，老師？」她還記得阿政當時之所以想要拜訪李石樵，就是想要請教光復後台灣美術界分成兩派的問題。當方燕問完後，阿政對她投以嘉許的眼神。

「關於分成兩派這個問題，」李石樵把黑框眼鏡推回鼻架上，沉思著該如何作答。只見他吸一口菸斗後，緩緩地說著：「台灣分兩派不是光復後才有的現象，日本時代就已『放尿攪砂袂做堆』（譏無法團結）了！」

「什麼？」方燕被這句突如其來的台諺困惑住，「不好意思，老師，我聽不懂這句台語的意思。」

李石樵沒理會方燕的疑惑，自顧地繼續說著：「日本時代，文化界隨著大東亞戰爭的日趨激烈，彼此間的矛盾也越來越嚴重。昭和十八年（一九四三年），文學界的張文環、林摶秋、呂泉生、呂赫若與山水亭的老闆王井泉等人，籌組了劇團，在永樂座演了一齣叫《閹雞》的新劇，結果大爆滿。演出當晚還發生不明原因的停電，激動的觀眾不斷要求重唱呂泉生所採集的〈丟丟銅仔〉

等台灣民謠。結果，第二天當局就下令禁唱戲中的台灣民謠，此時，文學界反日的情緒可說達到了頂點。過沒多久，官方的府展又即將展開，文學界的朋友呼籲台籍畫家抵制參展，展現台灣人的骨氣，但我們的精神領袖澄波兄卻不同意，他要大家努力作畫繼續參展。」

「他為什麼要大家繼續參展？」阿政問。

「他說，畫家的職責是作畫與參展，不參加畫展就是失職。」李石樵吐一口煙，煙霧飄散在他黑框眼鏡前，透過鏡框，他彷彿又看到那年在山水亭的一場激辯。

◆ ◆ ◆

一九四三年九月，山水亭。

過往，台籍藝文界朋友來到山水亭吃飯，總是帶著歡樂愉悅的心情，相較於敕使街道（今中山北路）一帶的日本料理亭，太平町（今延平北路）的山水亭總讓台灣人有一份當家的尊嚴與自在的氣氛。因此，山水亭對台籍藝文朋友來說，意義不在菜色的美味，而是在台灣人也可以創造出一種宛如巴黎沙龍的藝術人文空間，而這一切都是老闆王井泉為文化界朋友所打造出來的。

然而隨著太平洋戰況的日趨緊張，山水亭的飯局氣氛也跟著緊張。這一日，在新劇《閹雞》被總督府打壓之後，幾位小說家與畫家聚集在山水亭，正在為是否該參加今年秋季的府展，爭辯不休。

年紀較小，個性卻率直的呂赫若首先發難。他表示，以本地人爲主的《台灣文學》雜誌，正與以西川滿等灣生日人爲主的《文艺台湾》交鋒，對方批評台籍作家只描寫家庭民間小事，無視於國家正在大東亞所進行的偉大任務，西川滿提出台籍作家的作品是「糞寫實主義」，是一種「膚淺的人道主義」。爲此，台籍作家亦紛紛撰文反擊，包括楊逵在《台灣文學》雜誌上寫了一篇〈糞リアリズムの擁護〉（擁護糞寫實主義）回擊。

未滿三十歲、擔任《閹雞》主角、並從事小說創作的呂赫若此刻對著餐廳內的眾人說：「就在這漢賊不兩立的時間點、同時也在這日本禁唱台灣人心靈歌曲〈丟丟銅仔〉的時候，爲什麼我們還要配合日本政府的洗腦工作，去參加由總督府所主導的府展，幫助殖民政府合法、合情、合理的統治台灣？難道大家不知道印度聖雄顏智（甘地）是如何率領印度的民族運動嗎？爲什麼畫家們就沒有骨氣拒絕參展呢？」

呂赫若義憤塡膺，說詞鏗鏘有力，短短幾句話就讓所有人震懾，現場因此陷入一片沉靜。此時，畫家們無不轉頭看著陳桑，看看澄波先有何反應？

只見陳澄波帶著略微疲憊、沙啞的聲音，一句一句慢慢地陳述他的觀點。他說，他這陣子都在南部、畫畫，對於北部的藝文活動較生疏，也甚少參與，他不太清楚最近台北的文化界發生什麼事，但他在南部鄉下寫生時，感受到台灣風景的美，體會到台灣被西洋稱爲福爾摩沙的原因，他覺得他有使命要把台灣這片美景用畫筆記錄下來，不只是爲當代人畫，也是爲後代人畫。畫圖、參展，就是畫家的職責，如同送信是郵差的職責一樣，不因收信人的國籍是日本人，郵差就不把信送出去……

接著，他又說：「我不知小說家是在什麼樣的地方寫作，我在創作時，大都是在戶外作畫。前年，我畫〈懷古〉，描繪我們嘉義一戶古宅的門口，正進行防空演習。圖畫中，有人在躲避，有人在快跑，表現出戰爭將來的氣氛。我在現場花了兩、三個小時才完成初稿，整個下午都與正在演習的人民處在一起，我完全體會他們的辛苦與緊張。我們畫家把人民的經歷呈現在畫布上，再透過畫展，給其他的台灣人民觀賞，讓各地的百姓可以觀賞到台灣的風土民情、現狀局勢……這是畫家的職責。如果不參加畫展，畫家就等於不送信的失職郵差，所以我們只是在盡我們的職責。」

陳澄波說完，《閹雞》原著作者張文環接著發言。他肯定陳澄波所言的畫家之職責在於作畫與參展，只是他質疑，「既然有台灣人春季的台陽展，何必再參加官方秋季的府展？這不正是在日本體制下創作嗎？」

此時，只見這一桌的畫家，不斷對那一桌的作家表達「民族歸民族，藝術歸藝術」的看法，畫家們認爲民辦或官辦都只是一個管道，不影響畫家作畫的內涵或題材等云云，現場一度陷入混亂。而陳澄波待眾人較平靜後，針對張文環方才的質疑，提出他個人的看法。

「文環老弟的看法，容我在此陳述我個人的拙見。」陳澄波說：「在我心中，藝術沒有國界之分，如果藝術有國界，便不該是油畫，因爲油畫不是漢人的傳統工具。當年我在上海被選爲中國畫家代表，今日如果日本也要選我爲日本畫家代表，我也會欣然接受，改日，法國若要選我爲法國畫家代表，我更會引以爲傲。對油畫家而言，油畫自成一個國家，在這個『油畫共和國』裡，大家爲油畫而生，爲油畫而死，彼此間沒有國籍的界線。」

他話語稍停頓，用眼睛逡巡眾人，繼續說：「大家想想看，現今歐洲最有名的大畫家畢卡索，他從西班牙來到法國，創造了藝術巔峰，他到底是屬於西班牙的榮耀？或是屬於法國的榮耀？諸位，對藝術家而言，畢卡索是人類共同的榮耀，這份榮耀是不分國籍的。對台灣的畫家來說，也是抱著這樣的態度來參加畫展，這是內地人的畫展？或是本島人的畫展？這都不重要，畫家爲群眾作畫，爲群眾參展，只要有一個民眾願意來看畫，我們就有責任把畫作展覽出來，不論是誰主辦的畫展。」

當陳澄波說完後，文學界的友人依然難以信服。有人出口批評：「你們畫家的題材都是些風花雪月的東西，而我們小說家則是寫出台灣人底層的辛酸與艱難，畫家沒有畫出時代的 Merodi（旋律），愧對職責啊！」

坐在陳澄波旁邊的某畫家則回覆：「唉呀老兄，不是我要說不禮貌的話，你們寫作的成本只是一支不到幾毛錢的鉛筆，光靠這支鉛筆就可以完成一篇小說，而我們畫家畫一幅五十號的畫作，光是進口顏料的成本都可以買一台孔明車了，如果我們盡畫下階層人的痛苦，誰來買畫呢？如果都沒人來買畫，那麼我們的顏料成本如何回收？何況，我們若賺了錢，也都有捐款給文學雜誌的啊。」

「這位仁兄，現在是戰爭時期，不是太平盛世呢，你們要反應時代的面貌啊。」某作家如此說道，其他作家們紛紛出口稱「是啊、是啊」。

陳澄波站起身來，口氣平靜地說：「諸君啊，大家請聽我說。畫家不是完全沒有反應時代，譬如我剛才說的〈懷古〉，或是阿樵老弟畫的〈合唱〉，都是反應戰爭的氣氛。或許我們畫家在處理畫面的手法習慣採用氣氛營造法，不若你們作家處理小說情節那般的戲劇性，所以你們感受不到畫家的參與，但也不能因此認定我們缺席。何況，如果事事都要反應戰爭的時代面貌，那麼我們今天便不該來此山水亭，大家看看桌上，有紅燒鮮魚、燜燒羊肉、鳳尾蝦仁……諸君啊，現今依規定已是不得販賣米食的『節米日』了，料理亭都不能販賣白米飯，我們卻在這裡大魚鮮肉，山水亭是不是也不符合時代的 Merodi（旋律）？」

陳澄波說至此時，轉眼即看見坐在後面樓梯間的老闆王井泉，只見人稱古井兄的王老闆此刻露出尷尬的表情。陳澄波則繼續說著：「諸君，藝術家在創作時，不是想到眼前，而是想到未來一百年、二百年、五百年……達文西居住米蘭時，義大利與法國正在交戰，但達文西沒畫戰爭題材，卻畫下〈蒙娜麗莎〉。晚年他移居法國，把這幅畫帶到法國去，五百年後成為法國的國寶。啊！每個畫家都想要畫一幅五百年後的國寶！你們小說家有使命感，我們畫家也有使命感，你們的使命感在眼前，我們的使命感在百年之後；這不是誰對誰錯的問題，而是目標不一樣啊，諸君！」

陳澄波說完後，又是一陣騷動聲，大家又議論紛紛起來。依然有人對陳桑的說法，發出不同的意見：「不論怎麼說，府展這個府字，就是象徵總督府，kimochi（感覺）不好啦。」

坐在畫家這邊的，也有人反駁說：「剛才文環兄說我們在日本政府體系下創作，事實上文學家不也是如此。如果文環兄不健忘的話，你去年得到文學獎的〈夜猿〉，不正是參加皇民奉公會的台灣文學獎而獲獎，當時你的說詞是說要把比賽的獎牌留在台灣人身上，而現今我們畫家參加府展，不也是把榮耀留在台灣人身上。」

此話一出，引來一陣噓聲，呂赫若仗義直言，說：「各位，文環兄的小說充滿人道主義的精神，他關懷具有頑強生命力的農民，以及被欺凌而生活困苦的百姓。他的筆下都是在呈現這些卑微的人物，闡述人類心靈的苦難。誰能說他是爲了私人榮耀而創作？這有公理嗎？」

「沒錯，」繼續有作家附和：「小說家的得獎作品是市井小民在欣賞，你們的畫作陳列在宏偉的公會堂裡，是王公貴族在欣賞，有錢人購買的奢侈品。」

「王公貴族看到台灣人有如此優秀的藝術人才，更不敢看輕台灣人，」畫家們反駁，「這也是爲台灣人爭一口氣啊。大家看看李石樵是如何爲台灣人爭光的。」

「是啊，何況……」畫家這邊有人附和。

「何況怎樣？」作家這邊詢問。

「何況我們畫家的作品是用『圖形』呈現，而你們小說家的作品是用『日文』寫作，如果要講背骨，誰比較嚴重？漢人的骨氣又在哪裡？」

「如果要這麼說，」小說家們反駁，「我們也可以質疑〈懷古〉所畫的防空演習，與〈合唱〉所畫的頭戴軍帽的小孩唱著軍歌，也都是在替皇軍宣傳戰爭！」

「你！」畫家們怒道。

「好了好了……」山水亭老闆王古井走到餐桌旁勸和，「本來是要請大家吃飯，順便談談藝文界該何去何從，不料卻變成吵架大會，大家這樣你一言、我一語的互相指責、互相殘殺，只會讓彼此的心結越結越深。」

王井泉看看左右兩桌一張張的熟面孔，往昔都是不醉不歸的知己好友，怎奈隨著戰況的吃緊，反倒自己人打起架來了。他感慨地說：「今晚大家都是在說自己立場的話，作家有作家的理念，畫家有畫家的想法，其實這些都不需要互相批評。此時此刻大家在山水亭裡，把自己心裡的話掏出來，就像要把酒喝乾那般爽快，這種態度，就是杯底裡不要剩下酒來飼養金魚的態度，所以兄弟之間要剖腹相見，眞誠相對，決不可兄弟反目，骨肉相殘。」

古井兄音量突然轉小聲地，繼續對大家說：「現今戰爭已進入『總力戰』的局面，其實這也代表日本無力再控制戰局了。我偷偷的告訴各位，我店裡聞名的東坡肉刈包，所使用的Komugiko（麵粉）都是內地進口的，現今全國都很缺，管制得很嚴，連Tokyo（東京）那邊都已吃不到Pan（麵包）了，可見日本已經日落西山。我們不必自相殘殺，過一陣子日本這個祖國一定會倒，到時候台灣人看局勢再做打算，總之，本島人團結最重要。」

王老闆說完後，眾人響起掌聲，他連忙要大家小聲，勿喧譁，街道有日本憲兵巡邏。接著，他又對著坐在一旁沒有發言的年輕人呂泉生說：「泉生，你應該要寫一首關於兄弟祖誡的歌，歌名就叫〈杯底毋通飼金魚〉好了，表達出台灣人要團結一心的精神。」眾人聽聞後，又是一陣掌聲與笑聲。於是，大家帶著較爲放鬆的心情散席。

就在陳澄波準備離去時，呂赫若鐵青著臉走到他身旁，對著正起身穿西服的他說話。

「澄波叔，容我冒昧地說，我一直以爲你的畫作與楊逵叔的小說一樣，都是具有公義的精神及台灣人的意識，但今天聽你一席話，彷彿，你認爲藝術的價値超越了民族精神，我不知你這樣的想法是對是錯，我也不知人在台中的楊逵叔能否接受你的論點，總之，我感覺你的立場令人Meiwaku（迷惑）！」

說完，呂赫若看著澄波叔，對著這位他所敬仰的長輩鞠一個九十度的躬，再說道：「澄波叔，Gomennasai（對不起）！」便快步離去。

望著這位年輕小說家離去的背影，陳澄波內心有著萬千話語卻無從說起之感：「我是個Meiwaku（迷惑）的人？」他不禁喃喃說著：「我只是想要畫畫，畫給大家看，如此而已啊。」

◆ ◆ ◆

「唉，台灣人被困在鳥籠裡，大家對於要如何飛出鳥籠，看法不一，而文化界的人又自視甚高，立場堅定，互不退讓，大家意見紛擾，自然會變成『放尿攪砂袂做堆』了。」

李石樵說完後，含著菸斗，眼望天花板，兀自沉思。

阿政內心也頗為沉重，雖然他曾聽聞台灣文化協會分裂的種種事端，早已明白政治人物團結的不易，但日本時代文化界內部也爭辯不休，則是此刻方才知曉。阿政心想，作家、畫家本來背景就不同，奮鬥方向也不同，攀爬成就的標準也不同，自然難以意見一致。就像幾年前發生在作家之間的鄉土文學論戰，就不會發生在畫家的身上，鄉土文學論戰的背後充滿著作家們各自的政治立場，但畫家鮮少為政治立場而創作，自然就引不起論戰的火花。

「老師，那後來畫家有參加那年的府展嗎？」就在阿政陷入沉思之際，方燕問道。

李石樵點點頭，說：「台灣畫家還是認真的參加那一屆的府展，尤其是澄波兄，對於任何畫展無不抱持著認真的態度，因為對於沒有穩定工作的他來說，參展其實就變成他的工作，若再剝奪他參展的機會，等於宣告要他放棄畫畫。事實上他當年從上海返回台灣，我不認為純粹是國籍問題，我倒認為他是擔心上海陷入戰爭，海運封鎖，會造成他無法順利在東京與台北兩地參展，因為這兩個地方才是他真正的戰場。」

「老師你是這麼認為？」阿政說。

「沒錯，畢竟他與我都是從帝展裡奠定地位的，畫展，就是我們一生最重要的舞台啊。」李石樵停頓了一會兒，吐了口煙，再慢慢地說：「不過昭和十八年（一九四三年）那屆，卻是最後一次的府展了。」

「因爲戰爭？」方燕說。

「沒錯，戰火已蔓延到台灣，美國開始轟炸台灣，府展停辦，連我們的台陽展也停辦。不過我印象最深的是，最後那屆的府展，有一位先輩對我們畫家批評得很兇，這位先輩曾在上海從事反日工作，因而被日本政府捉回台灣關了好些年，一出獄，即對著台灣的畫家嗆聲……」

◆ ◆ ◆

一九四三年，台北公會堂的府展會場。

「軟弱、貧乏、蒼白……本島畫家在府展創作出一堆言之無物的作品，這就是台灣最高畫藝的水準嗎？」這一天，王白淵一篇評論府展的文章在台灣的報紙上刊載，引來畫壇的軒然大波。

此刻正在這棟因戰爭逼近、經費減少，採取簡化門面手法興建的台北公會堂（今台北中山堂）參觀畫展的陳澄波，在角落裡讀著王白淵的這篇文章。這篇名爲〈府展雜感〉的評論，以犀利的筆調寫道，府展的畫作無論是灣生畫家或是本地畫家，都以矯飾的畫風畫出台灣島嶼的安康和樂，但台灣島嶼此刻正面臨著許多的困苦，畫家卻閉眼不見。他舉達文西、米開朗基羅說明偉大藝術家應該具有人道精神，並批評台灣畫家的作品無法激發觀眾的共鳴，不是跟人民站在一起等等。

對於王白淵的評論，陳澄波認為他充滿太多的誤會與偏見。對於其他畫家的作品如何，陳澄波自覺不便表達意見，但對自己的作品，他自信是完全站在人民的角度而創作，絕非是畫給達官貴族欣賞、富豪商賈收藏，更不是為了贏得官方的歡喜而虛構出繁華的盛世。

此刻，陳澄波抬頭看著展場內他的作品，今年，他以一幅名為〈新樓〉的新作參展。自台展更名為府展後，這五年來，陳澄波每年都有作品被官方以「無鑑查」（不用審核）的等級推薦到府展。作為台灣畫家的先行者，同時也是台灣第一位獲得內地最高榮譽的帝展之得主，陳澄波自信府展對他的無鑑查審核，是他應得的榮耀。但他並未因此而鬆懈創作，更未因此偏離對普羅藝術的信仰，他自覺依然是當年與阿棋在一起時，那個嘴裡喊著「Prole Art」、「Prole Art」的年輕人。他這五年來參加府展的作品，無論是〈古廟〉、〈濤聲〉、〈夏之潮〉、〈初秋〉，以及這幅〈新樓〉，都是站在台灣人的情感上來下筆的，怎會說是貧乏與蒼白呢？「白淵兄誤解了啊，」陳澄波心裡吶喊著，「或說，是他對現狀不滿而帶來的怨懟？」

當陳澄波如此思索著時，王白淵正巧走過來，兩人竟不期而遇。「啊，澄波兄，好久不見。」「是啊，好久不見，白淵兄，還好嗎？」兩人重逢已是相隔多少年了，恐怕也難數了。長久以來，陳與王彼此間有一種微妙的關係，論年齡，陳澄波比王白淵大上六、七歲，在台灣民間的輩分裡，陳永遠是兄長；但論學籍，王白淵卻比陳澄波早一年就讀東美，在日本的文化裡，王永遠是陳的學長。因此，陳澄波這個兄長還真不知該如何與王白淵這個學長相處，故而在東京讀書那段時期，兩人若即若離，或說王不見王吧。而自那年，許是快二十年前了吧，五、六個台籍生在東京居酒屋裡小酌，窗外還飄著細雪，大家暢懷心事。這一別，林玉山回台繼續認真畫圖，楊逵成為日警頭痛的人物，陳植棋走了，游柏改了名字叫「彌堅」，到唐山祖國擔任官職，而王白淵在岩手縣當中學老師，陳澄波則到上海當美術教授。接著，一九三三年，上海一二八事變，陳澄波選擇回台灣，王白淵卻在一九三四年與日籍妻子離婚，隻身到上海參加抗日活動。一九三七年，上海八一三戰役，王白淵被日軍逮捕，遣返回台灣坐牢六年。陳與王兩人像是接力賽似的，競相捲入中、日兩大國的情仇裡。今年王白淵出獄時，已是一九四三了。此刻兩人相見——啊，白淵兄，你頭髮白了些。是啊，坐監的人頭髮怎會不白呢，不過，澄波兄，你的背也駝了些，是背畫架的緣故吧？哈哈，我若是背畫架而駝了，也是種福氣，倒是你的筆力依然鋒銳啊。唉，不瞞你說，出獄後的我，什麼都沒有了，只剩下一支筆，賺不了錢，就酸酸別人，呵呵……

命途相似的兩個人，在此刻意外相逢，該說些什麼話題呢？

陳澄波看著王白淵一副瀟灑不羈的表情，突然讓他感到一種熱情的流逝。二十年前，大家懷抱著對美術的夢想，相繼從台灣到東京美術學校，這一晃，彷彿就是一眨眼的時間，兩人都像是做了一場李伯大夢。而此刻，該談些什麼話題呢？該說說東京情？還是敘敘上海情？該說說祖國夢？或是談談左翼夢呢？

「是啊，我們美術系的學子，該如何用筆畫來表達這些年的心路歷程呢？」陳澄波內心感嘆著。

想當年，一個以米勒為典範，一個以梵谷為偶像，自許在美術路途上盡情奔馳，而今兩人在美術之路已分道揚鑣，陳澄波繼續孜孜矻矻地在繪畫上耕耘，而王白淵的畫家夢已是看盡千帆皆不是……

「只是你的評價不客觀，」陳澄波突然對著王白淵叱責抗議，「美術作品的功能有很多種類，宗教信仰是一種功能，賞心悅目也是一種功能，教育社會是一種功能，心靈薰陶也是一種功能，我們固然需要米開朗基羅激昂的〈大衛像〉，也需要有達文西小家碧玉般的〈蒙娜麗莎〉。」

「你的這些話……老陳啊，唉！」王白淵嘆口氣後說，「我說眞格的，我之所以放棄畫畫，就是不再相信你說的這些話了，這些充滿文藝腔的囈語，如果你聽聞過兩萬五千里偉大的長征，就會知道畫畫是多麼渺小的事。」

「長征？」

「對，不知你是否還記得上海的江豐？我在一九三四年到上海美術專校任教職時，認識了版畫家江豐，他說他很欣賞你作畫的熱忱，但批判你的題材耽溺在布爾喬亞的溫馨裡。最近我聽蘇新說，江豐在我被捉回台灣的隔年，也就是一九三八年，跟隨丁玲從上海投奔到延安，並陸續創作出〈保衛家鄉〉、〈長征〉、〈上海第三次工人暴動〉等作品，得到黨的重用，現在已擔任黨中央文宣部門的主管職位。澄波兄啊，這才是眞正的投筆從戎啊！雖然我無法參與這場偉大事業，但我可以想像延安才是眞正的烏托邦。唉，聽我說，澄波兄，唯有從政才救得了被殖民的台灣人。」

「從政？」

「對！像江豐那樣，畫家的戰場不是在畫布上，要把戰場投到政治，加入政黨。」王白淵壓低嗓子繼續說：「現今局勢已很清楚，米國正在處理歐陸戰場，等米國收拾完德軍，就會來亞洲收拾日軍，如此看來，阿本仔兵敗之日必在不遠時，到時中國將重新站起來，台灣人就要回歸祖國了。而台灣政治人才不足，必須要有各個行業的專家挺身從政，才能治理好我們自己的家園，所以我們必須加入政黨，跟著政黨的力量一起治理台灣，改造社會。」

「政黨？你是說哪個黨？」

「老陳啊，相信阿棋若是還活著，必定早就舉起紅色大旗，大聲喊著，我，陳植棋，就是台灣的陳獨秀！」

「陳獨秀？」

「你相信嗎？阿棋比你有膽量。」

「阿棋是陳獨秀？」

「沒錯，正義、公理、人道！我們年輕時代的夢。」王白淵堅定地說。

「紅色大旗？這，我要想想，我要想想……」陳澄波口氣顫抖著，「不過、不過你說我們的畫作都貧血，我一定要抗議，我一定要抗議，這些年我寫很多美學思想的文章，都有刊載在報章雜誌上，你人在獄內，無法閱讀，所以你不知我們的用功，這些文章台陽都有剪報收存，你一定要看看，你一定要看看！」

◆◆◆

「陳獨秀是誰？」方燕感到茫然。

「後來陳澄波有入黨嗎？」阿政則對陳澄波有無入黨更感興趣。

李老師對於阿政與方燕的詢問，全無回應，只是一逕地直瞪天花板，然後自言自語：「當時，古井兄與王白淵都預言日本祖國會倒，果真台灣人又換祖國了，國旗上的那顆太陽，也從紅色變成白色……」

◆◆◆

一九四五年，八月下旬，中之島公園。

「你是說……國旗上的那顆太陽從紅色變成白色？」畫友們紛紛問道。

「的確。」陳澄波微笑回答。

一群來自台灣各地的畫家，聚集在中之島公園（今台中公園），原計畫要討論因戰火頻仍而導致去年中止的台陽畫展，是否要繼續停辦，甚或解散的議題。不料十來天前，也就是八月十五日中午，意外聽到裕仁天皇的「玉音放送」（廣播終戰詔書），眾人莫不震驚，因而此時，話題已不在台陽畫展上，而是對台灣人未來前途的議論。

眾畫家對新祖國均感陌生，對「中華民國」的體制尤不瞭解，因此紛紛請教具有唐山經驗的陳澄波，請他提供有關新祖國的種種訊息，以讓畫家對未來可能面臨的遭遇有所依循的方向。當陳澄波告知眾人，新國旗的太陽顏色已從紅色變成白色時，眾人莫不感到驚奇。

「爲什麼日本人看日頭是紅色，唐山人看日頭卻是白色？」有人問道。

「這個問題嘛，」曾到法國習畫的顏水龍，試著幫眾人解惑，「因爲日本人是東北亞最早見到太陽的國家，所以當太陽自海平面初昇時，顏色是豔紅，而當太陽照射到東亞大陸時，陸地的折射會讓光線更強，瞳孔因而收縮，改變色溫，太陽顏色就變成了白色，所以唐山人眼中的日頭就形成白色。」

「原來如此啊。」眾人均感新奇。

「水龍老弟接受歐洲最先進的美術科學的薰陶，果然見識不同凡響。」陳澄波笑著說道：「還有，祖國的國旗不但日頭從紅色變成白色，光芒形狀也與太陽旗不同，這面新國旗有十二道白色光芒，叫作青天白日。」

「青天白日？」

「沒錯。」

「可是，」家住台中的年輕膠彩畫家林之助疑惑地說：「張深切從唐山寄給我的信提到，唐山的國旗是青天白日加上一大片的紅色啊？」

「是這樣子的，」陳澄波認眞的回答：「我在上海曾聽一些老輩說，原本國民黨所設計的國旗，是青天白日的顏色，後來孫逸仙接納社會主義，將蘇維埃國旗的革命紅色也採納進來，因此形成青天白日加上革命紅的顏色。可見孫先生有將普羅大眾放在心裡。」

「所以新國旗是『青天白日革命紅』啊！？」畫家們異口同問。

「沒錯，新國旗正是『青天白日革命紅』。」陳澄波點頭。

「但不知創造中華民國的革命黨人，是好人還是壞人？」林之助憂慮地提問。

「這個……」陳澄波一時片刻也不知如何作答，他緩緩地對著大家說：「革命黨就像社會的縮影，有好人也有壞人，但這不重要，重要的是新國家的體制是什麼，祖國未來應會依照孫先生的遺囑，將實行三民主義，到時候國家元首與政府會以選舉的方式產生，不再是過去皇帝一人獨裁了。」

「澄波兄，你意思是說，元首會換人做？」

「正確說，是國家的 Daitoryo（大統領）會定期換人做，就像米國的 President（總統）那樣。」

「所以我們以後可以自己選 Daitoryo？」

「沒錯，這比獻堂先所推動的『議會設置』運動，更進一大步。」

「聽說獻堂先準備籌辦歡迎祖國的活動。」

「是啊，」陳澄波開心地說：「獻堂先一生不穿日本和服，爲的就是維護漢人的尊嚴，所以支持中華民國就是支持我們漢人的政府。」

「澄波兄，祖國會用台灣人嗎？」林之助憂心地問。

當林之助這麼一問時，在旁的顏水龍、廖繼春、楊三郎等人都露出神色凝重的表情。

「這個嘛……我在上海教書時，不認識任何祖國的人，但卻受到他們的尊敬與重用，我感覺只要有實力，祖國就會提拔，就會有出人頭地的機會，不像日本人會防範我們台灣人，怕我們有二心……」

當陳澄波用台語說到「不像日本人會防範我們台灣人，怕我們有二心」時，眾人突然愣住，大家紛紛轉頭看著坐在一角的立石鐵臣，想起他聽得懂幾句台語。此時，只見立石鐵臣低著頭，一臉悲苦的表情。

在台灣出生的立石鐵臣，是台陽畫會少數的灣生畫家，在這段太平洋戰爭期間，許多畫家紛紛放下畫筆，跑到鄉下躲避盟軍的轟炸時，他依然居住在城市裡，從事《民俗台灣》雜誌的美術編輯工作，這份工作讓他與台灣的土地更貼近，也讓他與本島人的情誼更深。以往，眾台籍畫家與立石鐵臣相處時，可說不分彼此，都是熱愛台灣這個島嶼的「日本人」，但是當本島人的國籍將從日本人變成中國人時，陳澄波一句不經意的話，觸動到彼此最敏感的神經。

「我說陳桑，」此時立石鐵臣板著一張臉說話：「是這樣嗎？你們新的祖國比較照顧本島人嗎？會不會是你的運氣好，在上海遇到好學校，好長官，願意重用你，所以你就認爲新祖國會提拔台灣人，也許這不代表支那的中央政府也是如此的態度吧？這幾年你總是念念不忘上海教書的那段時光，把你心中的祖國勾勒成一幅美景，但是你在支那畢竟也只是短短幾年的時光而已，容我說句掃興的話，新祖國一定比舊祖國好嗎？」

「這？我不能說立石桑的話無道理，」陳澄波語氣低調，「或許我在上海的機遇是帶有運氣，確實是好學校、好長官庇護了我，我才有一番作爲，但你方才說的台灣人的『舊祖國』這句話可就有爭議了，台灣人舊的祖國即便不是中華民國，也應不是日本吧，否則爲什麼日本政府徵召兵役時，只讓台灣人當士兵，不讓台灣人當軍官，這不正是防台灣人有二心嗎？」

「這？」立石鐵臣刹那間無言可對，臉上表情更鐵青。

眾畫家內心皆明白陳澄波的言下之意。一年前立石鐵臣被政府徵召入伍，在花蓮港擔任軍官，指揮著眾多台灣人所組成的士兵，灣生日人與本島人的階級地位在台灣人心中早有一道跨不過的門檻。

突然有人嗆聲：「立石桑，聽說有日本軍官與灣生日人想合組軍隊，對抗盟軍的接收，然後要本島人一起響應？但你們有沒有想過，灣生日人若對台灣有感情，當時就不該歧視我們本島人……」

現場一陣騷動。

「Minna桑（各位），」陳澄波示意大家平靜下來，「請聽我說，我們對事不對人。我們不滿被日本政府當成二等國民，但不等於我們討厭熱愛台灣的灣生日人。立石桑對台灣的感情，我們有目共睹，他爲台灣畫下的民間習俗畫，比我們本島人還多，我們應該感謝立石桑。這幾天我們固然欣喜重回祖國的懷抱，但我們也應體諒這些對台灣有感情的灣生日人的心情。如果立石桑不願離開台灣，我們也要保護他，照顧他。」

立石鐵臣露出激動的表情看著陳澄波，隨後他轉過身，望著這片曾被他入畫的公園，大大地呼出一口氣。

其他畫家也都沉靜下來，陳澄波方才的談話，固然讓眾人與立石的感情產生難以言盡的糾結，但這一席話也讓大家心生與日本文化切割的壓迫感，一時之間五味雜陳，畢竟大家此刻腳下還穿著下駄（日式木屐）呢。

「總之，」陳澄波突然拉高音調，帶著鼓勵的語氣說：「台灣已被盟軍接管，盟軍應該不會讓我們台灣變成國際孤兒才是，大家要對未來有信心。」

「澄波兄，你會不會太樂觀？」廖繼春面露憂慮說道。

「不樂觀，我們還有其他路可走嗎？」楊三郎搶過話來說：「無論換哪一面旗，未來是好是壞，還得靠老天爺多幫忙，我們只能走一步算一步……」

◆ ◆ ◆

「無論換哪一面旗，未來是好是壞，還得靠老天爺多幫忙，我們只能走一步算一步……當時畫家們都是抱定這樣的想法，結果，台灣人從滿清的青龍旗換到黃虎旗，再從黃虎旗換到日本的太陽旗，最後換成國民政府的車輪旗，最後……唉！人講『一代興，二代賢，三代落連（沒落）啦』！」李石樵喟嘆道。

「老師，」阿政問：「你意思是說，台灣光復後，有發生讓你們失望的事嗎？」

「哼哼！泉生在光復前沒有寫出〈杯底毋通飼金魚〉這首歌，倒是光復後寫了出來，這些，恐怕都不是當時所能想像到的事。」李石樵輕輕敲掉菸斗裡的菸渣，重新添加菸草，點火。

「老師，我們聽不懂您在說些什麼？」阿政說。

「聽不懂也好，知道太多只是徒增苦惱啊！」李老師搖著頭說。

眼看著李石樵不願回答爲何事苦惱，方燕機靈地轉換問題：「老師，我剛才是提問，光復後美術界是否分裂？」

「若要說起光復後台灣的分裂，那就更嚴重、更複雜囉。」李石樵吐出一口煙霧後，徐徐地說：「台灣文化界在光復前已有祖國認同的分歧，光復後因爲祖國更換，分歧更爲嚴重，也更爲複雜，不只是分裂成傳統藝術對抗前衛藝術，還分裂成左翼思想對抗右翼思想，甚至分裂成本省幫與外省掛，最後還要再分裂成大陸情結、本土情結、日本情結、美國情結，所以說，很難將每個創作者歸類在哪一個立場上。」

「怎麼說？」阿政問。

「比方說，當時島上某部分的本省人，同情左派的同時也有大陸情結，但他們跟厭惡左派的本省人不合，也跟厭惡左派的外省人處不來。另一方面，厭惡左派的本省人也跟厭惡左派的外省人無法共事，這就成爲台灣光復後藝文界的政治光譜，而這個光譜的顏色，恐怕比彩虹的顏色還要複雜……」李石樵嘆口氣後，再吸一口菸，欲吐出時，卻嗆到咽喉，以致濃煙塞滿了口腔。

◆◆◆

一九四六年九月十七日，台北中山堂。

這是依然溽熱的盛夏九月，一群不分省籍的藝文界人士，來到台北中山堂參與一場光復後最大的座談會。這場座談會是由剛成立的台灣文化協進會所主辦，宗旨一如當天發送的手冊上所寫的，「聯合熱心文化教育之同志及團體，協助政府宣揚三民主義，傳播民主思想，改造台灣文化，推行國語國文」云云。簡言之，是在協助政府推行台灣省民回歸祖國的政策，協助解決台灣光復後所產生的困境。當時協進會的成員可說網羅島上的菁英，無論各種意識型態、省籍、官民，統統入列。而會長則是由台北市長游彌堅所擔任。

這天出席這場座談會的美術界人士，諸多是叫得出名號的台灣畫家，包含這一年來到台灣的內地畫家；自然，此時的內地已非一年前的日本國了。

陳澄波這天穿著一襲合身的西服，北上參加這場盛大的座談，因爲他知道這場座談會的重要性。台灣光復後這一年來所產生的各種困頓與亂象，已讓各界人士憂心忡忡，大家莫不期望能找到一個解決的方法，讓台灣早日走出亂局，若此時藝文界人士能夠協助政府找到一個化解本省、外省因語言、習性、乃至文明程度所不同而產生誤解、仇恨的方法，豈不是件大功德的好事？

當陳澄波踏入這座昔日稱公會堂、而今已改名爲中山堂的大門時，正好遇到王白淵。兩人略感尷尬，因爲此刻兩人在政黨立場上，已形同陌路了。但王白淵還是主動點頭致意，兩人有感而發地寒暄了幾句。王說，時局變化，難以捉摸，本以爲換祖國後，我們這些曾去過祖國的人，可以受到祖國的信任，讓我們爲台灣建設貢獻心力。「不料，」他忿忿的說：「我們這些提早回台灣的人原來是假半山，眞半山是一群跟著國民政府一起過來接管的人啊。哼，如今眞半山不僅占到肥缺，也把台灣搞得惡臭，今天卻叫我們這些假半山來想辦法，幫忙清除惡臭，這有公道嗎？」陳聽完點點頭，一時之間不知該如何回應；儘管他認同王對新政府的指責，但基於政黨立場，他不便像王那樣肆無忌憚地批評。

此刻會場內已坐滿了人，場面盛大，人人態度莊重，「畢竟這是攸關台灣前途的大事，即便台灣只是祖國之一隅，但也不該因土地小、人口少，而讓台灣人民在重回祖國懷抱後，感到困頓與苦痛啊！」陳澄波心裡如此想著。他稍仔細看一下周遭的美術界與會者，三郎來了，繼春、石樵也來了，還有玉山、梅樹、水龍、雪湖、蔭鼎、啓祥、添生……都來了，連平時較少出席社交活動的進子也來了，「是啊，在這緊要關頭的時刻，即便是女畫家，也義不容辭地出席了。」

忽然間，他想起阿棋。「啊，如果阿棋不早死，今天這個場合他一定會出席，以他好高談闊論，聚眾帶頭的性格，今天在游市長面前，必定有一番演出才是。畢竟阿棋與游柏，不，游彌堅，他們兩家家族算是世交，而且聽說游彌堅回台灣後，曾到阿棋的墓前上過香呢。對，今天我一定要站起來講幾句話，就當作是替阿棋說話吧！」陳澄波在心裡頭忖度著。

當他如此這般東想想西想想時，會議不知何時已開始了。

游市長說了些嘉勉的話後，便要各界對台灣現今種種問題提出高見。只見畫家、音樂家們，不知是性格使然，或非工作專長之故，並無人起身發言。反觀提筆桿寫字的作家們，倒是爭相發言，個個搶著麥克風，慷慨激昂，陳述著他們的見解。

正當陳澄波猶豫著是否也該站起來發言時，突然聽到主席要陳先生代表美術界出來講幾句話。於是陳澄波慢慢地走到麥克風前，先向主席點頭致敬，再抬頭看看會場內數百名的與會者，然後清一清喉嚨，不疾不徐地提出他已準備好的兩點意見。他說，自日本府展移走後，在文化界人士的建議下，下個月即有省展的開展，本應欣慰，但據聞行政長官公署在經費的補助上，不若以往日本政府充裕，這方面還希望長官公署能夠重視美術。另一方面，他也呼籲長官公署能夠成立台灣專屬的美術館和美術學院，既可任用優秀的畫家們擔任教職，以啓蒙省民的美育，亦可開發省民的文化水準，成爲全國國民素質最高的省分。

他的意見，獲得台下許多人的認同，尤其美術界的反應更是熱烈，紛紛點頭讚許。他感到欣慰，也更有自信，於是，他用語重心長的口氣繼續說：「諸位先進，自光復後，爲了加速台灣的建設，我覺得百姓必須與政府攜手合作，所以我去年加入了台省回歸祖國後的重建行列，並成爲國民黨黨員，今年更參選並成爲嘉義市的參議員，」此刻，他熱切地看著中山堂內的所有人，以眞摯的口氣說著：「但這段期間以來，省政紛雜，令人擔憂，我願以忠黨愛國的信念，作爲人民與政府的橋樑，同時，希望能以黨員的身分幫助政府建設台灣，讓省政早日步上軌道，成爲全國第一個三民主義的模範省，共同創造台灣百姓的福祉。」

陳澄波這番談話，獲得台下兩極的反應，部分人士給予熱烈掌聲，卻也有人搖頭訕笑，特別是王白淵的笑聲，異常響亮。

而主席游彌堅則頻頻點頭。事實上，游彌堅曾親筆寫信給幾位文化界的龍頭，拜託他們務必出席這場會議，陳澄波就是其中一位，畢竟在這倥傯時期，彼此間有緊密的共生關係。

此時，曾在日本時代加入台共組織而遭日本政府逮捕、判刑，現今擔任《人民導報》的編輯蘇新站起來說話。他用反諷的口氣稱讚陳君的忠黨愛國，然後再用迂迴的口吻暗諷陳君的天眞與樂觀，最後，再以不點名的方式直指政府官員的無能、不察、放縱，導致奸商橫行，使得許多地區的農村陷入危機，若不處理，恐將使百姓訴諸武力抗爭……

當蘇新陳述著就任剛滿一年的新政府的種種偏差施政時，坐在旁邊的報社同事呂赫若，也以疑惑的眼神望著澄波叔。這眼神讓陳澄波頗感不自在，他心想，赫若老弟無法完全了解他的心思，若有機會，應與這晚輩好好剖腹相見，陳述他心中的想法啊！

隨後，王添灯也以省議會參議員，以及《人民導報》社長的身分說話。言談中，他肯定陳議員的忠黨愛國，也肯定陳議員努力做政府與人民之間的橋樑之義舉，但他同時支持《人民導報》對行政長官公署的嚴厲批判，他說，唯有嚴厲監督施政，才能讓政府有所進步。最後，他相信，無論大家的政治立場是否相同，都是爲台灣好，所以台灣人一定要團結。

會議結束後，陳澄波拖著沉重的步履來到大廳外的走道抽菸。方才蘇新的談話，句句刺痛他的心裡，還有，赫若老弟那眼神也令他坐立難安。他何嘗不知這段期間台灣官方弊端叢生，他也苦惱著該如何盡一己之力，幫助政府早日走上軌道啊。「難道說，這個政府眞是無救了嗎？」他徐徐地吐了一口煙。他想起去年大家歡天喜地慶祝重歸祖國的懷抱，那心情就像是對待一個初生嬰兒般地喜悅，獻堂先、陳炘、葉榮鐘等仕紳籌組了歡迎國民政府的籌備會，全台菁英也紛紛加入三民主義青年團，「我、王添灯、蘇新、赫若老弟都加入了，不料，短短一年時間……現在，他們用那種眼神看我？莫非是，因爲失望，他們的心早已離去？或者，他們的加入，只是一種掩飾，掩飾另外那個政黨？若是如此，難怪他們會對我剛才的發言，充滿著敵視的眼光……」正當他這般那般地胡思亂想時，突然有個年輕人走到身邊，遞給他一張名片，上面寫著——《人民導報》記者黃榮燦。

黃榮燦說著一口內地腔調的國語，他對陳澄波自我介紹說，他在抗戰期間曾從事抗日版畫的宣傳工作，去年抗戰勝利後，在上海《大剛報》擔任記者時，便耳聞陳澄波的大名。去年年底來台後，亦常聽聞陳澄波在台灣畫壇的地位，很是仰慕。他說：「我一直想要拜訪陳先生，可惜今年您都在南部而我在北部，故一直無緣碰頭啊！」

黃榮燦的開場白雖是些場面話，亦不乏眞心誠意。他繼續對著陳澄波說：「您在這大動盪的時代裡，用著畫家對國家和人民熱忱關懷，跨出藝術領域而投入政治，這種脫離象牙塔的勇氣，讓我感受到您對台灣濃厚的感情，値得大家尊敬，只是，只是，陳先生，您太不懂咱中國的政治文化了！」

陳澄波爲之一愣。

黃榮燦瞧瞧左右兩邊沒人，語氣轉爲小聲：「陳先生，您不懂中國官場的欺瞞作風，不懂中國政治的虛假本質。長久以來，官方口號說的與實際做的，恰恰是相反。」他眨著炯炯有神的眼珠子說，「陳先生，不瞞您說，我認爲國民黨不會實行三民主義，至少民主主義這一點是不會眞正實踐的，如果會實施，爲何兩個月前要暗殺民主鬥士聞一多？國民黨又何時寬容過民主派人士？同時，對於民生主義的經濟公義這一點也不可能實施，如果它能實施，爲何現今上海通貨膨脹如此嚴重，卻沒能處理？這明顯是有皇親國戚把持，中央政府怎沒派欽差大人來打老虎呢？所以我說陳先生，您未免過於天眞，您太不瞭解南京政府的本質……」

陳澄波完全愣住，望著這個語調充滿堅毅熱忱的記者、或說也是畫家的年輕人，一時之間眞不知該如何回應。他心裡暗思著：「我在他這年紀還沒眞正學畫吧？爲何這個年輕記者，不，是版畫家，會說出讓我啞口無言的內容？是我太無知？或是他太聰慧？」雙眼直望著這個年輕老弟的陳澄波，聽完對方的一席話後，只能支支吾吾地回答著似乎是說給自己聽的話來：「我，我，選擇支持政府，是因爲我相信中山先生的三民主義，相信民族主義的祖國情感，相信民主主義的法治人權，相信民生主義對普羅大眾的照顧……我……」

匆匆離開中山堂，陳澄波獨自一人悻悻然地徒步到鄰近的新公園。此時九月天的正午，日頭依然炙熱，他拿著妻子捷仔爲他準備的手帕擦著額頭上的汗水。方才那位自稱是《人民導報》記者且是版畫家的黃先生，所說的一番言論，讓他心裡像是被鐵鎚撞擊到般地疼痛。「他說我未免過於天眞……『陳先生，您太不瞭解南京政府的本質了。』難道我選擇的立場跟所走的路是錯誤的嗎？或是說，我對祖國的情感只是一廂情願的幻想，甚至我所崇敬的中山桑的三民主義也只是一齣浪漫而虛假的戲罷了？我不相信，我不相信！渭水先跟阿棋也很崇敬中山桑啊，難道我們都被矇騙了嗎？」

陳澄波的雙腳像是被鐵鍊拴住般的沉重，每跨出一步都得使盡力氣。索性不走了，他虛弱地跌坐在公園的石椅上，心臟還撲通撲通地跳著。

突然，楊逵出現在他面前。

楊逵與他默默坐在這石椅上已好一會兒了。兩人就這樣望著新公園裡的噴水池嘩啦嘩啦的湧著水，然後各自發著呆。

過了半晌，楊逵才開口說話。

「阿兄，你記得嗎？一九二五年，也就是我到東京的第一年，那年年初每日都下著大雪，那是我人生中第一次看到雪，感覺很新鮮，也很興奮，但這樣的新鮮與興奮過沒多久後就消失了，因爲獻堂先親自帶領的台灣議會請願團已浩浩蕩蕩來到東京，頓時，我們這些學子都感到壓力重大，一下子，就讓我失去了在異國玩樂的心情。」

楊逵帶著一口南部腔調，繼續說著：「我們在大雪中趕到車站去迎接請願團，那時，我的Obakoto（大衣）不夠厚，冷得直發抖，但我們的心都是熱的，因爲看到數百名台灣人舉著布條站在Marunouchi（丸之內）這麼重要的地方，大聲呼喊訴求，我深感榮耀，頭一次感受到台灣人不再是二等國民。那天活動結束後，台籍學生提議去聚餐慶功，只見你說，把吃飯喝酒的錢省下來，捐給請願團吧。由於你是我們當中年紀最大的，大家都不敢反對，於是我們就這樣少了一次滿足口腹之慾的機會。隨後你又說，大家去跑步，讓身體逼出汗水，展現台灣人的氣魄。於是我們就從東京車站一路跑到Meijijinja（明治神社），一邊跑還一邊用台灣話喊口號，引來路人的側目，那時候大家都有一種風神的感覺，感覺終究會有那麼一天，可以趕走阿本仔，讓台灣成爲自己的台灣。」

說著說著，楊逵從背包裡拿出一個鐵盒，鐵盒裡裝了兩個白白圓圓的飯糰。飯糰是牽手葉陶做的，裡面除了菜脯外，並無其他配料。楊逵拿出一個給陳澄波，然後自己吃著另一個。他慢慢咀嚼著，隨後，嚥下一口飯後，繼續說著：「一九三四年我的〈新聞配達夫〉（送報伕）入選東京《文學評論》，我領到一筆不算少的稿費，那時，你剛回台灣不到一年，沒有正職，也沒有收入，我打算拿一部分錢借你應急，於是搭乘火車到嘉義找你。結果走到你家門外時，看到你正在客廳裡作畫，那神情很專注，我看了很敬佩，也很感動。我想這麼認眞的畫家一定也很有骨氣，所以就不敢進入屋內表明要借錢給你，於是我又默默地走開，搭火車回台中。呵呵，那時候我們都很窮啊，但也很開心，因爲我們都在爲理想奮鬥。」

楊逵這麼一說，陳澄波的臉上似乎牽動了一下。楊逵接著說：「那時候，在日本政府的體制下，如果我們去投靠他們，相信都可以得到不錯的報酬，至少一官半職吧，也不至於窮到連讓家人吃飯的錢都沒有，而我們還都是教育程度最高的台灣人呢。到了第二波的皇民化時，我們這些到過內地念書的人，被要求當『國語の家』的模範家庭，我的「楊」被要求改成 Koyanagi（小柳），你的「陳」也被要求改爲 Toujou（東城），但我們都沒改，我們都熬過那段逼迫我們屈服的歲月，終究是沒有向他們下跪啊！這十年來，我在農村推動社會主義路線的農村改革，總共被日本政府關了十次，每一次出獄時，我都相信，日本政府打壓的社會主義路線終究會在農村形成一種信仰，就像鄉下人拜土地公一樣，以後台灣農人會拜 Marukusu（馬克思）爲『農民神』。所以當裕仁天皇在 Rajio（收音機）放送投降的消息時，我相信普羅階層出頭天的時間快到了……」

此時，楊逵轉過頭來，看著陳澄波問說：「剛才在會場內，聽到你忠黨愛國的談話，我感到 Meiwaku（迷惑），阿兄，你不是要走普羅藝術的路線嗎？你的普羅藝術的路線貴黨會接受嗎？」

陳澄波逕自看著手中的飯糰，一時之間，他不知是否該吃這顆飯糰？猶豫了一下後，他便把飯糰放回楊逵的鐵盒裡。然後吐了一口氣，說道：「我記得我阿嬷很愛看我畫的一幅畫，叫作〈溫陵媽祖廟〉，那是在我家旁邊的一座廟。廟門口有一座抽水幫浦，婦女們一大早就會來這裡洗衣服，然後邊洗邊說些家裡的事，像是——丈夫昨晚喝醉酒後又要打人呢、婆婆嫌媳婦煮的米飯不夠軟、小孩發燒不會退很擔心啊等等之類的。這些瑣事讓生活更加辛勞，但也更加眞實，因爲我們都是這

■ 陳澄波描繪市井庶民生活的〈溫陵媽祖廟〉，1927 年。（參見書末彩頁）

樣子過日子的啊。所以阿嬤說她每次看到這幅〈溫陵媽祖廟〉時，就會想像這幾個洗衣婦女此刻正在聊些什麼事。阿嬤不識字，沒辦法讀小說，但她看我的圖畫時，會覺得看到很多故事。」

此時的陳澄波，嘴角不禁揚起一絲微微的笑意。他繼續說：「我能活到今天，是因爲阿嬤救了我。那是一九〇六年的梅山大地震，記得那天天快亮時，突然傳來轟隆轟隆的聲音，眼看我床邊的柱子就要倒下來了，阿嬤衝過來緊緊抱住我，我才沒被倒下的柱子壓死，所以我跟阿嬤感情很深。我到上海時，很想念人在嘉義的阿嬤，就用阿嬤的照片畫了一幅畫像，叫作〈祖母像〉。我把這幅畫拿去參加上海聯展的畫展，結果被一位叫江豐的人在報紙上批評，說：『正當舉國人民正爲國事紛亂而憂慮時，還有畫家爲她那老邁祖母的安康而煩惱，正當舉國藝術家都要投入戰場爲大愛來奉獻時，還有畫家爲私人的小愛而付出……』其實，我作畫時從沒去想題材是大愛或小愛，我只想著，像我阿嬤這樣的人是否會愛看我所畫的畫……」

陳澄波停頓片刻後，抬頭看到楊逵正在吃著飯糰，於是他也從楊逵手中的鐵盒裡拿回那顆飯糰，咬了一口，慢慢咀嚼著。半晌後，他才又繼續說：「阿貴，你可能有聽過江豐這號人物，聽說他在一九三八年時去了延安，在文宣部門擔任重要的黨職，共產黨的版畫文宣品，都是由他制定題材。他在上海時，是左翼美術家聯盟的大將，年輕時很崇拜徐悲鴻的畫。一九二七年徐悲鴻從巴黎回到上海，開始批評印象派的畫法，說這是資產階級的蛋糕，許多喜歡魯迅的年輕人，也被徐悲鴻的這番理論打動。所以上海許多美術學校的學生，紛紛要求美術老師教導版畫、寫實畫法、兵工農的題材，並要畫出資本家吞噬苦難人民的眞相。總之，他們要求畫『普羅藝術』。那時，我很困惑，我一直以爲我畫的題材就是普羅藝術，爲什麼在左翼畫家的眼中，卻是資產階級的蛋糕？難道我阿嬤是富豪地主嗎？阿貴，我不是政治人物，我無法辯論什麼才是眞正的普羅精神、普羅價值、普羅藝術，但我知道，當美術品變成政黨的宣傳工具時，這對藝術家來說，是很不被尊重的一件事。所以我不選擇抱持唯物論藝術觀的紅色政黨，而是選擇了我與阿棋共同支持的中山桑的政黨，我希望透過這個政黨的三民主義的理念，來推動台灣的改革！」

楊逵聽後嘆口氣，說：「阿兄，你說的有你的道理，但自國民政府來了之後，官員腐敗，人民很苦，短短一年的時間，讓台灣人感受到『火燒罟寮無漁網』（無希望）啊！」

陳澄波抬起頭來看著楊逵，沉重地說：「阿貴，不瞞你說，光復後，我也以爲台灣人重歸祖國懷抱後，不必再當二等國民，但是，我們依然是當時那個沒有出路的台灣人，我很失望，我不知這是陳儀個人的惡行，或是南京中央政府的對台態度。我剛才在公會堂，呃不，是中山堂的那番談話，與其說是天眞無知，倒不如說是我在爲台灣祈福，我……唉！」

「阿兄，這一年來軍警持槍作威作福的情形，比日本警察還壓霸，照這局面下去，台灣未來一定會出事，台灣人一定會起來抗爭的。」

「阿貴，如果眞有這一天，我身爲議員，一定會負起該負的責任，決不推卻。」陳澄波篤定地說。

「我也會負起文學家兼社會運動者的責任。」楊逵也篤定地說。

「對，不忘初衷，」陳澄波拍拍楊逵的肩膀，「還記得當年在東京時，我說身爲台灣畫家，一定要爲新高山寫生。這段期間的政局很紛亂，讓我越來越感到生命的有限，所以我一定要在最近的時間畫一幅玉山，畫出台灣人的靈魂與氣魄！」

「好，等你畫好玉山後，我一定會去參觀。那麼，明年見！」

「明年見！」

楊逵看著他心目中的阿兄——陳澄波，兩人四目交會，眼神中依然有著惺惺相惜之感。

「隔年，楊逵與陳澄波卻沒再相見。」李石樵緩緩地說，一口菸斗的煙霧，也緩緩地瀰漫於周遭。

◆ ◆ ◆

「為什麼？」阿政與方燕都露出驚訝的表情。

「澄波兄生平的最後一幅畫就是畫玉山啊！」李石樵喃喃自語，「作為畫家，他的靈魂比我們自由許多，至少不像我必須畫一些自己不想要畫的圖畫啊！」

「什麼意思？」方燕問。

「唉，」李石樵突然吐了一口長長的氣，「我曾為一些大官作人像畫，不論個人意願如何，都是不容許我拒絕。但澄波兄卻從沒畫過他不想畫的題材，即便是他以前在嘉義交往過的名人——琳瑯山閣的主人，他也沒為他們畫人像畫，而是畫琳瑯山閣的風景，這是他作為畫家自由的地方啊！」

當李石樵提到琳瑯山閣時，阿政與方燕內心都為之一震，正想提出問題時，只見李石樵繼續把話往下說：「不過我這一輩子，至少畫了一幅發自內心的人像畫……」

李石樵仿似喃喃自語，隨後，他起身走進一間暗室，拿出一幅畫作，再走到阿政的面前。他緩緩取下防塵布，讓畫作呈現在阿政面前。但緊接，他又迅速把畫作蓋起來，以致好奇的方燕想趨近一看時，已不及目睹了。

阿政看到這幅畫後，愣住數秒，一時之間竟不知如何言語。他有些震撼，不只是對畫作技術的震撼，更是對畫中人物的震撼吧。

「剛才你問說我爲何畫風轉向，從社會題材轉到現代抽象？唉，這全是因爲我們的世代遭遇到不可阻擋的橫流，我們都收藏起作畫的自由意識，走到一個安全的、無人管轄的前衛藝術的領域裡，不只是我如此，廖繼春也是如此。唯有畫抽象畫，我們才能安然地度過那段禁忌的歲月啊。這樣的改變，無論是你說的，我在追求潮流也罷，或是實際上的怯弱也罷，總之，我們都失去作爲一個藝術家該有的自由創作的空間，不過我至少沒遺憾，因爲我畫了這幅〈大將軍〉。」

此刻，李石樵的眼神投注到手中這幅已蓋上防塵布的畫作上。

「這是我在一九六四年時所畫的，至今未曝光過。」李石樵的手中菸斗依舊冒著充滿香草味的菸味。「那年，有三個台大師生寫了一篇〈台灣自救宣言〉的文章，不見容於當道，被逮捕入獄，我萬分痛心，於是作下此畫。我或許不夠勇敢，但至少我內心是誠實的，我爲我自己留下歷史見證，希望若干年後，這幅畫會有曝光的機會……」

李石樵將畫作緊緊地握著，停頓片刻後，才又說：「過兩日我又要回到美國西雅圖的女兒家，自從畫室被拆掉後，我覺得這個島嶼跟我越來越遙遠，或許我將葬於陌生的異地呢。」

李石樵說完後便靜默不語，此刻室內只徒留他手中的菸斗依舊冒著煙。

■〈大將軍〉，李石樵，1964。（李石樵美術館提供）

當阿政與方燕告別李石樵後，兩人各自帶著紛亂的思緒走在新生南路上。路上的夜燈都已熄滅，天上的星光悄然明亮起來。阿政提議到旁近的台大校園內坐坐，於是他們信步走到醉月湖畔，擇了一塊乾淨的草坪席地而坐。

阿政看方燕一路無語，便問她在想些什麼。

「沒在想什麼，」方燕說：「只是奇怪李老師到底給你看了什麼樣的圖畫，爲什麼那麼快便收起來？」

「就，只是幅人像畫。」阿政輕輕地說著。

「我感覺到李老師刻意不讓我看見那幅名爲〈大將軍〉的畫，」方燕沮喪地說著：「雖然我不知道圖畫中的人物是誰，但光看老師那謹愼的動作，以及聽畫作的名稱，就可感受到這幅畫的敏感度。」

「怎麼說呢？」阿政問。

方燕輕笑了一下，說：「Great General是一個兩面意思的詞，它固然可以指華盛頓、拿破崙這類的英雄，但也可以指希特勒、史達林之類的惡魔。我對李老師所影射的大將軍是誰，並不好奇，我感到難過的是，李老師似乎不信任我。」

當方燕說完話後，阿政也感到一陣歉意湧上心頭，畢竟他與方燕是此次探尋陳澄波密碼的工作夥伴，更別提他們的情侶關係，所以當李老師只信任阿政一人時，阿政也對方燕感到抱歉。於是他帶著看似澄清卻又帶有安慰的語氣對著方燕說：「大概因爲我是他門下的弟子，所以他才特意讓我看那幅畫的吧。」

「我倒認爲是因爲我聽不懂台語，讓他不信任我。」方燕淡淡地回答。

當阿政聽到方燕如此說時，頓時一陣寒意襲擊著兩人，那寒冷的程度彷如此刻醉月湖湖面上所飄散的水氣那般冰冷，氣氛爲之凍僵。他們兩人認識至今從未討論過政治立場這類的問題，彷彿那只是別人的事，對這對醉心於文化藝術的情侶而言，心中只有藝術，沒有政治，更無政治對立之事。而此刻，當方燕把潘朵拉的盒子打開時，隱藏在兩人心中多時的心結，似乎已無閃避的可能，必得要誠實面對這道關卡。

「雖然我對政治沒興趣，但我知道許多台灣人對於當官的沒有好感，尤其是討厭國民黨的高官……」方燕說完，露出一種微妙的表情看著阿政，彷彿是要詢問阿政是否認同她的說法。

而阿政看著方燕的表情，感覺到她似乎在測試他是否也討厭她的家庭背景？阿政幽幽地說：

「一九七九年那年，我們人在紐約，都不知道陳澄波遺作展的消息，但其實那一年年底台灣也發生一件事，我們一樣不清楚事情的眞相。那就是高雄的軍民衝突事件。隔年還發生一件讓我非常震驚、害怕、憤怒的事情，那就是林宅祖孫的命案，我……」阿政說著說著，語氣突然激動起來，「我，我不知道兇手到底是誰，但這件命案讓我對這個號稱自由中國的政府完全不信任！我甚至認爲，要讓這個充滿著血腥的政府下台，才能讓台灣人民得到眞正的民主與自由，我……」

阿政突然停下話來了，他意識到不該對方燕多講這類的話題，因爲這類話題在美國的台籍留學生之間常是情誼生變的主因，尤其是當台籍留學生中有一部分人討厭國民黨政府，而另一部分人支持國民黨政府時，這個議題便是彼此一刀兩斷、互不往來的因素。而此時，面對可能因不同家庭背景而導致政治立場也有所不同的女友時，他不想再多講些傷害到彼此情感的話題了。他曾思考過，有些思維可能是與生俱來的，難以改變，尤其是政治立場，就像是宗教信仰般地充滿意識型態，無法以道理來說服對方。於是此時，他改用彌補傷口的語氣對著方燕說：「希望我剛才說的這些話不會刺傷到你及你的家人。」

方燕聽後，抬頭看著眼前這片湖面，然後用緩慢、沉重又帶些傷感的語氣說話：「其實，你說的這些話我並不意外。我們的政府在外國人的眼中，確實跟我以前在國內時所認識的形象完全不同。」

阿政轉頭看了一下方燕，只見她繼續說：「事實上第一次感到 Shock，是在美國念書時。有次上國際新聞學，美國教授在課堂上講解各國的獨裁體制，他提到智利的皮諾契特將軍是受到美國暗中協助的右翼獨裁者，接著又說這種受到美國政府暗許的右翼獨裁者，在亞洲還有馬可仕、朴正熙、蔣經國等。當時，著實讓我嚇一大跳。我沒想到大學時期參加救國團活動時，大家所敬愛的青年導師蔣總統，是美國政治學教授眼中的獨裁者。當時我很想站起來向他抗議，但不知爲何我全身無力，甚至感到害羞。我不敢抬頭看教授，我更害怕其他同學都盯著我看，於是趁著下課，我在走道上私下問他，你爲什麼認爲台灣是獨裁國家？他笑了一下後，說：『不是我認爲的，而是數據認爲的，因爲台灣正關著數百名的政治犯，你若不相信，可向ＡＩ（國際特赦組織）查詢。』從那天起，我對於所有的事情都抱著懷疑的態度，因爲我感覺我長期以來都受騙了。直到有天，我跟我爸爸起衝突……」

方燕停下話來，望著湖面發愣，片刻後，才又繼續述說：「那是我爸爸從台灣到美國出公差，順道到紐約來探望我，我把教授所說的關於蔣總統是獨裁者的說法說給他聽，並因爲此事讓我覺得丟臉而抱怨爸爸長久以來對我的隱瞞，也因此，當時我對他說了一些不禮貌的話。爸爸沉默很久，才說，有時候一個君主在執政的時候，在內憂外患的環境下，爲了整個國家的安定，會有不得不然的獨裁行爲，這是一種必要之惡。爸爸說，他也知道孫立人與雷震都是冤枉的，但當孫立人與雷震的言行會傷害到國家的穩定時，便無可奈何的必須犧牲他們。至於高雄的衝突事件，爸爸更認爲這是政府必須處理的違法亂紀，否則異議分子奪得政權後，中華民國就要滅亡了……」

「你意思是說你爸爸可以支持政府迫害無辜?」阿政露出驚訝的神情,轉頭問著方燕。

方燕露出一種無奈的表情後,慢慢地說:「我爸爸他們這些當官的人想法或許是一種偏見,但你知道嗎,從他們的憂慮來看,他們其實是有著一種沉重的黨國心結。」

「黨國心結?」阿政納悶道。

「是,」方燕點點頭,「他們不是出生在文明的時代裡,在他們成長的過程中,他們腦中沒有被教育過民主理念,卻又承載著太多的國破處境及愛國思想的灌輸,以致他們滿腦子憂國憂民、忠黨愛國的意識,爲了民族存亡的大計,寧可犧牲民主的體制,這就是他們的信仰。他們有歷史的包袱,民族的情感,還有生存的不安,以致他們成爲政府的效忠者。而這一種心態,就是我說的,歷史結構下的黨國心結。」

「所以有這樣的心結,就可以支持政府獨裁統治?」阿政的口氣強硬。

「我並沒有說政府沒有錯,而是說政府利用他們集體的恐懼感來操控他們的思維,甚至讓他們成爲統治者的幫兇,某種程度來說,這些黨國支持者也是獨裁政權下的受害者,他們連分辨正義的能力都沒有,」方燕突然提高音量的吶喊:「因爲他們被民族大義給綁架了……」

方燕的最後一句話迴響在空曠的湖面上。

阿政沒料到方燕用如此強烈的口氣回答他的質疑,「可能是因爲我的咄咄逼人,而讓她發出防衛的吶喊吧!或許這是一道彼此無法解開的鎖,也或許是彼此要努力解開的鎖……」阿政想著。

阿政輕輕拍著方燕的肩，給她一些暖意。之後，兩人安靜無聲望著湖面，醉月湖畔一片沉靜，只剩下偶或間斷的蛙鳴聲響著。

6.

週日當天一大早，阿政與方燕搭乘自強號火車再度南下。

兩人併坐車內，彼此略顯尷尬，前一夜在台大醉月湖的談話多少讓雙方有些彆扭。只見方燕埋首整理這些天來的訪問筆記，而阿政則是故意找話題來破除冷冽的氣氛。

「這還是我第一次坐自強號呢，有些緊張。」阿政露著憨厚的笑容。

「我就說你是鄉巴佬嘛。」方燕忍不住笑了起來。

「是啊，當年托爾斯泰這個鄉巴佬解放農奴後，就是坐火車離家出走，最後死在一座小火車站裡，希望我也有這樣的一座小火車站。」阿政自嘲地說。

「算了吧，你又沒農奴，還是專心畫畫比較重要。」方燕揶揄阿政。

「也是啦，這些日子追逐陳澄波的往事，讓我逐漸找回創作的熱情，我開始懷念我的〈觀音山夕照〉這幅畫。」

「要畫就得快，再不畫，夕陽落下後，月亮就要出來了。」

方燕說完後，惹起阿政的笑聲，於是雙方又逐漸恢復昔日熱絡的氣氛。

隨後，阿政拿著楊三郎給他的陳澄波的剪報文章閱讀著。讀了一會兒後，他的眼睛便轉到車窗外。雖然現今火車已是電氣化，不再冒著團團濃煙，但阿政相信他現在所看到的窗外景觀，依然一如當年陳澄波所看到的景觀，一樣是熾熱的土地、燃燒的豔陽、翠綠的樹林，以及，勤勞的人民……而這些景觀，也正是陳澄波畫筆下想要追求的赤島風光啊！從滬返台的陳澄波要用什麼樣的筆觸呈現這樣的赤島呢？阿政拿起陳澄波的剪報來讀：

> 我畫面所要呈現的是語言無法傳達的神祕力，透過風景畫來表達背後的主觀意念，這是我作畫用心之處，我們是東洋人，不可以生吞活剝地接受西洋人的畫風。

方燕聽到阿政的朗誦，放下手中的資料，疑惑地說：「阿政，你有沒有發覺到陳澄波所寫的這段文章裡頭，有一句用詞頗值得推敲？」

「哪一句？」

「就是『我們是東洋人』這句。他爲什麼不說『我們日本人』，或說『我們中國人』、『我們台灣人』？」

「的確，」阿政想了一下後說：「陳澄波身處多元文化，不管是台灣、日本或中國的文化，他都深具情感，可是這三者之間又因政治因素互相對抗，於是陳澄波選擇以東洋人來作爲他文化上的認同，想來是最能夠全部包容與互敬的吧，畢竟三地都有他難以割捨的情感。」

「也是，」方燕同意阿政的說法，「還記得嗎？當他帶著家人躲到租界區時，內心一定五味雜陳，他有著東方人的面孔，同時浸淫在西洋、日本、中國、台灣的文化中——在當今世界正流行Global Village（地球村）的年代裡，這樣同時擁有多元文化的能力，必是人人羨慕的資產，但在那個戰亂的年代，這樣多元、或者應該說是複雜的文化，也許正是災難的禍因呢。」

「是啊。」阿政感慨著說：「也許他是個生錯時代的人。」

當兩人正感慨著陳澄波生長年代所帶給他的挑戰時，自強號列車也正快速地向前奔馳著，一路從頭前溪、中港溪、後龍溪、大安溪、大甲溪、烏溪，直奔過濁水溪，嘉義就在不遠處。

即便時節已進入初冬，但嘉義依然有著夏天的感覺。方燕穿著冬季外套南下，顯然不符合當地的氣候，畢竟是個在台北長大的小孩，對於台北以外的城鄉印象，僅停留在畢業旅行時的日月潭、赤崁樓等少數幾個觀光景點。「台北人心中的台灣印象只有一個，那就是台北市，我連三重都不熟呢！」方燕對著阿政自我嘲解著。

他們約定在嘉義公園的孫中山銅像前碰面。方燕與阿政已在此地等候。他們揣測著〈我的家庭〉裡年紀最小的男孩，現今會成爲什麼模樣？應該已是阿公的年紀了吧？方燕頻頻看著手錶，這種等待竟帶著些微的緊張，可能是來自曾被拒絕過的經驗，也可能是來自這些天對陳澄波所做的研究、調查，所產生的一種熟悉、好奇等等複雜的心理，好像要去面對一個你已熟悉卻又不曾謀面的親人那種異樣的感覺。

忽然，一個中老年人騎著腳踏車，停在他們面前。

「你們兩位就是……」對方問。

「您是陳重光先生嗎？」方燕笑著反問。

「是，我是。」對方拘謹地答道。

「陳先生您好，」方燕連忙遞上自己的名片。「我就是楊三郎伯伯介紹的台北藝文記者方燕，這位是畫家王明政。」

此刻，兩人終於見到陳澄波的家人，原本所懷有的異樣感覺，竟在剎那間消失。此時的陳重光已年近六十，頭髮間雜灰白，身體雖然硬朗，但神情看來有些抑鬱，也許是長久處於「陳澄波」這個神祕人物的名字之下的壓力，才造成兒子略顯拘謹的神情。至於這壓力是什麼，已非他們兩人所能知曉。

「公園裡面有椅子可以坐。」陳重光說完，就帶著他們兩人往公園裡走。

三人走到一隅坐定後，方燕抬出最近他們拜訪過林玉山、袁樞真、楊三郎、李石樵、劉新祿等前輩的關係來拉近彼此的距離，終讓陳重光的戒慎稍減。慢慢放下拘謹的神情，和他們聊起天來。

「這座公園日本時代就有了，我父親常來這裡畫畫。」陳重光望著公園說：「我父親曾經說過，法國印象派大師莫內為了捕捉植物與水池的光影變化，特別花重金打造一座花園，供他每日作畫。而我不用花半毛錢，就可以天天來這裡捕捉植物與水池的光影變化，眞是幸運啊。」

「我們在令尊遺作展的畫冊裡，看到一幅〈嘉義公園〉的畫，畫中有一個小湖，好像就是眼前這座湖。」阿政說。

「沒錯，這座公園一直沒什麼改變。」陳重光手指著周圍的景觀，「而且我父親在這裡的寫生不只一幅，公園內値得入畫的景觀，大都被他畫過了呢。」

「他眞是勤快的畫家啊。」方燕說。

「可能也是因為他一直沒有正職，只能不停的畫圖，跟梵谷一樣，呵呵。」陳重光自嘲地說：「父親從上海回來後，我們過了一段很貧困的日子，大都是靠我母親做零工、縫衣服，來養活我們全家人。」

「令堂呢？陳老夫人的身體還好嗎？」方燕問。

「我母親已經八十歲了，身體不是很好。」

「當畫家的妻子總是很辛苦的。」方燕帶著安慰之意。

「其實我母親當初也不知道會嫁給畫家，」陳重光聲調微弱地說：「父親長期沒有穩定收入，家裡貧困，但母親自尊心很強，她不願向娘家伸手借錢，她不斷做女紅來扛家計；而父親則是出門寫生，追求他的創作……」

此刻，陳重光瞇著眼睛，看著遠方的山脈，那是台灣著名的山——阿里山，從此地望過去，雖然山頭遙遠，卻又似乎近到可以用手觸摸，他感覺父親就在那頭作畫，做完畫後，收拾畫具，正背著畫架回家。

◆ ◆ ◆

一九三三年，嘉義蘭井街住家。

剛從上海回台灣的陳澄波，依然不斷四處寫生，每次離開家，就是半把個月，甚至更久。由於電話機不普及，無法隨時聯絡，陳澄波什麼時候要回家，無法提前告知家人，所以每次都是突然就出現在家人的面前。今天亦不例外，他背著畫架突然出現。此時家人正坐在客廳裡一張秀才阿公遺留下來的老式八仙桌前吃晚飯。七歲大的重光連忙丟下碗筷，跑到爸爸身邊幫忙拿畫架。

「阿爸，這次你又去哪裡寫生呢？」重光連忙問他。

「這次去阿里山。」陳澄波邊說邊放下畫架。

「阿里山有多遠？」

「阿里山嘛，說近很近，說遠很遠。」

「為什麼？」

「因為阿里山就在我們嘉義郡裡，所以不遠，但是阿里山很高，要爬上去很困難，還得要搭乘載木材的火車才有辦法上去。」

「下次可以帶我去嗎？」重光開心地問。

「這？」陳澄波一時愣住。

「傻弟弟，」二女兒碧女說：「你跟阿爸一起出門，就沒辦法幫阿母去工廠拿衣服回來縫，阿母要怎麼賺錢？」

「為什麼每次都叫我去拿？」

「因為大姐和我都要上學，白梅年紀還小啊！」

「別吵了，快吃飯。」妻子張捷不知何時走出來，大聲喝斥孩子，然後瞄了陳澄波一眼，說：「每次回來都是挑吃飯的時間，我也沒多煮你的飯，看你要吃什麼？」

「沒要緊啦，我不餓啦，因為傍晚在車站時，遇到驛長中村桑，讓他招待吃日本料理，吃得很飽，現在一點都不餓。」陳澄波笑著說。

事實上陳澄波經常在外奔波的原因，固然是有畫圖的企圖心，但也是有「因為不在家而少吃家裡米缸裡的米」這樣的想法。因為他交友廣闊，隨時有朋友可以招待他吃飯，如此，多少可以幫家裡節省伙食費，也可以讓正在發育的孩子們多吃一些白米飯……。每思至此，他就自覺得意。不料，他此刻的得意卻得不到妻子的讚美，只見妻子端來一碗豆油拌飯給他，嘴裡還碎碎念著：「外面的日本料理就比家裡的豆油拌飯來得香，是嗎？」說完，便往後面的灶腳走去，繼續忙著她的事。

此時，陳澄波看著妻子的背影，竟感覺比上個月看到她時，更駝了，或許是因爲肚中小嬰兒的重量讓她的背更駝的吧！

深夜，四個孩子擠在閣樓上的通鋪睡著了。陳澄波提著熱水桶要幫張捷洗腳。張捷緩緩地坐在床鋪上，輕輕地說：「這一兩日，你找個時間把放在客廳裡的畫移走。」

「爲什麼？」陳澄波邊擰乾毛巾擦著妻子的腳，邊問道。

「因爲阿來嬸要娶媳婦，她沒空貼金紙，說要把工作轉給我做，所以下禮拜會有很多金紙搬到我們家客廳。」

「可是我們客廳這麼小，金紙若搬進來，我的畫要怎麼放？這次我到阿里山寫生時，才跟三郎說，我回台灣後，一定要把台灣各地的風景好好畫出來，所以將來畫作會越來越多……」

「所以我才叫你搬走啊？」

「搬去哪裡？」陳澄波一臉詫異。

「你不是說過畫可以賣，那就拿出去賣呀？」

「這？」陳澄波無奈地說：「當時在上海，我的畫是可以賣出去，但是現在回到台灣，局勢變得緊張，畫要賣給誰？」

「所以我更要應徵工作回家來做，要不然孩子和阿嬤要吃什麼？」

妻子說完，不待陳澄波幫她擦完腳，便一把搶過毛巾，自己隨意地擦兩下，然後把毛巾丟回水桶裡，再挪動大大的肚子，躺下床鋪去了。

此時，陳澄波看著已熟睡的孩子，以及妻子肚子裡即將出生的老五，不禁湧上一股辛酸與愧歉。他知道這些年來都是靠妻子用雙手縫衣服來貼補家用，而他卻沒辦法讓妻小溫飽。不僅如此，因爲日本在滿州國備戰，導致日本工業原料漲價，油彩顏料也漲價了，現在一幅二十號畫作所用掉的顏料費用，都可以買好幾斤的米了，可以說是一項高成本的投資。而今，他的畫作在台灣因戰況逼近而難以銷售，自己竟還越畫越多，幾乎把整個客廳堆積得連走路的空間都不足。妻子要求把客廳的空間騰出來，與其說是需要工作的面積，倒不如說是妻子對他畫畫事業的不信任吧！一想到這點，陳澄波的心裡就更加的難過起來。

「捷仔，你的艱苦我都知道，」在黑暗中，陳澄波靠近妻子的身邊，對著剛躺下床還沒睡著的妻子說：「我保證，我一定會給你們安定的生活，我已決定，明年我重新回國校教書，而且以後都不會再去參加任何社會運動，我會做一個顧家的好丈夫、好父親……」

說完後，只見妻子翻一個身，沒說任何一句話。此刻，只有孩子們的呼吸聲，一陣一陣響著。

◆◆◆

「不料，隔沒多久，」陳重光輕輕笑了一下，「父親便與畫家友人共組台陽美術協會。他不但沒回國校當老師，也經常不在家，甚至比在上海時還要忙碌。母親看在眼裡，也沒多說什麼，但我們感覺到三餐吃得比以前更加寒酸。原來母親把每天省下來的菜錢存起來，存了一年多後，拿錢幫父親做了一套最新款式的 Sebiro（西裝），她不願她丈夫在別人面前讓人瞧不起。」

陳重光瞇著眼睛繼續望著眼前的山頭，緩緩地對著阿政與方燕說：「當時我們年紀還小，都不知道大人的煩惱，我只記得每次父親回家時，家裡就屬我最開心了，因為他會把畫作拿出來給我們看，然後告訴我們台灣各地有什麼樣的風土人情，有什麼樣的奇觀異景，說得口沫橫飛。而母親對父親的高談闊論全無興趣，她只是在旁靜靜地縫衣服，心裡計算著縫一件衣服可以賺幾毛錢。當時二姊碧女已十三歲，也對畫畫有興趣，於是父親回嘉義時，都會特地帶二姊出去寫生，然後會問誰要去當他們的幫手？我說我要去，妹妹白梅也吵著要去，母親就會罵她不能跟，要負責幫忙照顧剛出生的弟弟，這時白梅會大聲地哭鬧。雖然那時候家裡很貧窮，但長大後回顧，竟是我們全家人最幸福的一段時光，因為只要家人能聚在一起，再貧窮的日子都是快樂的……」

陳重光說到這裡，自己不禁笑了起來，卻也笑得有些酸楚。

◆◆◆

一九三七年春天，嘉義公園。

這天，陳澄波帶著二女碧女、兒子重光來到嘉義公園寫生。

碧女繼承父親畫畫的天賦，在一家人仍在上海、她還是個懵懂未知的兒童時，就已展現喜愛塗鴉的個性，回到嘉義老家、進入少女時期後，她對畫畫的熱情更是濃厚，因此只要父親回到嘉義寫生，一定會帶著她同行。至於兒子重光，則是對畫畫不感興趣，陳澄波也不勉強他，只要他當個跟班，做些提水、洗畫筆的雜事即可。

這一天他們在寫生時，剛好遇到重光的一群小學同學在此遊玩，同學們連忙問重光：「這個畫圖的阿伯是誰啊？」重光答道：「是我多桑。」同學們便包圍在陳澄波的身旁觀看。

此時，陳澄波因爲要搶畫落日的餘暉，下筆的動作很快，只見他拿著畫筆刷刷地畫個不停，那副模樣，彷彿是拿著一把劍在跟人決鬥似地激動，充滿著戲劇性。頑皮的同學也跟著模仿起刷刷刷的動作，彼此間還互相決鬥戲耍起來……

「你們不要這樣學我多桑畫畫的動作啦。」陳重光感到很丟臉，便對同學大聲罵道，幾乎想把自己的頭鑽進地洞裡。

但是陳澄波一點都不受到影響，依然繼續作畫，偶爾轉過頭來糾正碧女的調色，叮嚀著：「配色要和諧，暖色調不要與冷色調混在一起。」此時，只見碧女倔強地頂嘴：「你在上海教學生的時候，不都是要學生自己發揮，不受老師的影響嗎？幹嘛就要對我指指點點。」

經碧女這麼一說，陳澄波愣了一下，然後苦笑地搖搖頭。

隨後，太陽下山，黃昏已臨嘉義公園。來公園散步的鄉親漸多，大家看到陳澄波在寫生，都會熱情地過來打招呼。

「畫伯仔，你又來公園畫圖了？」有位歐吉桑向陳澄波問候。

「是啊。」陳澄波應道，雙手依然忙著調色、上色。

「最近常沒看到你。」歐吉桑興致勃勃地觀賞作畫。

「我最近都去台北開會，順便去滬尾寫生啦，所以較少回來咱嘉義。」

「這是你女兒嗎？」歐吉桑好奇地轉頭看著碧女作畫。

「是啊。」陳澄波開心地答道。

「哦，畫得很漂亮呢。」

經歐吉桑這麼一稱讚，碧女反倒難爲情起來。

「沒有啦，還在學習。」陳澄波一臉謙虛狀，心裡卻開心得很。

「畫伯仔，自從你的畫入選帝展之後，咱嘉義就變得越來越有文化了。」歐吉桑喜孜孜地說：

「大家都在說，咱嘉義出兩個天公伯，一個是醫伯潘木枝，一個是畫伯陳澄波。潘木枝是在醫病，而陳澄波是在醫心。」

「沒影啦，大家都要作陣打拚啦。」陳澄波停下畫筆，誠摯地說。

「也是啦。你要不要喝口茶，休息一下？」

「不行不行，我在搶時間，你看這雲層變化得很快，剛才天空還很晴朗，現在不但轉昏暗，還起了烏雲，我連調色的時間都來不及，眞糟糕……」陳澄波手忙腳亂地擠著顏料。

「那這樣我不打擾你，你趕緊畫，眞歹勢、眞歹勢。」歐吉桑說完，連忙走開，好讓陳澄波專心畫畫。

過沒多久，天空竟飄起雨來。陳澄波父女兩人越畫越快，像是在跟雨勢賽跑。一眨眼，雨勢轉大，眼前的視線完全模糊，無法下筆。同時，畫布遭雨水淋濕，恐怕會把油彩顏料沖成糊狀，這不禁令他們心急起來。他們環顧四周都是空曠園區，沒有任何建築物可躲避，也沒有任何遮蔽物可保護畫布，爲此，碧女不禁緊張得哭了起來。

重光連忙說：「阿爸，我去找看看有沒有芋葉。」陳澄波說：「來不及啦。」只見他把衣服脫下來，拿來遮蓋住兩塊畫布。然而這下子雨水卻直接淋在陳澄波赤裸的上半身。

過沒多久，有一個歐巴桑拿把雨傘跑過來。

「畫伯，這雨傘給你們用啦。」

「多謝！多謝！」

陳澄波連忙打開傘來遮住畫布。此時，父女倆才鬆了一口氣。陳澄波不斷地向歐巴桑道謝，並從口袋裡掏出錢來。

「歐巴桑，眞多謝，這些錢當作雨傘的押金，改天再到府上還傘。」

「不用啦，大家都認識畫伯你啦，盡量拿去用。」歐巴桑笑著說。

陳澄波聽歐巴桑這麼一說，也不知該如何道謝，只能搔搔腦袋。正當歐巴桑要離開時，陳澄波突然說：「歐巴桑，麻煩你批評一下我的畫，看看有沒有什麼地方畫得不好？」

「唉喲，我看不懂啦，哈哈哈。」歐巴桑笑著走開。

◆◆◆

陳重光的嘴角，因憶起這段往事而微微揚起。

「雖然父親中斷在上海的事業，落寞地回到家鄉，家鄉的人卻很看重父親，認爲他替地方爭光，是嘉義人的榮耀，所以地方的名人士紳都會邀請父親到他們的府邸作客，互添光彩。」

「也包括琳瑯山閣的主人？」方燕問。

陳重光愣了一下，才說：「對。」

此時，方燕順水推舟地點明他們的來意：「陳先生，其實我們今天來的目地，是要問你有關

〈琳瑯山閣〉這幅畫的事，你看過這幅畫嗎？」

方燕把畫作照片拿到陳重光的眼前。

陳重光看了一下照片，說：「父親經常受到琳瑯山閣主人的款待，所以曾畫下一幅〈琳瑯山閣〉作爲餽贈，我想應該就是這幅。」

「您當初在電話中爲什麼不願談這幅畫？」方燕繼續問。

陳重光無語。

「這幅畫與您們家有什麼恩怨嗎？」方燕再問：「否則您爲何好像避談這幅畫？」

「事過境遷，我也不便再多說些什麼，何況，我母親說大家都是受害者，不該挾怨相對。」陳重光幽幽地說。

「受害者？」方燕不解話中之意。

「不談這些，」陳重光靦腆地笑說：「如果你們對我父親的畫作有興趣，我倒很樂意幫你們介紹，畢竟我父親是個熱情的畫家，很喜歡與眾人談論他的畫作。走吧，我帶你們去參觀他的畫。」

當阿政與方燕聽到陳重光邀他們去參觀陳澄波的畫作時，既驚又喜。

就在他們三人來到陳家一間存放陳澄波畫作的儲藏室時，一位穿中山裝，戴墨鏡的男人，正巧也來到此地。男人見到陳重光帶著兩位客人來訪，立即躲在一角，鬼鬼祟祟地在門外監視他們。

陳重光領著阿政與方燕進入儲藏室內。

「啪！」的一聲，屋內的日光燈打開後，便看見一幅幅畫作整齊陳列在這間坪數不大的房間裡。陳重光拉開窗簾，陽光透射進來，逆光中，許多灰塵在空中飛揚著。

「這間儲藏室是用來收放我爸爸畫作的地方。」陳重光說。

「哇，好多的畫啊。」方燕好奇得東張西望。

「我爸爸除了去外地開會之外，其他時間都是在畫畫。」陳重光邊說邊把蓋在畫布上的防塵布取下。「所以才會有這麼多的畫作。」

阿政靠近畫作，蹲下身來，一幅幅的觀賞。

除了〈琳瑯山閣〉之外，這是阿政第一次親眼見到陳澄波畫作的眞跡，許多幅出現在遺作展畫冊裡的作品，此刻都呈現在眼前，雖然畫作因年代久遠而有些暗沉，但依然不減原色彩的濃烈，以及筆觸的奔放。此時，阿政像是領到喜愛的聖誕禮物般，愛不釋手地觀賞陳澄波的畫作。漸漸地，他也發現了更多陳澄波作品的「特色」，只見他不斷地點頭、沉思……

當三人從儲畫室走出來時，外面的天色已完全黑暗。阿政與方燕誠摯向陳重光道別。他們約定明天繼續拜訪。陳重光同意，並表示將帶他們去參觀蘭井街的老家。

「蘭井街？」方燕追問。

「嗯，那是我們住最久的地方。」陳重光看著他們說話，眼神中透露著這條蘭井街與全家人有著深厚的感情。

當方燕與阿政離去時，監視的墨鏡男吸了一口菸後，把菸蒂丟在地上，然後尾隨在阿政與方燕後頭。

當晚，阿政與方燕拖著疲累的身子住進旅館時，渾然不知有人尾隨。兩人搭電梯上樓後，墨鏡男立即向櫃台詢問兩位客人登記住房的相關資料。

而進房後的阿政與方燕，雖已累得快癱倒在床上，卻又迫不及待想討論見到陳澄波畫作的心得。

「看了陳澄波的原作後，你有何感想？」方燕帶著疲憊的聲音問著。

阿政不疾不徐地喝口水後，開始長篇大論起來。

「正如楊三郎所說的，陳澄波喜歡以風景作爲創作題材，所以作品大多數是風景畫，但是，」阿政的語氣突然變得神祕，「若仔細觀察，會發現陳澄波的風景畫裡，有一個很大的特色……」

「怎樣的特色？」方燕好奇，語氣也隨著變得神祕起來。

「他的風景畫裡，有很大的面積是在畫『空地』。而陳澄波的『空地』，就如同西洋的『廣場』——Plaza。」

「Plaza？」

「嗯，西洋的廣場是人民聚集的地方，也是都市政治、經濟、宗教的中心，更是國民行使公民權利的重要舞台。對西方文明來說，廣場上具有豐富和開放的文化精神，是歐洲充滿傳奇色彩的地方。」

「我明白，」方燕接著阿政的話說：「我知道歐洲有很多歷史事件都發生在廣場裡，譬如，米開朗基羅的〈大衛像〉陳列在佛羅倫斯的廣場上，打開城市美學的風氣；還有，著名的巴黎協和廣場斷頭台的故事更是令人毛骨悚然，但這也讓法國因此走向自由平等博愛的道路；此外，十九世紀的俄皇在聖彼得堡廣場血腥鎮壓十二月黨人，最後導致人民起義推翻皇室。」

「沒錯，」阿政用帶有敬意的眼神看著方燕，「所以西洋人的廣場，就是人民情感的所在。」

「但台灣沒有廣場啊？」

「所以他畫『空地仔』。」阿政用台語說著「空地仔」。

「什麼是『空地仔』？」

「『空地仔』就是台語所說的『埕』。台灣的『埕』，是指可以聚集人群的空曠之地，當然也是民眾勞動、社區活動、慶典儀式的地方，譬如：『廟埕』、『稻埕』、『鹽埕』、『樹埕』、『戶埕』、『門口埕』（台語）……。陳澄波的風景畫裡，幾乎都會在圖畫的下半部畫出這些『埕』。」

「可是，任何景觀裡，一定會有馬路、門口、廟口這些『埕』啊？」

「重點就在這裡，」阿政從茶几上拿起陳澄波遺作展的畫冊，走回到床沿，翻開給方燕看。

■〈夏日街景〉空地面積占圖畫的一半，1927年。（參見書末彩頁）

「陳澄波在構圖時，會讓這些馬路、門口、廟口等空地的面積，占全幅畫作的將近二分之一多。譬如入選帝展的〈夏日街景〉，空地面積占全幅的一半，這是西洋風景畫裡少有的構圖法，因爲這種構圖法違反黃金比例。所以說，陳澄波的畫作特別突顯空地，應該是他具有濃厚的『廣場意識』。」

「爲什麼他會有『廣場意識』？」

「我想，這是關於陳澄波的第一個疑惑。」

「第一個密碼？」方燕皺著眉頭。

「對。」阿政點點頭，「還有，陳澄波的風景畫，不是歐洲巴比松畫派的唯美風格，也不是印象派單純的捕捉光影，更不是日本外光畫派的細膩筆觸，他的風景畫，是建立在東方人的美學觀裡，這個美學觀，顯然是帶有傳統國畫的意境。」

■〈嘉義街景〉裡的人群雖小，卻都有動作，1934 年。

「怎麼說？」方燕雖不熟悉美術史畫風，卻對阿政的敘述感到興趣。

「我觀察到他的風景畫裡，必有人群，但人群的體積又不大，彷彿只是點綴。譬如〈嘉義街景〉這幅畫就是如此。但，如果『人群』只是點綴功能，那麼人物就不必畫太多的動作，這就如同建築師的建築樣品圖，渺小的人群只是爲了襯托大廈的宏偉。可是陳澄波畫中的人群是有動作的，他們手上經常持有物品：或撐陽傘、或拿皮包、或讀報、或拎菜籃、或舉犁耙、或拉三輪車、或背小孩……換句話說，他畫中的人群雖渺小，卻是有生命力的，這是傳統山水畫裡『寄寓生命於山川』的觀念，所以他的風景畫重點不只在景觀上，更是在其背後的主觀意念上。」

「他的風景畫背後有主觀意念？」方燕思索著阿政的話意。

「我先解釋山水畫的哲思，」阿政又喝了一口茶水後，緩緩地說：「中國的山水畫在兩宋之後，大約就建立在文人所嚮往的老莊哲學上，所以表面上是在描繪山川，但本質上是在抒發文人的情感與生命的態度，因此，山水畫不但是在追求宇宙與人的協調，更是在尋找心中的桃花源，所以山水畫中必定要有『人』——或拾柴、或垂釣、或撫琴、或聽泉……」

「明白，」方燕搶下了阿政的談話，「就是要藉由『人』的存在，圖畫中的大自然才能顯現靈性，而這幅山水畫也才能顯現生氣，對不對？」

「沒錯，可是人在宇宙裡只不過是滄海之一粟，所以必須『潛修於萬物之中』，因此，無論是牧童、山翁、隱士或逸人，都是以渺小的身影點綴於山水畫之中，達到緣情言志的目的……」

「緣情言志？」方燕嘗試著解釋，「你意思是說，畫家藉由圖畫中的情感來說明個人的志向？」

「對，但是西洋風景畫就沒有抒發情懷的目的，純粹只是讚美風景，很少有點綴人物的必要。但陳澄波的風景畫不但有渺小的人物，渺小的人物甚至還成爲畫中的靈魂，如同北宋范寬的〈谿山行旅圖〉，畫中的人物雖渺小，卻是全畫的核心，因爲若沒這渺小的『旅人』，就沒有全幅『行旅』的題旨了。」

「也就是說人很重要，但要刻意畫得很渺小。」方燕說。

「正確。可見陳澄波的風景畫作，符合王維所說的『詩中有畫，畫中有詩』的精神。從這點，就可以印證我所說的，『陳澄波的風景畫帶有傳統國畫的意境』這樣的論點，也正是陳澄波所追求的『屬於我們東洋人的美術風格』之理想。」

「這麼說，」方燕思索著：「他真的在開創屬於自己的東方風格？」

「是的，」阿政雙手交叉於胸前，慢慢踱步思忖，「不過他的風景畫中，喜歡把動態的人群擺放在這空地上，這背後的主觀意念是什麼？到現在我還不太明白。」

「也算是密碼嗎？」

「嗯，這是第二個疑惑。還有，第三個疑惑是……」

「還有第三個疑惑？」方燕又皺起眉頭了。

「他除了喜歡畫空地，在呈現這些空地的視角時，也發生了一個很大的錯誤。這個錯誤我之前已經提過了，也就是『雙重視角』的問題。他在處理建築物或樹木時，通常是用『平角』，但在畫空地——無論是馬路、門口、廟口或湖面，視角往往會變成『俯角』，最具代表性的就是〈我的家庭〉，圖中的人物都是平角，所以人物的陰影高度與人一樣高，但是畫桌面時卻變成俯角，從上往下看，所以桌子會呈現出正圓形。」

「桌面也算空地？」方燕納悶著。

「只要能擺放東西的，不管是擺放人或擺放物品，廣義來說都算是空地。」

「所以你懷疑這個視角的錯誤，也是他刻意製造的？」

「確實是玄機重重。」阿政撫摸著下巴思考。

■〈我的家庭〉畫中的影子與人同高，所以視角是平視，但桌面卻成正圓形，視角是俯瞰，如此形成「雙重視角」的不合理現象。（翻攝自《學院中的素人畫家：陳澄波》，雄獅美術）

「總而言之現今有三個疑惑，所以代表有三個密碼。」

「對！但我們連一個密碼也解答不出來！」阿政搖著頭，一副山窮水盡的模樣。

「解鈴還須繫鈴人，我們一定要了解更多陳澄波的身世，才有可能知道眞相。」方燕用著鼓舞的眼神望著阿政。

阿政頗爲感動，正想向她致謝時，不料方燕一個恍神，整個人已疲憊得昏睡在床上。

隔天早上，方燕與阿政正走出旅館大門時，櫃檯服務生對他們說：「方小姐，有一通電話要請你回電。」服務生把寫有電話號碼的紙張遞給方燕。方燕拿過來一看，便向阿政眨眨眼睛說：「是我公司。」

方燕在櫃檯撥起電話。先是詢問何事，才講

一會兒，只見她臉色凝重，語氣驚慌：「爲什麼？爲什麼要開除我？」阿政在旁聽到，不禁愣住。方燕繼續說：「我確實在做採訪工作啊！什麼？你說什麼？胡說！胡說！你們欲加之罪，何患無辭！」

兩人來到轉角的豆漿店吃早點，阿政連忙要方燕把剛才的電話內容說清楚，公司憑什麼無緣無故開除人？

「老羅說，」方燕看著碗裡的熱豆漿，卻毫無食慾。「有人檢舉我採訪不該採訪的對象，公司要我馬上回台北，若下班前沒見到我回報社，將會開除我。」

「是誰檢舉？」阿政很納悶。

「我怎麼知道，」方燕露出一副天知道的表情。「反正老羅說過，舉頭三尺有特務。」

「特務？」阿政聽到「特務」兩字，吃了一驚。

「我在猜，也許是要阻止我們採訪陳澄波的事吧。」方燕以嚴肅的神情猜測著事因。

「有可能，畢竟陳澄波是個禁忌話題，不讓我們碰。」阿政關心地看著方燕：「那你怎麼打算？」

「我……」方燕沉思片刻後說：「老實說，我當時進報社確實是有靠我老爸的人脈，所以若是丟了工作，會很對不起我老爸。但是，但是我們不能就這樣停止，所以，還是要繼續。」

「可是這會害你沒工作啊！」阿政不禁擔憂起來。

「別再可是了，」方燕語氣堅定地說：「我從小學到的教育是，爲人要有正義感，看到弱小要幫助。我直覺陳澄波一定有什麼苦難的遭遇，不被這個社會國家所容許討論，所以才會如此隱諱。我們要去碰撞這個祕密，這也是一個記者的基本信念。何況，你不也說陳澄波的圖畫中還有很多密碼嗎？我們繼續探索，走，再去找重光叔！」

方燕顯現一副正義凜然的模樣，阿政則憂心忡忡。

「這條街叫作蘭井街。」

兩人依約繼續拜訪陳重光，陳重光正介紹著昔日的住處。此時正逢早市時間，位居鬧區且街道狹小的蘭井街上，有許多婦女提著菜籃四處走動，也有一些阿伯騎著腳踏車，按著車鈴要路人讓開。陳重光站在老家的門口說：「我們從日本時代就住在這裡，直到前幾年才搬走。」

「那這間呢？」

「這間就留下來當紀念，裡面還保留當年我父親作畫時候的模樣，走，我帶你們進去看看。」

陳重光拿鑰匙開門，三人走進門內。

這是一棟狹小的兩層樓住宅，建於日本時代，雖然曾經過翻修，但依然可以感受到房子的老舊，以及格局的寒傖。客廳很小，有一張八仙桌，及一套舊式涼椅，房內裝飾簡單，倒是牆壁上還吊掛幾幅陳澄波當年的畫作，特別顯眼。

陳重光用手比畫著說：「小時候，家裡的客廳就是父親的畫室，他的畫架就架在這裡，我們小孩進出時，都要小心走路，以免撞倒畫架。那時我們老五，也就是我弟弟還在地上爬行時，經常會撞到畫架，我跟我妹妹便得趕緊抱走他。」陳重光邊說邊笑了起來。

而方燕則想像著一家大小七、八個人要共同生活在這樣的空間裡，是多麼辛苦的事，而這或許就是畫家及家眷的宿命吧？

「還有，因爲客廳很小，」陳重光繼續說：「創作四十號以上的畫作時，爸爸就必須走到門外，才能觀看畫作全貌，此時，他會在畫布與大門口之間來來回回。若有記者來拍照，還得把畫作搬到門外，才能捕捉到作品全貌。」

「還滿有趣的。」方燕不禁莞爾。

陳重光從五斗櫃裡拿出陳澄波當年的筆記本。

「這些筆記，都是我父親寫的，你們可以看看。」

阿政接過手後，突然感受到雙手捧著陳澄波的靈魂與血肉。他慎重地翻讀，無意間，翻到其中一段話，像是挖到寶藏般地雀躍起來，他連忙問說：「重光叔，我可以把令尊的一段文章抄錄下來嗎？」

陳重光點頭同意。於是阿政興奮地抄寫著。

方燕不知阿政在抄錄些什麼，便靈機一動地向陳重光提議：「重光叔，如果我們有機會報導陳澄波的事蹟，您是否能把這些筆記借給我們研究？」

「你是說帶回台北？」

「是啊。」

陳重光思考片刻，才說：「我再想想看。」

方燕略感尷尬，她也知道與重光叔才剛認識，突然間就要向他外借這些寶貴的資料，的確是強人所難。她因此不好再多說什麼，便隨意地觀賞著牆壁上的畫作。

「咦，這一幅是什麼樣的畫呀？」在略顯斑駁的牆壁上，方燕看到一幅看不出是何處景觀的畫作，如是問道。

「這是我父親生前倒數第二年所畫的作品，」陳重光抬頭注視著牆壁上一幅二十號的畫作。「這幅畫的名稱叫作〈慶祝日〉，原本就掛在客廳的牆壁上，因爲想要保留父親生前畫室的原貌，所以不曾動過它。」

「這是在慶祝什麼？」方燕好奇地問。

「慶祝台灣光復。」陳重光淡淡地說。

「所以這棟建築物上插著一面國旗，百姓在下面歡呼？」阿政說。

「是的。光復時，父親非常高興台灣能重回祖國的懷抱，所以畫下這幅畫。」

■ 陳澄波為慶祝台灣光復而畫的〈慶祝日〉，1946年。

「他既然是如此的愛國，為什麼會成為禁忌的話題？」方燕再問。

陳重光突然無言，現場氣氛也僵住。

方燕感受到重光叔的防禦心，但基於記者的職責與本分，她鼓起勇氣繼續追問：「重光叔，不好意思，不是我們有意為難您，事實上是因為這些日子以來，我們所進行的有關陳澄波話題的訪問，每個受訪者都是欲語又止，似乎有什麼隱情不便告訴我們，重光叔，您願意說給我們聽嗎？」

只見陳重光原本已然嚴肅的神情，更顯肅穆。而方燕與阿政兩人則是忐忑不安，不知重光叔作何反應。

半晌，陳重光才說道：「我帶你們去看另外一幅也有掛國旗的畫作。」

約莫半小時後，一行三人來到陳澄波二女兒陳碧女的家。

出發前，陳重光已在電話中向二姐說明來訪一事，因此當他們抵達時，陳碧女即表達歡迎之意。因爲即便幾年前曾舉辦陳澄波的遺作展，與記者有過往來的經驗，但有台北的記者願意親自跑到嘉義詢問父親的畫作，在這肅殺的時代，也是令家屬感動與感謝的。

「來，請喝茶。」碧女阿姨爲他們奉茶。

「謝謝。」方燕與阿政答謝。

「這就是我二姐。」陳重光再度爲他們兩人介紹。

「我知道，就是也很會畫畫的那個二女兒。」方燕微笑望著已半頭白髮的碧女阿姨。

「不敢當，已經很久沒畫了。」陳碧女反倒略顯拘謹。

突然間大家都安靜下來，默默地坐在客廳裡喝茶。

方燕觀察重光叔與碧女阿姨的神態，有股抑鬱漂浮在他們的眼裡、臉上，似乎在訴說著隱藏在他們內在的心事。這兩個陳澄波的兒女，到底有什麼樣的心事？爲什麼這麼抑鬱呢？方燕好想打開他們的心防。於是，方燕打破沉默，開口問道：「重光叔，您說要帶我們看另一幅也插有國旗的畫，請問是在哪裡？」

方燕話一說完，只見陳重光看著二姐。

「他們想知道阿爸的事情，他們……」陳重光的語氣中透露著爲難與戒愼。

「是啊，阿姨，我們是很真誠的想要認識陳澄波先生的畫作，」方燕趕緊解釋，「所以想多知道一些關於他的事情，如果你信任我們的話，是否能夠說給我們聽？」

陳碧女輕輕地吐口氣，點了點頭。

「確實，有許多往事我們一直放在心坎裡，很少對外人說，」陳碧女停頓了一下，再緩緩地說：「平時也沒人敢來問，就算要講，也沒人敢聽，既然你們這麼真心，我們也不再隱瞞，畢竟這麼多年來，這段往事一直被塵封著——不只我阿爸的畫作被塵封，連我們家屬的心靈也被塵封了，這樣也不是好事。而今有人願意來聽聽這段往事，我覺得，也該是我們敞開心懷的時候了。」

說完，陳碧女起身走向另一面牆邊。

「另一幅也插有國旗的畫，在這裡。」陳碧女手指牆上的一幅油畫作品，眾人眼光也跟隨過去。

「這幅畫叫作〈望山〉，」陳碧女說：「是我描繪嘉義農村的景觀，背後是阿里山。畫這幅畫的時候是一九四三年，那時戰爭已擴及台灣，美國的飛機經常在台灣城市轟炸，我們都被疏散到鄉下去，所以我就在郊外寫生。」

方燕走到畫作前面，突然發現異狀，大聲問說：「碧女阿姨，你說這幅畫是畫於一九四三年，可是一九四三年時台灣還沒光復啊，怎麼會插上青天白日滿地紅的國旗呢？」

陳碧女靜靜地回答：「沒錯，我畫這幅畫時台灣還沒光復，所以畫作原本並沒有畫國旗。」陳碧女停下話來，看著牆壁上的〈望山〉，再慢慢地吐了一口氣，說：「這國旗是後來補畫上去的。」

■〈望山〉，陳碧女，1943。（張光文提供）

「爲什麼？」方燕睜大眼睛問著。

陳碧女停頓片刻後，轉頭看著兩位客人，無奈地說：「方記者，你問的『爲什麼』只有短短三個字，但我若要回答你的問題，恐怕將是千言萬語了……」

◆◆◆

一九四五年九月，嘉義公學校操場。

這天下午，操場內聚集著許多鄉親父老，大家都情緒激昂，議論紛紛，面對日本政府即將離去，台灣也將改朝換代，知識分子爲脫離二等國民的枷鎖而慶賀，但小老百姓對於未來前途卻無從猜測，莫不人心惶惶，焦慮不安，不知該憂或該喜。

光復後，加入嘉義地區「歡迎國民政府籌備

委員會」，並擔任副委員長的陳澄波，爲了安撫民心，這日特地召集市民說話。只見他站在司令台上的麥克風前，對著眾人說：「各位父老，從今日起，我們已不是日本國民，我們是中國人了，大家要感到高興才是，因爲我們不必再當殖民政府的奴隸，我們要當自己的主人了。所以我們要更加團結，更加努力，擁護祖國的政府，實現三民主義，建設新的台灣。」

陳澄波說得聲嘶力竭，但台下的民眾依然是喜憂參半。

突然，一位擔任保正的男人，走到台前，對著陳澄波怒道：「誰不知道你陳某人以前去過唐山賺錢，跟那裡的人很熟，現在唐山政府要來管我們了，你一定是想當官，才說中國政府的好話。」

男人話未說完，即刻引起民眾的議論。一位老者大聲怒斥這名保正：「王仔保正，你別胡說，澄波先不是這種人，他若是要賺錢，之前去抱日本的大腿照樣可以賺錢，何必等到現在才來抱中國政府的大腿？我看你才是日本的走狗。」

眾人又爭論起來。此時陳澄波要大家冷靜，他說：「各位，我去過唐山，我知道中華民國政府是孫中山先生所創辦，我相信新政府會比日本殖民政府好，如果新政府未來讓我們失望了，我一定是第一個去跟他們理論的人，請大家相信我。」

「好！說得好！」

「所以自明天起，家家戶戶都要插上新的國旗。」陳澄波的話還沒說完，就被台下眾人的鼓掌聲打斷了，他充滿感情地望著司令台旗桿上，那面新國旗正英姿煥發的飄揚著……

◆
◆
◆

「光復後，我父親曾親手寫下一篇文章：『台灣光復，天地草木，普天同慶，可欣可賀，吾人生於前清，而死於漢室，實終身之所願也。』所以他以歡喜的心情畫下〈慶祝日〉那幅畫，表達人民對祖國的歡迎。」陳碧女哽咽地說：「不料，新政府的施政卻令他們萬分失望，台灣人民逐漸對政府不滿，我父親身爲議員，同時也是歡迎新政府的委員之一，感到很對不起嘉義市民，他內心有著很多的煎熬與痛苦，於是他在議會上大力批評政府，無奈再多的指責也改變不了時局。最後，這面讓他寄望最深的國旗，卻成爲傷害他最深的一面國旗……」

「傷害最深？怎麼說？」方燕心頭一縮，直覺有沉重的往事將要開啓。

只見陳重光無奈地說：「當時國民政府種種的措施與行爲讓台灣人民非常的失望，終於……唉，在民國三十六年的二月底，發生人民的反抗事件，全島響應，當時陳儀政府答應進行改革，所以數日後全島逐漸平復，沒想到三月上旬，南京中央政府竟派軍隊來台灣鎭壓，結果，人民死傷無數，全台灣陷入腥風血雨之中……」

◆
◆
◆

一九四七年三月十一日，蘭井街住家。

三月初因阿里山山脈冷鋒滯留，嘉義市區一片寒冷，市民們無不裹緊衣物保暖。然而令市民感到更大的寒冷是，這一兩日來，南京政府所派來的二十一師軍隊在水上機場與學生所組成的自衛隊展開槍戰，那股時時聽聞到的槍聲肅殺之氣，令人寒冷到極點。

十一日這天早上，嘉義市的參議員們聚集開會，會中決議組成一支代表團前往水上機場，與軍隊的指揮官洽談和平事宜。決議後，只有八位議員願意前往，其他議員皆自稱能力不足，而議長則是直接稱病推辭，由副議長潘木枝帶隊。

中午，年屆五十二歲、背已微駝的陳澄波自議場趕回住家。長久浸淫在日本文化中的他心裡想著，得先回家換穿西裝，再前往機場，如此盛裝赴會，對來訪者——即便是軍方，較有禮貌，也較爲得體吧。

當他回到家中，發現家人竟然都在。二女兒碧女在學校教書，因停課而留在家裡；在台北師範讀書的重光，也因停課而返家避難；就連已嫁到台北的大女兒紫薇也回家了，原來是紫薇的丈夫擔心台北動盪，要她回南部娘家避難，不料嘉義地區的動盪，恐怕更甚於台北。

陳澄波雖見到家人都聚集在窄小的客廳裡，但他此時無空暇話家常，立即三步當作兩步地趕到樓上臥室換穿西裝，再回到客廳整理公事包。妻子張捷見他回到家後不但沒換穿家居服，反倒匆忙地換穿西裝並整理公事包，便問他何因？陳澄波急促地說道，早上開會，幾位參議員決定趕赴水上機場，與軍方洽談和平之事。

當他如此一說，大女兒紫薇及二女兒碧女連忙阻止他出門。

二十八歲的長女紫薇，幾年前嫁給同為嘉義人的雕塑家蒲添生，翁婿皆為知名美術家，這在當時成為嘉義的美談。光復初期，台北長官公署計畫製作一尊蔣委員長的銅雕，陳列在台北的廣場，以供台灣人民瞻仰，陳澄波自覺此事有助於台民對祖國的情感，遂推薦自己的女婿蒲添生接下此創作。於是數月間，紫薇在台北家中的工作室，日日看到穿著戎裝的蔣介石銅像，正從丈夫的手中慢慢成形。因此當上個月底爆發軍民衝突時，紫薇還祈禱著英明的蔣委員長派個青天大老爺來台處罰腐敗的官員，並撫慰民心，再宣告改革之措施……。不料這幾天竟聽到內地軍隊自基隆、高雄等地登陸，架設機槍，見人便殺，令她對原本敬仰的領袖感到心寒，因此此刻勸告父親勿出門，勿當劊子手的刀上俎肉。

而二十三歲的碧女更是極力阻止。碧女這一年來與一位來自內地，隨著軍隊駐紮在嘉義的憲兵中尉軍官展開戀情。這一兩日情勢升高，這位外省中尉軍官曾偷偷告訴碧女，說憲兵單位聽聞風聲，這次從內地派來的二十一師軍隊，來到台灣的任務不是維持秩序，而是武力鎮壓，因此恐怕會殺人不手軟，他要碧女全家待在家中，萬萬不可出門。因此，當碧女發現父親要出門時，她用著沙啞的嗓聲對著父親說：「結果，你不但要出門，更要前往戰況最激烈的水上機場，你這樣做，等於是羊入虎口，我們不能白白看著你去送死，阿爸！」說完後還用身體擋住父親。

陳澄波看著碧女激烈的舉動，不禁低下頭來，用眼睛逡巡眼前這五個孩子，心中掀起一陣酸楚。他想起了當年畫〈我的家庭〉的時光──當時，我與捷仔正是青春韶華的年紀，而紫薇、碧女、重光也都正是活潑的稚童，白梅在肚子裡，回台灣的隔年再生下前民，這一眨眼的時間，五個娃兒都拉拔長大了，都陸續進入就業與婚嫁的年齡了，在你們即將面對人生的關鍵時刻，我不知是否能陪你們走完這段路？唉，此時此刻爸爸又何嘗捨得離開你們，何嘗捨得離開靜坐一旁沉默不語的我的愛妻。但情勢所逼，我又怎能閃避。

於是陳澄波嘆一口氣後，用著哽咽的聲音，對著他最愛的家人，緩緩地說：「我的孩兒，你們的孝心我都明白，做父親的怎捨得離開你們，但眼前的局勢容不得我逃避。想當初光復後，我鼓舞百姓要相信政府，一起合作，建設台灣，但想不到現在發生國軍鎮壓百姓的事，我覺得我對台灣人有道義責任，也對十二萬嘉義市民的安危有保護的責任，所以我必須去機場，才不會愧對良心。這是職責，不得推卸，就算必死，也得赴死……」

經陳澄波這麼一說，此時家人已無立場再阻擋父親了。正如陳澄波所言的，這是道義，也是責任，就算必死，也得赴死。於是五個子女不禁互相擁抱哭泣起來。

而妻子依然靜靜坐在一旁，沉默不語。

此時，陳澄波望著哭泣成一團的孩子們，突然感受到生離死別的氛圍，自己也情不自禁的鼻酸起來，於是他對孩子們交代了一些內心話。他交代二女兒碧女，勿因政治關係而影響與已訂婚的外省男友的感情，要記得人性超越政治，愛情超越省籍，未來是否結婚，由她自己決定。接著，又交代長女紫薇轉告夫婿添生：「我若眞離別人世，那麼，台灣美術界必須相互團結，不可分離，如此，島內的藝術精華才能永世不滅啊！」之後他又看著重光，告訴正在念大學的長子：「爲父如果無法踏回家門，你要擔起家裡的責任，要照顧母親，以及，照顧我的畫，替父親辦一個遺作展……」

最後，陳澄波的視線停留在妻子張捷身上，此刻，他才突然發覺，妻子的身子變得很單薄——是否，這些年愛妻勞心勞力地撐起這個家，犧牲了自己的健康？而我卻從無時間眞正的關心過她，此時此刻，我又該對她說些什麼呢？如果我能順利完成任務平安歸來，我一定要好好彌補對愛妻的虧欠啊！

他忍住離別的傷感，毅然提起公事包，準備離去時，赫然看見那幅剛完成的〈玉山積雪〉靜靜立在畫架上。他趨近一看，油料尚未全乾，那鮮豔的色彩，將玉山的形體描繪得神采奕奕，「啊！我終於也完成這幅畫了，對得起「台灣畫家」這個頭銜了，如果在完成玉山畫作後就這麼死去的話，也是死無遺憾的吧！」於是，他果決地踏出家門，勇往直前。

五個子女，噙著淚水，站在門口，望著總是背著畫架的父親，此時兩肩空空，手提公事包，越走越遠、越走越遠……

■ 陳澄波生平最後一幅畫作〈玉山積雪〉，1947年。（參見書末彩頁）

◆ ◆ ◆

「阿爸就這樣離開家門，去做他認爲有責任完成的任務。」碧女阿姨說：「而這一離去，他就永遠沒再活著回家了。」

方燕與阿政驚訝地對看一眼，現場的氣氛變得凝重起來。

「當和平使團的八個議員到了機場後，向軍方表達和平之意，想不到請願不成，反倒被扣押起來。」陳重光聲音低啞的說：「過幾天後，軍方釋放四個議員，留下四個他們認爲平時最嚴厲質詢官員的議員不放，我父親是其中之一。」

「後來呢？」方燕連忙問。

慢慢地，陳碧女才接著說：「阿爸十一日被抓後，生死未卜，家人全然不知父親到底是犯了何罪，也不知該如何解救。母親託人到台北請求一位父親舊識、且官位甚高的官員幫忙，但此官員的官邸大門深鎖，不知是怕惹麻煩，不願見客，或是也被軍隊軟禁。後來我們又聽說有位白將軍來台，我們寫陳情信求救，亦石沉大海。總之，家人奔波多日，毫無所用。直到三月二十五日那天……」

◆◆◆

一九四七年三月二十五日，嘉義市區，上午八點餘。

綠色軍卡車載著四位議員從水上機場，一路奔馳到嘉義市區後，便在市區內慢慢遊街，彷彿要向民眾警告威嚇。

街頭民眾聚集，議論紛紛。其中幾個熱心人士沿街大聲地喊叫：「大家快出來，快出來喲，有一輛插白旗的卡車，載著議員，從機場開到市區裡來了，大家快出來喲，快出來想辦法救議員啊！」

剛好在蘭井街家門口的重光聽到，連忙呼叫屋內的二姐。

「二姐，二姐，快出來，有人看到阿爸了，快出來！」

碧女聞言，連忙衝出來。

「在哪裡？」

「在大馬路那邊。」

重光手指蘭井街外的中山路，碧女連忙衝出去，重光亦緊跟在後。兩人跑呀跑的，跑到中山路時，果然看到已十餘日不見的父親，被綁在卡車上。車上共有四位議員，潘木枝、柯麟、盧鈵欽及他們的父親陳澄波，他們都被五花大綁，身後還插著一塊牌子，用紅色大字寫上他們的姓名。從四人臉上的傷痕看來，明顯被嚴刑拷打過。每個議員身旁都有兩名持長槍的軍人押解，緊盯著他們。姐弟兩人忍住震驚，機靈地一路尾隨軍卡車，並不斷穿越馬路，一路前行，終於近距離接近車上的父親。

此時，軍卡車暫停在噴水池旁，路上的市民都停下腳步，木然地望著卡車。

突然有人大叫「議員無罪！」隨即，許多市民也紛紛高呼「議員無罪！」不料卡車上的士兵竟舉槍發射，「碰！碰！」把大家都嚇跑了，紛紛躲到騎樓柱子後。

片刻後，軍卡車繼續慢慢往前開動。

碧女與重光眼看著父親又將被載走，十分緊張。碧女連忙對弟弟說：「重仔，我沿大馬路，你走小巷，兩人分開跟車，這樣才不會跟丟，知道嗎？」重光連忙說：「二姐，我知道。」於是碧女沿著騎樓，繼續小跑步地偷偷跟在卡車後面，而重光則穿越小巷子跟隨。

軍卡車繞噴水池一圈後，車速緩慢地沿著中山路往火車站的方向前進。路人看到車上帶槍的士兵，都很害怕，紛紛躲到一旁。但也有勇敢的人向車上的議員鞠躬敬禮，甚至還有人邊揮手邊擦眼淚的哭喊：「議員，保重！」

沿路上，市民紛紛哭泣、合掌膜拜……

◆◆◆

「隨後，軍卡車不知何因又暫停下來，」碧女阿姨對著方燕、阿政繼續說：「於是我偷偷地靠近軍卡車，約莫只有五、六公尺的距離，我刻意用日語輕輕喊著：『多桑』，父親轉過頭來看到我，露出激動的眼神……」

憶至此，陳碧女突然停頓下來，眼眶已是濕潤。方燕從皮包裡拿出手絹給碧女阿姨。陳碧女輕輕拭淚後，再緩緩地敘說：「當我與父親四眼相望時，我激動得幾乎要喊出聲音來，而阿爸也激動得嘴角不斷地抖動，彷彿要對我說話。但，他的眼神瞄到身旁持槍的士兵，又開不了口，只得輕輕地向我搖頭，示意我趕緊回去。」

陳碧女哽咽地說：「但我怎肯回去，我依然緊緊地看著阿爸，可是我也不敢開口喊，怕士兵抓狂，只能眼巴巴地盯著爸爸，跟他對看，而我的眼眶裡都是淚水……」陳碧女又輕輕地擦拭淚水。「雖然當時我們對看的時間可能只有短短的不到一分鐘，但對我們父女來說，卻彷彿有一世紀那麼長。直到不知過了多久，卡車突然加速往前開，才把我倆的視線拆開，於是我更加用力地往前奔跑，拚命跟隨在卡車後面，不斷撞到騎樓的旁人、攤位，連我的木屐都掉了……」

◆◆◆

一九四七年三月二十五日，嘉義火車站，上午九點。

當碧女尾隨軍卡車一路跟到嘉義火車站時，弟弟重光已早一步到來。這時，軍卡車停在火車站正門口，附近民眾好奇地看著車子。只見士兵又是一陣對空鳴槍，「碰！碰！碰！」又把民眾嚇得鳥獸散，趕緊躲在騎樓柱子後面。士兵用腳把車上被五花大綁的議員們踢下車，每個人摔下車後都站立不穩，直接跪倒在地上。

士兵走到議員身旁，大聲叫喊：「跪好！」接著，一個眼神特別肅殺的士兵，走到議員的身後，沒有說話，也沒有宣讀任何判詞，直接舉起槍，彷彿以在廟會遊樂場射擊氣球般的心態，對著跪在地下的議員直接開槍——「碰！」倒下一個議員，「碰！」倒下第二個議員……圍觀的民眾都被這巨大的槍聲驚嚇得魂飛魄散，同時，也被這接連當場倒下、噴血死亡的「和平團議員」慘狀給震驚住了。

陳澄波跪在最後，當士兵槍斃掉前面兩名議員時，緊接著就要槍斃排在他前面的議員潘木枝醫生。只見潘副議長突然大喊：「民主萬歲！」隨後士兵毫不留情地開槍，「碰！」一聲響起，潘醫師中槍後，整個人倒在陳澄波的腳邊，當場斷氣。陳澄波的嘴角不禁喃喃著：「木枝先、木枝先……」

緊接著，士兵橫跨一步，站到陳澄波的身後，然後舉起槍……突然間，碧女衝過來用國語大聲喊：「我爸爸是好人，你們要打聽清楚，不可以亂殺無辜！」

陳澄波轉頭一看，看到碧女與重光兩個孩子悍然地站在士兵面前。

「碧女、重仔！」陳澄波大呼。

「媽的！滾開！」士兵一腳把碧女踢開。

碧女摔倒在地，重光連忙跑過去扶著二姐。就在這時，士兵把槍對準陳澄波，陳澄波也大聲吶喊：「公義萬歲！」隨後，陳澄波身後的槍，就響起「碰！」的一聲……

碧女與重光兩人大聲尖叫，嚎啕大哭：「阿爸……」

◆◆◆

「槍決的時候，兵仔沒有宣判任何罪行，『碰！碰！碰！』的一個接著一個……」碧女阿姨含著淚水說：「我還記得當時兵仔第一槍沒打到我爸爸的要害，開第二槍時我爸爸才死掉，當時我發瘋的大哭大喊，但，已經喊不回他的命了。我就這樣眼睜睜看著爸爸死在我的眼前……」

方燕淚水撲簌簌地直流。

「潘醫師的二兒子當時也因爲靠近軍卡車而被槍殺，父子同日作忌，人間悲慘莫過於此。我與我二姐能活下來，可能是運氣較好吧。」陳重光黯然地說。

方燕與阿政露出驚訝的表情。

空氣好像凝結住了，逼得人幾乎喘不過氣來。

碧女阿姨擦拭著淚水，卻始終止不住淚水直流。她說：「我從小是個活潑開朗的女孩，學過芭蕾，也跟隨父親學油畫，我從不知道人世間有什麼罪惡或苦難，直到父親死在我面前，而我卻無力救他⋯⋯那一刻，我才知道，人世間竟是如此的邪惡！嘉義噴水池是我父親生前常去作畫的地點，當父親被五花大綁經過此地時，不知父親心中作何感想？他曾透過畫作歌頌這個進步文明的象徵之地，在生命的最終旅程，卻被以極不文明的手段逼迫路過此地，這何嘗不是對人類文明的嘲弄？而我從此不願再經過噴水池，就算路過，我也都是閉著眼睛，因爲我只要睜開眼睛，就會看到父親睜大雙眼，彷彿要跟我說話的神情⋯⋯」

當陳碧女停下話之後，四周陷入一陣沉靜，時間彷彿停頓了。片刻後，碧女阿姨稍平復心情，才又慢慢地說：「三月二十五日那天，正好是中華民國的美術節，一個畫家死於國家的美術節當天，這是光榮？或是悲哀？父親死後，我與那位軍官男友結婚，我害怕我們兩人都會失去工作，所以特地在這幅〈望山〉的畫作裡補上一面國旗，再把它掛在新居客廳裡，希望能讓那些常來巡邏的特務不要再傷害我們。」

此時，方燕滿臉頰都是淚水，而阿政也偷偷地擦著眼淚，他腦中想像著當陳澄波跟女兒碧女四目相望時，該用怎樣的筆觸才能畫出那樣辛酸的處境呢？或許面對這情景，所有畫家都無力提起畫筆吧！阿政內心嘆了一口氣。

當夜，方燕與阿政漫無目標地走著，不知不覺走到了嘉義公園。此刻，霓虹街燈已經熄滅，嘉義籠罩在黑夜裡，只剩下偶爾經過的摩托車燈像流星般地畫過。兩人坐在鐵椅上，看著夜景，感覺公園竟顯得孤寂與傷感。

阿政感嘆著說：「啊！讓我想起哥雅的一幅畫！」

方燕從背包裡拿出禦寒的披巾，披蓋在因夜晚氣溫降低而略感微冷的身上，問說：「什麼畫？」

「〈一八〇八年五月三日〉。」阿政點起一根菸後說：「一八〇八年，拿破崙軍隊來到西班牙，當地人民以爲這些軍隊是來對抗貴族、保護他們的，不料軍隊卻對人民展開屠殺，日以繼夜，殺戮不停，鮮血鋪滿了大地。哥雅忍住悲痛，畫下歷史上第一幅政治控訴的畫作。可惜，台灣缺少一張這樣的畫。」

「說來諷刺，」方燕把披巾拉得更緊些，「動員戡亂時期的叛亂罪死刑名單裡沒有陳澄波，是因爲陳澄波根本沒有經過審判就被槍殺了。」

■〈一八〇八年五月三日〉，哥雅，1814。

「我以前從來不曉得台灣曾發生過這樣的事，眞是悲哀。」阿政感嘆道。

「因爲我們都被蒙蔽了。」方燕嘆了一口氣後說：「還記得日前我們在醉月湖畔，關於台灣獨裁體制的談話嗎？」

阿政點點頭。方燕繼續說：「其實，這些天我想了不少這方面的事，也思考過我們該努力些什麼？」

「你意思是說？」

「雖然我早已清楚知道台灣不是個民主國家，但我認爲要推動民主體制，不是簡單一句話，說要把獨裁者推翻，就能夠化解掉所有的問題，除了要宣傳民主理念，還要推動文明教育與啓蒙運動的工作。」

「你是說？」

「就像當年蔣渭水他們推動的文明改革一

樣，因爲人民的文明素質若不好，民主制度交到他們手中會像是不守交通規則的駕駛一樣，開著車橫衝亂撞，這也是買票有效的原因。人民的素質才是民主體制成敗的關鍵因素，所以我認爲推動現代文明的教育才能眞正推翻獨裁體制，同時，也才能打破黨國心結的藩籬，這是我在紐約得到的啓發。」

「啓發？怎樣的啓發呢？」

「記得有次我站在第五大道時，望著各種膚色的人群來來往往，我一直思考著一個問題，那就是人與人之間要如何才能成爲一家人？是用膚色、種族、國籍或語言來判斷彼此的關係嗎？我思考很久後，發覺其實都不是，而是要用文明來聯繫彼此的關係。」

「文明？」阿政睜大雙眼，望著方燕。

「對！文明程度接近的人，很快就能變成一家人，文明程度落差很大的人，即便是同文同種同母語，也是隔閡很深。所以我認爲，與其討論台灣政治對立的是非對錯，倒不如努力追求一個有共同信仰的文明體制，而這個文明體制，就像是西方國家那樣追求自由、人權、民主、法治。當人民的文明素質提高時，獨裁者終究會有下台的一天。所以透過文化來啓蒙台灣人民的文明素質，是我們現今應該努力的方向，這也正是我與你這陣子在尋求陳澄波的密碼時，支撐我繼續陪你走下去的動力。」

方燕一口氣說完，此時她的眼神綻放出一種睿智的神采。

「方燕，你說得太好了，」阿政哽咽起來，「所以我們要把陳澄波的畫作推廣出去，讓更多的民眾體會到他們那一代人的藝術思想，因此破解他的密碼就變得很重要，若讓大眾看得懂他畫中所要傳達的意念，相信澄波先在九泉之下也會含淚而笑。」

「對，破解密碼！」方燕用期待的眼神看著阿政：「那……經過這一兩天的努力，你有眉目了嗎？」

「我總覺得已靠它很近，卻仍有一道障礙橫亙眼前，昨天我不是抄錄一段陳澄波的文章嗎？」

「對呀，你當時到底在抄些什麼？」

阿政連忙從背包裡翻開筆記本。

「這是他在一九三五年寫的文章，文章中談論他的創作觀，你看，他寫說：『將實物理智性地，說明性地描繪出來沒有什麼趣味，即使畫得很好也缺乏震撼人心的偉大力量，任純真的感受運筆而行，盡力作畫的結果更好……』從這段話可以證實陳澄波畫中的錯誤技法的確是他故意的。」

「目的是什麼？」

「唉！還是不清楚。」阿政嘆口氣說：「我覺得拼圖只剩最後一塊，只是現今不知道在哪裡。」

「我們何不直接去問重光叔，也許他可以幫我們尋找到答案。」

「也是，或許是最後的解答機會了吧？」

隔日一早，阿政與方燕急著出門，準備繼續拜訪重光叔，沒想到一出電梯門，即看到一位戴墨鏡的男人在櫃檯前問說：「他們出門了嗎？就是那一男一女，女的是報社記者……」

阿政愣住，不解在嘉義為何有人認識他們。他走向墨鏡男，詢問何事。墨鏡男瞪了阿政一眼，即轉身離去。阿政追著問：「等一下，你不是要找我們嗎？」對方不吭聲，腳步不停地朝大門口走。阿政喊：「你不要走！你是誰？你為什麼要調查我們？」墨鏡男回過身對阿政揮了一拳，阿政踉蹌倒地，墨鏡人趁機跑走，消失在巷弄底。

方燕目睹這一幕，驚惶不已，她急忙扶起阿政，詢問是否受傷。阿政被打到眼冒金星，仍搖頭表示不要緊，直覺地問：「那男人會是你報社的人嗎？」方燕搖了搖頭：「可能不是，報社也是被監管的，這不知是哪裡冒出來的『有關單位的人』。」

「有關單位！有關單位！什麼罪惡的事，都是有關單位做的，媽的！」阿政衝口怒罵之後，想起方燕的身分，握了握她的手問：「你怕嗎？」

「聽過陳澄波的事後，不怕了，大不了一條命。」

「這件事別說給重光叔聽，免得他擔心。」

他們來到陳家，阿政眼眶一圈烏黑，立即引起陳重光的注意：「怎麼受傷了？」阿政故作鎮靜，連說沒事，一旁的方燕卻掩不住驚魂未定。陳重光看著他倆怪異的表情，很快就明白了：「遇到戴黑眼鏡的人是嗎？」阿政低下頭來，不知該如何作答。重光叔嘆口氣：「對不起，忘了跟你們交代，我家是被有關單位列管的監視戶，三不五時有戴黑眼鏡的人來附近巡視，若發現陌生人，他們會調查是誰跟我們來往……」

「沒事的，重光叔，」方燕擠出笑容，試圖鬆解沉重的氣氛：「眞的，不用擔心，其實我跟阿政還滿嚮往陳澄波與陳植棋的革命精神，也許，今天是我們當革命家的第一天呢。」

「是啦，不用放在心上，想到可以繼續欣賞令尊大人的畫作，心情就好起來了，請重光叔帶我們進去吧。」阿政誠摯地說。

「嗯，既然你們這麼勇敢，我們就繼續吧。」

於是陳重光用鑰匙把門打開，再度帶領兩人走進這間擺放陳澄波畫作的儲畫室。

阿政之所以想要再看看畫作，是因爲他認爲解開陳澄波密碼的最後機會，可能就在這間儲畫室裡。阿政知道，今天若沒把握機會尋得這團毛線球的線頭，那麼，大概就永遠無法解開隱藏在陳澄波畫作裡的「主觀意念」到底爲何了，所以此時他是既緊張又焦慮。

就在阿政忙著觀看畫作時，方燕爲打破這沉靜的氣氛，遂找話題與重光叔攀談。

「這裡的畫作還眞多，」方燕環顧四周說：「您父親的畫作收藏得眞好啊。」

「是啊，父親死後，有人趕緊燒毀他的畫作，怕惹來麻煩，而我母親卻不要命地保存他的畫作，留下的數量還眞不少。」

「嗯，陳老夫人的勇氣令人敬佩。」方燕感受到那股女人的毅力，是何等的堅強。

「這些畫作都是當年我母親分批掩藏的。有些藏在床底，有些藏在衣櫃，有些甚至藏在放農具的倉庫裡，以致它們終日不見光影。每年夏天，我母親與我內人，就會把這些畫作分批拿出來曬太陽，好像西洋人做日光浴那樣。」陳重光露出自我解嘲的笑容。但這笑容隨後又消失了，只見他哀嘆地說：「有人曬烏魚子時，要派人看雇，怕被偷；而我們家在曬父親的畫作時，也要派家人看顧，怕被有關單位沒收。」

正當重光叔說話時，方燕在一個角落裡，觸摸到一卷老舊的麻布，她心想，這應該是當年未使用的畫布吧，她不經意地拉開捆綁麻布的線頭，整卷麻布便攤開來，竟發現裡頭夾著一張畫紙，一張略呈斑駁的黑白色調木刻版畫。

重光叔看了一下，便憶起這幅版畫的來源。他說：「二二八事件當時，台北有位黃姓記者親眼目睹軍隊鎮壓百姓、開槍殺人的過程，他非常憤恨，也很痛心，於是偷偷刻印了這幅版畫，寄到上海的報紙刊載。大約過了半年多後，有天黃姓記者偷偷地來到我家，將這幅版畫交給我母親。黃先生對我們說，他曾在台北與我父親辯論政府的政策，雖然政黨立場不同，但彼此惺惺相惜。因此要將此版畫送給我們家人作紀念，並要我母親保重。黃先生走後，母親要我們把這幅版畫燒掉，以免禍遺子孫，但二姐不甘願，便偷藏起來。我們後來幾乎遺忘此事了。」

方燕聽後，對重光叔說，他們曾聽李石樵老師說過一些關於這位黃榮燦記者的事。

阿政也趨近細瞧，他對此幅版畫的構圖、線條、戲劇張力，感到佩服與欣賞。他說，這張版畫如同歷史黑白照片，雖然色彩簡單，但情節雋永，令人沉思不已。台灣畫家在戰後集體畏縮，不敢為歷史留下畫面，幸好還有這張版畫為歷史留下無言的紀錄，壯哉偉哉……阿政頻頻點頭。

此時，重光叔再度仔細觀看版畫，多年前的往事彷彿又重現眼前。他感慨地說，父親他們那一輩的印象派畫家，並不把版畫視為藝術品，但最後畫下他們命運的，卻是版畫。重光叔嘆了一口氣後，接著說：「那位黃先生後來聽說也被槍斃了，唉，英雄雖然惺惺相惜，但最後都是難逃荒謬時代的作弄啊。」

阿政與方燕聽聞黃榮燦的下場，唏噓不已。不禁感嘆，一個熱血青年從大陸跑來台灣追尋他心中的公義國度，意圖揭發統治者惡魔般的罪狀，最後反被統治者以惡魔般的手段吞噬。

「事實上如果黃記者沒來台灣，」阿政說：「依他這種追求公義的個性，留在中國，面對一連串的政治鬥爭，下場恐怕也是堪憫。陳澄波與黃榮燦無論支持的政黨相不相同，到最後所有的理想都只是一場夢啊！」

重光叔見阿政如此說，也不禁嘆道：「二二八之後，三郎叔幾度被捉去審問，許多畫家從此不碰社會寫實題材，改畫抽象畫，王添灯、蘇新、呂赫若、楊逵……所有文化界的人，不是死，就是逃，不是逃，就是被關，不是被關，就是心靈被禁閉。獻堂公一生不穿日本和服，最後卻逃亡到日本避難，還有，王白淵阿叔三度入獄，聽說在獄中被整得很慘，最後一次出獄不久後，便走了。當

方燕連環炮似地說了一長串話，頗讓陳重光招架不住，一時之間，不知如何回答。

「這個，這個，」陳重光一臉抱歉的表情，「你說的背後主觀意念，我，我也不太明瞭……」

方燕不禁懊惱起來，心裡嘀咕著：「看來是解不開陳澄波密碼了，這些日子以來的拜訪、研究、分析、探討，恐怕都要前功盡棄……」

正當雙方陷入尷尬時，一直在旁細心觀畫的阿政，剛好翻到〈我的家庭〉這幅畫，不禁驚呼起來。

「啊，我看到〈我的家庭〉了，這張令我既著迷又困惑的一幅畫呀！上次進來時我沒看到，而今終於親眼目睹。」說完，阿政又仔細端詳起來。

「這幅畫陪我們度過上海戰爭的危機，也陪我們走過白色恐怖的歲月，是我們全家人感情最深的一幅畫。」陳重光說。

方燕也趨近觀看。

「不對！」忽然，阿政大聲的說：「我明明記得這幅畫裡的書，是沒有寫上書名的，爲什麼畫作眞跡裡，卻有日文書名？」

「你是說，一九七九年遺作展畫冊的圖與原作不一樣？」方燕問。

「沒錯！」阿政說。

「唉！」陳重光嘆一口氣後說：「遺作展畫冊裡的〈我的家庭〉，把書名塗掉了。」

■〈我的家庭〉左下角的書本封面，寫有日文書名「プロレタリア絵画論」。（參見書末彩頁）

「爲什麼要塗掉？」

陳重光剎那間不知如何作答。

「又是禁忌？」方燕望著陳重光。

陳重光幽幽地說：「事實上，這幅畫沒有拿去參與一九七九年的遺作展，原因就是畫中的這本書。」

「爲了這本書？」方燕納悶。

「是的，」陳重光說：「這本書叫作《プロレタリア絵画論》，中文可譯作《普羅藝術論》，作者是日本一位畫家兼學者，名叫永田一脩。」

「永田一脩！」方燕連忙說：「林玉山與劉新祿都有提到陳澄波與陳植棋受到永田一脩的影響。」

「沒錯，永田一脩是個信仰社會主義的畫家。父親在日本求學時，永田一脩就活躍在藝文界的年輕人之間，父親對永田桑的藝術觀點很欣賞，所以時時把這本《普羅藝術論》帶在身邊。我還記得他在上海畫〈我的家庭〉時，很愼重的把這本書擺好。」

「《普羅藝術論》？」阿政嘴裡喃喃自語。

「父親死後，」重光叔繼續說：「母親雖然拚命藏父親的畫，唯獨不敢收藏這本書，她雖然不清楚什麼是普羅主義，卻知道這本書的敏感性，怕會因此傷害到家人，於是趁著拜拜燒金紙時，把書燒掉了。」

「燒掉了！」阿政感到不捨。

「由於這本書很敏感，所以一九七九年的遺作展時，我們不敢拿這幅畫去台北參展，但因爲這幅畫對我父親及家人的意義都很重大，我們不希望在他死後首次的畫展中缺席，所以才用畫冊印刷的方式讓這幅畫出現，然後……」

「然後在印刷畫冊時塗掉畫中的書名？」方燕問。

陳重光點點頭說：「這是沒辦法中的辦法了！」

「天啊！」方燕叫道。

「《普羅藝術論》？」阿政陷入思考。

不知過了多久後，他突然大聲驚呼：「啊！我破解了！我破解了！所有陳澄波的密碼，我都破解了！」

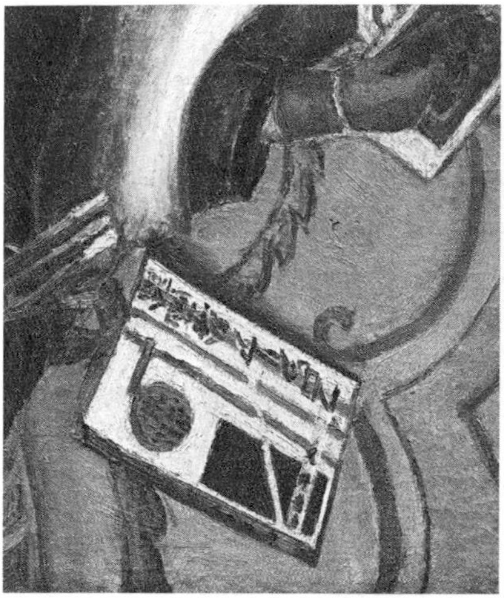

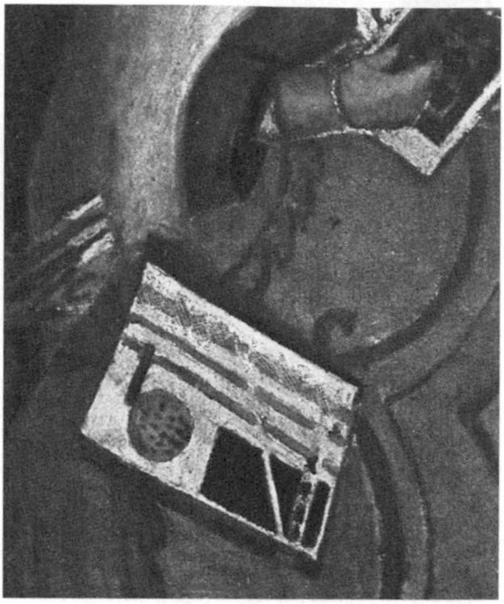

■ 左：〈我的家庭〉畫中《プロレタリア絵画論》一書局部放大。
■ 右：陳澄波遺作展畫冊裡的書名被塗掉了。（翻攝自《學院中的素人畫家：陳澄波》，雄獅美術）

阿政激動地吶喊著，方燕卻用困惑的眼神看著他。而重光叔則完全不明白他們兩人到底在說些什麼？

此刻，阿政拉著方燕的手，快步地往嘉義市中心走。穿著半高跟鞋的方燕，一路跌跌撞撞，氣喘吁吁。

「你都破解了？My God！」方燕半信半疑地問：「我已記不清陳澄波的畫作中到底有多少個密碼，你卻說你都破解了？」

「是的，我都破解了！」阿政興奮地說。

當兩人上氣不接下氣地走到嘉義地標——圓環噴水池時，方燕不禁納悶起來。

「可是，你帶我來這裡幹嘛？」她問。

「我要告訴你，陳澄波的密碼！」阿政用著篤定的眼神望向路口。

■ 蘊藉陳澄波獨特創作意識的〈嘉義街中心〉，1934 年。（參見書末彩頁）

「跟這個地方有關係嗎？」

「當然有關，我要你用畫作來對比現場。」

阿政手指著馬路說：「你看，這裡是中山路與文化路的交叉口，也就是陳澄波當年畫〈嘉義街中心〉的地點。」阿政邊說邊把陳澄波遺作展的畫冊打開，翻到〈嘉義街中心〉這幅畫。

「我看到了，」方燕說：「圖中上方的圓環噴水池跟現在的噴水池還是一樣。」

「沒錯。」阿政說：「這幅畫的周遭景觀與現在雖然已經不同，但街景的縱深與地面應不會改變，可是當你用畫作比對現場時，你會發現，畫作的縱深不足，於是產生透視不清楚的問題，其次，畫作全幅採高俯瞰視角，卻與左上方房屋的平行視角不符，產生畫面的不安定……」

「我知道，」方燕搶道：「這就是你說的，陳澄波有『雙重視角』的問題。」

「沒錯，同時，水平高度擺在正中間，違反了構圖的黃金比例，目的在突顯地面的面積，讓畫面裡的空地既寬又大……」

「這我也知道，這就是陳澄波的『廣場意識』。」

「然後有一群形形色色卻又渺小的路人穿梭在這空地裡……」

「這又是你所說的傳統山水畫的『寄寓生命於山川』的手法。」

「是的，重點來了，」阿政難掩得意，又故作懸疑地說，「陳澄波這樣的布局，究竟是爲了什麼目的呢？」

「什麼目的？」方燕好奇地問。

「走，我請你喝飲料，再慢慢說給你聽。」

「你？」方燕氣急敗壞，「你已說到重點了，卻又賣關子，眞是的！」說完，瞪了阿政一眼。

兩人來到噴水池旁的一家冰果店，店內客人熙來攘往，氣氛吵雜，卻不影響談話。

「說啊，」方燕用湯匙搖晃著熱杏仁茶，問著阿政，「陳澄波這樣的布局，到底是爲了什麼？」

「好的，你聽我說。」阿政喝了一口紅茶後，開始敘述他的破解：「當陳澄波看著廣場上人來人往的民眾時，他一心一意想把景觀與人民結合在一起，記錄人民的生命，敘述自然的美麗，傳達給千千萬萬普羅民眾欣賞，因爲他最關心的，其實是人民，可以說，他是爲大眾而作畫……」

「你是指普羅藝術？」

「沒錯，『普羅』是英文 Proletariat 翻譯過來的，意思是指勞動階級，而普羅藝術則是社會主義信仰者所要推動的藝術觀，他們主張藝術應該要反應人民生活，要呈現普羅大眾的眞實面貌，一九二〇年代這個主義從歐洲傳到日本時，留日的王白淵、楊逵、陳澄波、陳植棋等人，都受到這波思潮的衝擊。所以陳澄波以永田一脩的《普羅藝術論》作爲創作理念，透過畫布，傳達他的『廣場意識』，而這個『廣場意識』的密碼，就是代表『普羅精神』。」

「你是說，『廣場意識』的密碼，就是『普羅精神』？」

「是的，」阿政果決地點頭，「他的畫作留這麼多空地，就是爲了呈現土地上的群眾，呈現他的普羅精神！換言之，土地代表人民，人民象徵普羅精神。這是第一個密碼的解答。」

「所以說陳澄波的廣場，就是爲了呈現土地跟人民，原因就出自他所追求的普羅精神……」方燕思索片刻後，再問：「那麼，關於第二個密碼是，他的風景畫背後的主觀意念是什麼？」

「好的。」阿政繼續興奮地比手畫腳：「當陳澄波站在路口，也就是廣場上作畫時，他的 Focus 事實上是在『人』的身上。並且因爲他從小受到漢文化的薰陶，使得他畫中的人物是以傳統山水畫的『寄寓山川爲我言』爲概念來布局，於是人物都是小小的點綴，但這點綴的身影卻是有生命力的，圖畫中每一個渺小的人物都有著豐富的動態及身分，所以他曾在文章中寫著：『以兩三個人物作爲點綴，使得畫面更爲活潑悅目，成爲這幅畫最受注目的中心，這是我所努力的結晶。』」

「所以整幅畫的焦點是在人身上?」

「對,這是藝術家對芸芸眾生的關懷。」阿政的口氣越發熱情而激動,「梵谷從賣畫的商人到成爲救助窮人的牧師,再成爲拯救妓女靈魂的畫家。之後,又在巴黎集結畫家、以社會主義的理念來改造畫壇,他的種種行爲都是在追尋『人道主義』……」

「而陳澄波燃燒著與梵谷相同的理想?」方燕自問著。

「還記得嗎?」阿政繼續說:「陳澄波跟陳植棋都喜歡畫淡水的紅瓦厝。陳澄波曾經說過,『站在滬尾的山坡上往下看,看到一間一間的紅瓦厝,就感受到厝內住著許多人,每一戶人家都爲生存而奮鬥,老街上有許多人走動,每個人的生命力都那麼強,我要把紅瓦厝所代表的意義呈現出來……』對他們兩人而言,紅瓦厝所代表的意義就是人世間的普羅大眾,這種以人爲觀照的想法,也正是『人道主義』的精神。」

「你是說,陳澄波的畫從普羅藝術進階到人道主義?」方燕轉動著她的眼珠子,思考著阿政話中的涵意。

「是的。所以觀看陳澄波的畫,與其說他是在畫風景,倒不如說他是在畫『出現在風景裡有強韌生命力的身影微小的民眾』,可見他的風景畫重點不只在景觀上,更是在其背後的主觀意念上,而這個主觀意念,就是『人道主義』!」

「所以說,『人』才是他觀照的對象,這也是他的風景畫,必定有人的原因,而普羅精神就是

■〈淡水夕照〉畫作風景裡有身影微小的民衆，1935 年。
小圖爲街景的局部放大。

他創作的動力，至於人道主義則是他創作的終極關懷……是吧？」

「完全正確，所以第二個密碼——他畫中的主觀意念，背後動機就是人道主義，這個密碼也破解了。」阿政再度果決地點頭。

「嗯！」方燕輕輕頷首，然後啜了一口杏仁茶。接著又疑惑地問：「可是……你說他的技巧有明顯錯誤，這第三個密碼又怎麼解答呢？」

「沒錯，你問得很好。」阿政調整好坐姿，繼續解釋：「當他把熱情投入『風景裡有強韌生命力的民眾』時，專業技巧便顯得無足輕重了，那些『透視不清楚、畫面不安定、黃金比例不正確、雙重視角的錯誤』等等的缺失，都不是他Care的事了。」

「所以你抄錄他的筆記裡寫說：『將實物理智性地描繪出來沒有什麼趣味，即使畫得很好也缺乏震撼人心的偉大力量，任純眞的感受運筆而行，作畫的結果更好。』就是爲了突顯剛才說的人道主義？」方燕問。

「的確。」阿政肯定地答道。

「照你這麼說，〈我的家庭〉的視角畫錯了，也是爲了俯瞰桌面？」

「沒錯。這張寬大的桌子正如同一片寬廣的空地，他在這空地上擺放了很多他所關心的物品。仔細一想，這幅畫叫作〈我的家庭〉，而不稱爲〈我的家人〉，可見『人』未必是畫中的 Leading Roles（主角），桌面上的擺飾品或許才是這幅畫的重點。換句話說，『家庭』的內涵不只是人，還含帶桌上的物品。而這些物品則是畫家所要展示的思想與情感。」

「啊！我記得，」方燕突然興奮的說：「你說過梵谷與高更的思想與情感很感動人，所以畫家的思想與情感有時比技巧還重要。」

「確實。」阿政點點頭，「首先，我們可以先觀察畫裡五個家庭成員的服裝。左一的陳澄波穿西服，左二的二女兒穿日式披風，中間的妻子穿台灣女衫，左四的兒子穿中式的馬褂，右邊的大女兒穿台灣原住民的服裝。陳澄波透過家人的服裝，傳達他多元文化、族群共榮的理念。」

「也就是族群跟族群之間的和平？」方燕自問著。

「沒錯。其次，再仔細看這幅畫，陳澄波手上拿著畫板跟畫筆，代表他的工作與理想；左二的二女兒手上拿著國際明信片，代表父親期望孩子有國際觀；中間的妻子拿著編織品，代表妻子對家

■〈我的家庭〉桌面上擺放許多物品。（參見書末彩頁）

庭的辛勞與付出；左四的兒子手上的搖鼓代表對家鄉的感情；右邊大女兒手上的書，代表對知識的追求。而桌面上的硯台代表對傳統文化的重視；信封代表與朋友、家人之間的情感聯繫；而左邊這本書更是全部物品的靈魂所在。」

「怎麼說？」

此時的阿政，眼神裡綻放著一種光芒，似乎看到陳澄波就站在他面前。

「試問，」他說：「一個有自我思想的畫家，在一幅布局如此縝密的圖畫中，他會擺放一本什麼樣的書呢？如同你將被流放到孤島，卻只能攜帶一本書時，那麼，你會帶什麼樣的書？」

「當然是生命中最重要的一本書啊。」

「沒錯，一定是生命中最重要的一本書，而陳澄波這本最重要的書，就是社會主義的《普羅藝術論》。這也是陳澄波一生追求社會公義的根源。尤其是當左翼畫家江豐嘲笑陳澄波的印象派畫風是普羅藝術的罪人時，他更想要證明自己的畫正是普羅藝術的作品，而不是布爾喬亞的蛋糕。所以他務必要在桌上擺放永田一脩所寫的《普羅藝術論》，用這本書來證明他的創作立場。所以說，〈我的家庭〉這幅畫，既是畫人，更是畫作者的思想。」

「這麼說，」方燕轉動著她那雙聰慧的眼珠子說：「他不惜破壞技巧，使用『雙重視角』來發揚廣場意識的『普羅精神』，目地就是爲了追求『人道主義』，達到觀照芸芸眾生的理念，而這就是他創作背後的『主觀意念』？」

「完全正確。第三個密碼——也就是雙重視角的錯誤，是他特意造成的，目的就是爲了實踐普羅精神與人道主義。」阿政點頭同意。

「這麼說，所有陳澄波的密碼都解開了？」方燕驚喜地問著阿政。

「都解開了。」阿政的臉上綻放出輕鬆的表情來。

兩人開心地伸出手，互相擊掌慶賀。

須臾，方燕開心的表情瞬間又消失了。她思忖片刻後，問說：「那麼，陳澄波這樣的思想，對他後來的遭遇有影響嗎？」

「當然有，而且是絕對的影響。」阿政低著頭，用手撫摸著茶杯，慢慢地說：「陳澄波的社會主義思想，正是當時有良知的青年所該有的認同，所以他把對畫中廣場上民眾的關心，投射到對公共事務的關心，這也是陳澄波後來之所以會投入政治領域，加入政黨，參選議員的背後因素。」

「你這麼認爲？」

「嗯，我是這麼認爲，畢卡索畫〈格爾尼卡〉表達他對獨裁者佛朗哥將軍的憤怒，最後他加入法國共產黨，宣示他對普羅大眾的支持，所以畫家不是公共事務的局外人，越有良知的藝術家，越會投入公共事務。」

「明白，正如同卓別林也是信仰社會主義，最後遭麥卡錫主義者的白色恐怖迫害。」

「沒錯。」阿政點點頭。

「那……」方燕又納悶地問：「普羅藝術若是代表社會主義，而社會主義又是左翼畫家所信仰的思想，那麼陳澄波的普羅藝術與江豐的左翼藝術又有何差別？」

「這其實是個很複雜的問題，」阿政蹙著眉頭思考著，「或許可以這樣分析——江豐的左翼美術是爲階級革命而創作，陳澄波的普羅美術是爲關懷人民而創作，這是他們在理念實踐上的分野，也是後來選擇不同政黨的最大因素，因爲共產政權不容許印象派這種帶有布爾喬亞意味的畫風。所以他才會說：『我不是政治人物，我無法辯論什麼才是眞正的普羅精神、普羅價值，但我知道，當美術品變成政黨的宣傳工具時，這對藝術家來說，是很不尊重的一件事。』」

「所以，他雖然關心社會公義，卻沒投入紅色政黨……」

「沒錯，他曾說過：『所以我不選擇抱持唯物論藝術觀的紅色政黨，而是選擇了我與阿棋共同支持的中山桑的政黨。』也由於他對公共事務的投入，對人民大眾的關懷，以及對祖國和三民主義寄予厚望，直接導致他在二二八事件時成爲犧牲者，最後被槍決於嘉義車站前，可以說，陳澄波是『生於廣場，死於廣場』。」

「不過，」方燕語氣低沉地說，「我納悶的是，陳澄波在上海時就已經見識到國民政府的血腥鎮壓手段，爲何他還敢到水上機場與軍隊洽談和解？」

「或許……」阿政也低沉著說：「是他與陳植棋的革命因子已深藏心中，他在追尋理想時，充滿著一種浪漫的勇氣，與一種近乎於赤子的……傻氣吧，所以他是去執行他應盡的責任。」

阿政搖晃著茶杯，看著杯裡暗紅色的液體，宛如那一代人的青春血液在奔騰激盪著，內心不禁百感交集。他自忖著他剛才的推敲，不知是否爲陳澄波心中眞正的答案？而今，恐怕也無人可以回答了。

「在想什麼？」方燕問。

「我是在想，晚上要不要找家好餐館，慶功一下？」

「才不呢，找一家路邊攤的雞肉飯，這樣才有普羅精神。」

方燕說完，兩人不禁噗哧一笑。

當晚，方燕與阿政吃完雞肉飯，帶著滿滿收穫的喜悅心情回到旅館，櫃檯人員對方燕說，有位先生要請你回電話。方燕一看電話號碼，即知是爸爸打來的。方燕閃過一絲不安的念頭，因爲爸爸平時不曾打電話給她。方燕連忙進房間回電，果然，得到青天霹靂的消息，爸爸說，接到報社通知，要開除方燕。

深夜，兩人從旅館的安全門爬到頂樓，這是他們在紐約念書時學會的叛逆行徑：喜歡在夜晚時避開管理員，偷爬到大樓的頂樓看大都會的夜景，喝紅酒、抽菸、大聲唱歌。雖然嘉義市區的夜景不足以媲美「大蘋果」（Big Apple）的夜景，但此刻也頗有想要叛逆的氣氛，被報社莫名的開除，意圖尋求一種反抗的快感。

此刻，從旅館的頂樓，可以看到遠方的噴水池，以及文化夜市。夜市燈火通明，照亮一整排街道，爲這幽黯的夜色增添一份美麗。阿政抽著菸，煙霧隨著夜風飄盪在頭頂上。方燕從阿政手中把菸拿過來，吸了一口，隨後吐出的煙霧飄到眼睛裡，使她因刺痛而不禁半瞇著眼睛說話：「是老羅告訴我爸爸的，說他頂不住，上司已交辦了。」

「那，你爸媽會擔心嗎？」

「擔心什麼？」

「擔心你沒工作，擔心你四處飄泊啊。」

「我媽早就說過了，我是燕子，不會乖乖地待在家裡，一定會往外飛！」

當方燕輕鬆地說著時，阿政卻哽咽起來。

「都是我害了你。」

「害了我？不對吧，」方燕拍拍阿政的肩膀，「當初是我要你接下這案子的，怎說是你害了我？更何況，現在說誰害誰都沒意義，我只是感到悲哀。」

「悲哀？」阿政不解她爲何這麼說。

方燕再次用力吸一口菸，徐徐吐出。她說：「台灣之所以沒辦法產生像追查報導水門案那樣的記者，就是因爲缺少有膽量的報社力挺，所以很悲哀。當然也有可能是報社根本就認同有關單位的所作所爲，這叫沆瀣一氣，是吧？也可能是人民的民主理念還沒成熟到足以想要改變現狀的程度，所以我們還有一段漫長的路要走。」

「唉，這一關走不出來，台灣永遠無法成爲文明的國度。」阿政無奈地說。

「不過我們有筆啊，」方燕冷靜地說：「只要我們寫下來，就不怕大家遺忘這段歷史。」

「如何寫呢？」阿政憤怒地說：「對於這種國家體制的暴力，哪個媒體敢報導？」

「我相信正義終究會戰勝邪惡，」方燕露出笑容，拍拍阿政的肩膀。「就算此刻不見天日，但終有雲霧散去的一天。」

就算此刻不見天日，也終有雲霧散去的一天……阿政被方燕這句充滿智慧的話給觸動，他心情變得激動起來，於是他鼓起勇氣，對方燕說出他隱藏心裡許久的話。

「方燕，你別擔心，我會養你。」阿政表情突然變得嚴肅。

「你要養我？」方燕驚愣住。

「是的，修復好〈琳瑯山閣〉後，我會馬上繼續創作〈觀音山夕照〉，之後，我會學習梵谷與陳澄波的精神，每日每日不停的創作，畫到地老天荒……」

「然後我就變成張捷，每天做針黹，幫忙賺錢？」

「這？」阿政突然傻住，不知如何作答，一張樸實的臉，顯得更加憨厚。

「哈哈哈，」方燕開心地笑起，「逗你的啦，我不用你養，我可以養活自己。不過我明白你的心意，我會認眞考慮。」

方燕的笑聲，在這深夜裡聽來，格外的悅耳。阿政竟感覺此刻的方燕比當年在紐約初識她時更加迷人。他把方燕手中的菸熄掉，緊緊地擁抱著她。

隔天，方燕與阿政提著行李，找到重光叔新家的住址，他們是來告別的。當他們發現住家的門沒關時，沒按電鈴，逕自走進屋內。

「請問有人在嗎？」方燕站在客廳前問。

此時，他們看到客廳一角坐著一位老婦人。老婦人見到兩個陌生人，忽然緊張起來，連忙說道：「碧女，重仔，緊叫小弟小妹去躲起來，有壞人來了……」正好回娘家幫忙家務的陳碧女聞聲，連忙從裡面走出來，才知道兩位台北客人又來訪。

老婦人繼續說：「快，快去看看你阿爸有穿衣服否？趕快拿衣服給他穿，不要讓他著涼了……」陳碧女連忙安慰老婦人，說：「阿母，沒事，是記者來，不是壞人。」陳碧女也向兩人介紹，這就是她的母親張捷，並說，母親年紀已大，意識有時不是很清楚。

這是方燕與阿政第一次親眼見到陳澄波的妻子，一個讓他們感到陌生卻又形象鮮明的女人；一個總是默默為家人拚搏、犧牲的女人；一個勇敢把畫作收藏起來，等待歷史還丈夫清白的女人；一個不識字，卻比絕大多數識字男人有膽識的女人……阿政與方燕連忙向陳老夫人深深鞠躬。

隨後，陳重光也從樓上下來，請客人就坐。

阿政告訴重光叔，此趟嘉義行，他們有滿滿的收穫，不但認識陳澄波的畫作，也從畫作中得到許多的啓示。阿政說：「我與方燕小姐決定用文字記載陳澄波的故事，也要探討陳澄波畫作的內涵，讓陳澄波畫中的密碼能廣為世人知曉。現階段雖然有許多的禁忌，但我們相信『總有天亮的一刻』，正義總有伸張的一天。」

陳重光表達感謝之意，然後從書櫃的抽屜裡拿出一疊筆記，送到方燕面前，說：「方小姐，你曾說過想借我父親的筆記，你們可以拿回去研究。」

「這？真的嗎？」

「當然真的。」

「太……太感謝了！」方燕感到驚喜，慎重地收下。

接著，陳重光也告訴阿政，昨晚得知消息，阿祿叔在幾天前過世了。阿政與方燕露出驚訝的表情。阿政說，他們上次去拜訪劉新祿時，阿公談話時的容貌還歷歷在目，想不到他當時喃喃著：「阿兄，我快要去找你了……」竟一語成讖。陳碧女也說，阿祿叔二二八時雖然身體沒有受到傷害，但心靈受到很大的創傷，他從此不再提筆畫畫，形同終身被囚禁在心牢裡，以致嘉義地區沒人知道有這樣一位畫家。

說完後，大家又是一陣心酸。

阿政說：「我回台北後，將會進行〈琳瑯山閣〉的修復工作，雖然不知這幅畫現今的主人是誰，但它是陳澄波的作品，有著陳澄波的情感與思想，我會用心完成它。」

「〈琳瑯山閣〉？」陳碧女感到驚訝。

「是啊。」阿政答道。

陳碧女轉頭看看弟弟重光。只見陳重光沙啞的說：「事實上我第一次在電話中婉拒你們的拜訪，就是因爲不願重提有關〈琳瑯山閣〉這幅畫的事情，畢竟這幅畫觸及到我們心中的傷痛。」

「爲什麼？」方燕問。

陳重光沉默下來。此時，陳碧女慢慢地說起那段塵封已久的往事——

「是這樣子的，當年的三月二十五日，我父親與其他議員被槍殺後，屍體臥倒在車站原地，當時軍隊嚴禁家屬收屍，就這樣讓屍體曝露在外，任由蚊蠅飛繞，也不讓家屬靠近。我母親得知父親已被槍殺，忍住心中的悲痛，嚷著要去帶回我父親的遺體。我們深怕母親危險，不讓她出門。中午過後，她依然堅持要去把父親接回家，於是得知軍隊離去後，我們趕緊去張羅擔架。當時，我們向嘉義一家知名的醫院借擔架，這家醫院的院長，正是與父親極有交情的琳瑯山閣的主人。不料醫院得知擔架是要拿去車站抬我父親的遺體，說什麼也不敢借我們。最後沒辦法，我們只好拆掉蘭井街家裡的大門，用門板代替擔架，才在下午四、五點的時候，把父親的遺體抬回來。」

陳碧女停頓了一下後，接續說：「當父親的遺體抬到家門口時，街坊鄰居都勸說，按照台灣的習俗，橫死街頭的屍體不可抬進屋內，必須街頭辦喪，否則會有大凶，我母親氣憤地說：『我丈夫光光榮榮的出門，就該讓他光光榮榮的進家門。』就這樣，我們把父親的大體抬進家裡，放在他的〈玉山積雪〉的旁邊。」

方燕與阿政對看一眼，兩人不禁眼眶紅了。

陳重光接續說：「後來就聽說那幅〈琳瑯山閣〉被主人燒掉了，當時我們猜想是人家怕惹上麻煩吧。父親昔日的朋友，在父親死後大都不敢與我們來往，因爲，從那時開始，固定有穿中山裝的人在我們家門口巡邏。所以你們在電話中說要修復〈琳瑯山閣〉時，我們也覺得很驚訝。」

「這幅畫，陳澄波爲什麼只簽年分，沒簽名？」阿政納悶地問。

「可能是怕被牽連，所以畫作的主人把我父親的名字塗掉了。」陳重光答。

「這幅畫當時既然宣稱燒掉了，爲什麼會再出現？」方燕也問。

「這，我們不便揣測，也許是……」陳重光嘆一口氣後，說：「也許當年根本就沒燒掉。」

「沒燒掉？」阿政與方燕同感驚訝。

「燒掉可能只是放風聲給有關當局，爲的是保護自己的安全，而暗中把畫藏起來，則是想保留住兩家人的感情吧。」陳重光喃喃說著：「畢竟那是他們年輕時期品味藝術最快樂的一段歲月，只是沒想到被沒有藝術品味的粗暴政權，硬生生的傷害兩家人的感情……哎，無論如何，我母親總是說，大家都是時代的受害者，不能怨懟，這些事就讓它過去吧！」

屋內的人都靜默無語。

此刻，一旁的陳老夫人突然自言自語：「快把你阿爸那件白 Shatsu（襯衫）洗乾淨，血都要清洗掉，不要讓你阿爸因紅紅的血而做惡夢。」

方燕與阿政不解其意。

陳重光說：「母親每年都會吩咐我內人把父親死時被子彈穿越過的那件遺衣洗乾淨，收藏好，她說要爲歷史留下證據，總有一天要讓世人看看他們做了什麼好事。只是現今我們都不敢讓人家知道這件遺衣的存在……」

陳老夫人繼續喃喃自語：「冤枉，這麼熱心的人，死得這麼淒慘，他到底是犯什麼罪也說給我聽聽……」

陳碧女抱著母親哭泣起來。

告別嘉義，坐在北上的火車裡，方燕讀著陳澄波的筆記。而阿政始終保持著羅丹〈沉思者〉的姿勢，望著窗外。

忽然，一張泛黃的舊紙從筆記本裡掉出來，方燕彎身撿起，驚呼：「你看這個！」是一封信。方燕湊近阿政，兩人，一個字、一個字，慢慢讀了起來……

捷仔：

距離研究所卒業的時間還有兩年，雖然未來工作沒有著落，但我一定會負起身為丈夫的責任。雖然畫圖的工作不保證可以衣食無缺，但若能以油畫作為工作，我必定會歡欣無比。我在創作時，心情非常愉快，一方面是因為我個人的興趣，但另一方面，也是因為想要畫給大家看而感到高興。我還記得小時候有一次阿嬤告訴我，她下輩子最大的夢想就是要出去遊山玩水，因為綁小腳的她從沒出過遠門，從不知道外面的世界長什麼樣子。

我在想，即便阿嬤沒有綁小腳，但也因家裡的貧窮，一樣是沒能力出門旅遊，這件事一直放在我的心裡，於是我常想，如果我會畫畫，就可以畫出很多漂亮的風景給阿嬤看，讓她知道外面的世界是多麼的美麗。

所以我現在這麼勤奮的畫畫，也正是想要畫給阿嬤，畫給其他的老人家、大人、小孩……一起看，讓他們有機會觀賞人間的風景、欣賞美好的藝術！

所以上次暑假我回台灣時，特意畫了一幅〈嘉義街外〉，就是要畫給阿嬤看的，因為她一輩子竟然從沒走到過嘉義市街，從沒看過電線桿啊。

捷，這就是我的理想。

昭和三年十月六日　夫　澄波敬上

方燕讀完信後，輕輕拭掉眼角的淚水，說：「我突然想起陳澄波剪報裡寫過的一句話。」

「什麼話？」阿政問。

「他寫：『一個以藝術創作爲己任的人，若不能爲藝術而生、爲藝術而死，還能夠算是個藝術家嗎？』我在想，他雖然不是死於畫架下，也算是爲藝術而死了，因爲，他的藝術，就是普羅大眾。」

此時，自強號列車正快速地往北疾駛，陸續穿越過濁水溪、大肚溪、大甲溪、大安溪……一如當年，陳澄波從嘉義往台北城時，也是經過這幾條溪流的吧？阿政心裡想著。窗外景觀倏然從眼前閃過，這些山巒，這片稻田，百年來不曾改變過，當年陳澄波正是這樣搭乘蒸氣火車，全島四處寫生、演講、展覽。而當他背著畫架坐在車廂裡，鄰坐的老幼婦孺是否會好奇地問他：「啊你帶的這

■ 以嘉義市街為題的〈嘉義街外（二）〉，1927 年。

個是什麼東西？」陳澄波看著這一張張好奇的臉孔時，必定會想著他們就是他畫筆下，那一個個出現在大馬路、廟口、公園、農田等等廣場上的人群，陳澄波必會以感謝的口氣告訴他們：「這是畫圖的腳架仔，也是我把你們請進畫中，讓你們的動作、神態、感情變成庶民史的一部分的工具。雖然你們的身影在圖中是那麼的渺小，但意義卻無比重大！」

想著想著，阿政突然激動起來。方燕問他怎麼了？他哽咽地說：「你知道嗎，我突然想起我的父母不也正是陳澄波畫中的人物嗎？永遠是那麼的務實，那麼的勤勞，那麼的善良。而一個畫家眼中永遠存在著最平凡的人民，這不就是托爾斯泰在他的《藝術論》裡，所追求的眞善美的藝術眞諦嗎？」

方燕握住阿政的手，兩人緊緊依靠著。

而火車依然快速地奔馳，沒多久，便橫越大漢溪，夕陽也從台灣西部的岸邊緩緩沉沒。剎那間，黑夜快速地麾罩整座島嶼。

在暗黑的車廂內，他們共同相信，就算黑夜再長再久，但天空總有明亮的一刻……

——直到一九九〇年代，二二八事件之禁忌才被民主運動衝破，陳澄波的畫作也逐漸重見天日。

——一九九四年全國文藝季「陳澄波百年紀念展」在嘉義市盛大舉行，並首度公開張捷私藏多年的陳澄波遭槍決後之遺照。

——一九九五年，嘉義鄉人稱爲「澄波嫂」的張捷女士去世，出殯時，嘉義市民路祭綿延好幾條街。

——一九九七年，「台北二二八紀念館」成立，陳澄波被子彈射擊過的白色襯衫，陳列於館內。

〈自畫像（一）〉｜油彩畫布｜41×31.5cm｜1928

陳澄波 33 歲就讀東京美術學校研究科時，畫下這幅自畫像作為人生紀錄。因為欣賞梵谷而採用相似構圖與手法。游移的光線映照在黝黑皮膚上，造成強烈的明暗變化。陳澄波目光炯然，神情略顯焦慮，傳達湧動的情感與思慮。寬邊帽與蓬鬆鬈髮，則透露出藝術家不羈的性情。仿似向日葵、又像台灣罐頭鳳梨切片的背景，呈現出帶有鄉土氣息的樸拙趣味。

〈琳瑯山閣〉｜油彩畫布｜73×91cm ｜1935

「琳瑯山閣」是嘉義早期頗富盛名的私人庭園。從畫中松樹、楊柳等彷彿剛經過修剪的植栽，以及環繞涼亭而建的池塘、紅色小橋、噴水池等，可一窺庭園榮極一時的盛景。涼亭裡休憩的人，迎面走來的大人與小孩，以及正冒出的水滴、優游的紅鯉魚，皆增添許多生氣，並在在展現主人家生活的優渥與品味。右下角可見「1935」紅色字樣。

〈二重橋〉
｜油彩畫布
｜80.5×100cm ｜約1927

此作品應是陳澄波自東京美術學校圖畫師範科畢業後，考入該校西畫研究科就讀時所繪。畫中的二重橋將地平線拉高至超過畫面的一半，高俯瞰的視角，顯露出大面積的湖水。橋上天空明亮，橋下湖水卻受到岸邊濃密樹蔭影響，顯得較為晦暗陰沉，突顯畫家忠於寫生現場的創作意念。（年代判定依據1927年7月6日陳澄波致賴雨若書信）

〈西薈芳〉｜油彩畫布｜117×91cm｜1932

西薈芳位於日治時期嘉義酒樓雲集的西門町。南國豔陽炙熱，載滿果物與販賣冰品的攤車停駐在大樹陰影下。穿著和服、旗袍、洋裝等不同服裝的女人，與微微佝僂的挑擔者在市街上穿梭；日式冰旗懸掛在台式攤車上，展現庶民生活裡的文化混融。畫中下方地面採取俯瞰角度，右上方遮雨棚採取仰視角度，形成所謂雙重視角。

〈我的家庭〉｜油彩畫布｜91×116.5cm｜1931

此作品是陳澄波家族畫像中規模最大的一幅。描繪上海時期一家人團聚在圓桌旁的情景。支柱一般的妻子被安排在畫面中央，陳澄波與長女則在兩側護衛著兩個較小的孩子。構圖形成高低起伏的韻律感。家人穿著漢、和、原住民等不同款式的衣服，手上的畫筆，以及桌面的書籍、筆墨、信函等各有象徵意涵。隱約不安的神情，不一致的光影處理，以及人物與桌面雙重視角所產生的奇特構圖，俱寄寓畫家的終極關懷。

〈嘉義街中心〉｜油彩畫布｜91×117cm｜1934

此作品是陳澄波從上海返台時期所畫的嘉義中央噴水池一景。運用紅綠相襯的色彩及強烈對比的光線，垂直狀的電線桿與水平式的道路，使畫面呈現穩定的效果。前景有大片空地，展現畫家獨特構圖。以人物點景，各有造型姿態，讓觀者亦彷彿受邀進入畫裡，漫遊在當時的市街，搭著人力車，與賣彈珠汽水、小吃攤販的人一起過著繁榮的市街生活。思古之幽情亦油然而生。

〈溫陵媽祖廟〉

｜油彩畫布

｜91×116.5cm｜1927

此作品是陳澄波就讀東京美術學校期間回台所畫，是將同年創作的〈嘉義街外（二）〉與國華街旁溫陵媽祖廟集景繪出。此畫風格受東京美術學校西畫科岡田三郎助等老師影響甚深。畫面構圖穩重，色彩使用多重，富有印象主義特色。正面呈現的媽祖廟，加大的前景，以及人物的造型與動態，皆反映對市井生活的關切。

〈淡水（一）〉｜油彩畫布｜91×116.5cm｜1935

此作品是從淡水公會堂的位置俯瞰下街所繪。畫中古樸的紅瓦厝建築群高低錯落，白色屋牆在陽光照耀下形成躍動的節奏感。經過市區改正的道路穿梭而過，兩旁電線杆筆直的排成縱隊，展現出現代化的秩序。街道上的行人、人力車，以及突出的帆船桅桿，構成鮮活的生活實感。大片的溫暖橙紅，與碧藍河水相稱，更與河中沙洲呼應成趣。

〈夏日街景〉
｜油彩畫布
｜79×98cm｜1927

此作品是陳澄波在東京美術學校時期所繪，入選日本第八屆帝展。所繪地點是今嘉義市中央噴水池位置。畫面藉一筆直電線桿切割成左右二等分，再藉由三個圓形灌木叢，與所形成的韻律感，巧妙連結分割畫面。畫中筆觸與用色，傳達南國炎熱乾躁的氣息。大片前景空地，呼應畫家所思所作。

〈清流〉｜油彩畫布｜ 72.5×60.5cm ｜ 1929

陳澄波自東京美術學校研究科畢業後，到上海執教，接觸到倪瓚（元）、八大山人（清）等畫家的畫風，因此部分作品在運筆與構圖上嘗試結合中國繪畫的技法。此作品將水墨畫的皴法運用在油畫上，展現有勁道的筆觸，融合中西繪畫的技巧與意境，產生兼具中國南派與西洋印象主義風格的流動感。曾參加中國美術展覽，並代表參加 1932 年美國芝加哥博覽會。

遇見陳澄波

陳澄波的皮箱。

1931 年於太湖鼋頭渚寫生。

1933年攝於嘉義蘭井街老家。

陳澄波的藏書。

陳澄波的筆記本。

陳澄波就讀台灣總督府國語學校時的個人照。

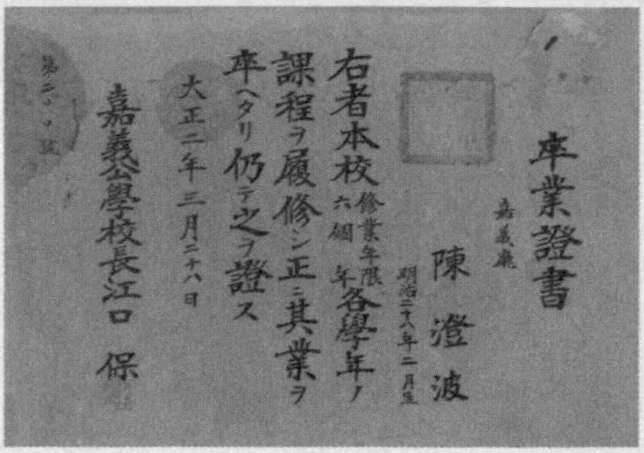

卒業證書

嘉義廳
陳澄波
明治二十八年二月生

右者本校修業年限六個年ノ各學年ノ課程ヲ履修シ正ニ其業ヲ卒ヘタリ仍テ之ヲ證ス

大正二年三月二十八日

嘉義公學校長江口保

嘉義公學校畢業證書。

1895——●2月2日，生於清領時期的台灣省台南府嘉義縣。父親陳守愚為私塾教師，母親在陳澄波出生後不久去世；後因父親另娶，被送至乳母家寄養。

1897——●改由祖母林寶珠撫養，祖母以販賣花生油和雜糧維持生計。

1907——●祖母老邁不能謀生，改由二叔撫養。● 13歲，進入嘉義公學校就讀。

1909——●父親陳守愚逝世。

1913——● 19歲，嘉義公學校畢業。●入台灣總督府國語學校公學師範部乙科，受石川欽一郎指導，開啟對西洋美術的認識。

1917——● 23歲，台灣總督府國語學校畢業。●任嘉義公學校訓導。

1918——● 24歲，與張捷結婚。

1919——●長女陳紫薇出生。

1920——●轉任教水堀頭公學校。

1922——●於台南州開設的教學講習會講授修身課、音樂課、教育課、體操課。

陳澄波夫人張捷年輕時期留影，攝於1930年代。

1923——●以漢文投稿彰化崇文社第 37 期徵文入選。

1924——● 30 歲，考入日本東京美術學校的圖畫師範科。夜間並在本鄉繪畫研究所進修素描。●次女陳碧女出生。

1926——●〈嘉義街外（一）〉入選日本第七屆帝國美術院展（簡稱「帝展」）。●長男陳重光出生。

1927——●33歲，自東京美術學校圖畫師範科畢業，並入研究科繼續學業。●於台北博物館、嘉義公會堂個展。●與廖繼春、顏水龍等組成「赤陽會」，並於台南公會堂展出作品。●創作〈夏日街景〉並入選日本第八屆帝展。●〈帝室博物館〉入選第一屆台灣美術展覽會（簡稱「台展」）。●創作〈溫陵媽祖廟〉、〈二重橋〉、〈嘉義街外（二）〉。

陳澄波的藏書。

陳澄波的畫刀。（王士昇攝）

陳澄波的藏書。

臺灣の美術

臺灣の公設展覧會
—臺展—
小林萬吾

1929 年日本刊物《藝天》報導陳澄波入選台展的剪報。

陳澄波的剪紙。

陳澄波的藏書。

東京美術學校台籍學生合影。前排右一、二陳植棋、潘鶼鶼夫婦，右三廖繼春，右四顏水龍。後排左一張秋海，中間陳澄波，右上框王白淵。

1926 年 10 月 10 日陳澄波第一次入選帝展，在畫室接受報社記者訪問時所攝。

1927 年 9 月赤陽會第一次在台南公會堂展出。右二顏水龍，右三廖繼春，右四陳澄波。

1928——●於廈門旭瀛書院個展。●〈龍山寺〉、〈西湖運河〉入選第二屆台展。●創作〈自畫像（一）〉。

1929——● 35 歲，自東京美術學校圖畫師範科研究科畢業。●創作〈清流〉，並與〈晚秋〉等入選第三屆台展。●〈湖上晴光〉等參加西湖博覽會。●獲聘為上海新華藝專西洋畫教授。●〈早春〉入選第十屆帝展。

陳澄波與家人 1931 年於上海合影。左一陳澄波六堂弟陳耀棋，左二（長子）陳重光，左三陳澄波，左四（二女）陳碧女，左五妻子張捷，左六（長女）陳紫薇。

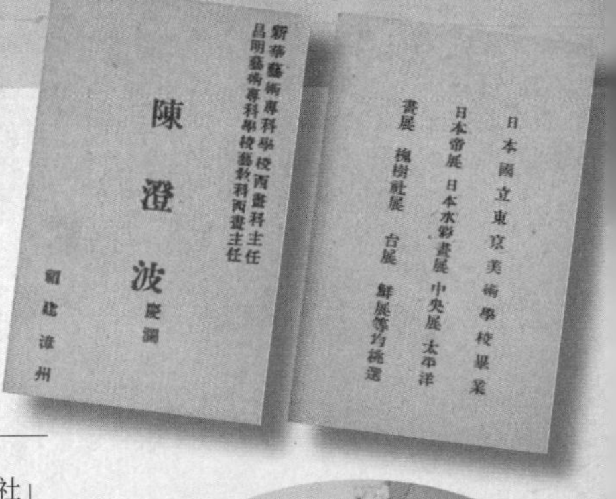

陳澄波於上海任教時的名片，正面左下角註記「福建漳州」。

1930——●至昌明藝術專科學校任教。●參與「赤島社」第二屆展覽會於台南公會堂。●接家人到上海同住。●於台中公會堂個展。●任上海藝苑繪畫研究所名譽教授。●〈普陀山海水浴場〉、〈蘇州虎丘山〉入選第四屆台展。

1931——●辭去新華藝專西洋畫科主任的職務。●第三屆赤島社展於台北舊廳舍舉辦，展出〈上海郊外〉等作品。●在上海梅園召開「決瀾社」第一次會務會議。●〈蘇州可園〉入選第五屆台展。●三女陳白梅出生。●創作〈我的家庭〉。

1930 年台中公會堂個展展場一隅。

1930 年上海新華藝專師生在蘇州城外鐵鈴關寫生。中為陳澄波。（王㷌攝）

約 1930、1931 年陳澄波（坐椅者）與友人合影。

1931 年陳澄波於太湖黿頭渚寫生留影。

1932——●38 歲，一二八事變發生後，將家人從上海送返台灣。●受推薦代表中華民國參展芝加哥世界博覽會。●〈松邨夕照〉入選第六屆台展。●創作〈西薈芳〉。

1933——●39 歲，由上海返台定居。●〈西湖春色（一）〉入選第七屆台展。

1934——●〈西湖春色（二）〉入選第十五屆帝展。●〈八卦山〉、〈街頭〉入選第八屆台展，並獲得五年「無鑑查」資格。●參加在鐵道旅館舉辦的「台陽美術協會」成立大會。●次男陳前民出生。●創作〈嘉義街景〉、〈嘉義街中心〉。

1935——●〈樹蔭〉等參展第一屆台陽展。●〈阿里山之春〉、〈淡江風景〉入選第九屆台展。●創作〈琳瑯山閣〉、〈淡水（一）〉、〈淡水夕照〉。

1936——●〈觀音眺望〉、〈淡江風景〉等參展第二屆台陽展。●〈岡〉、〈曲徑〉入選第十屆台展。因連續十年入選而受表彰。

1935 年陳澄波在琳瑯山閣與庭園主人合影。

陳澄波與畫友合影於台灣教育會館。右起：李石樵、廖繼春、陳澄波、李梅樹、楊三郎、陳敬輝。

1935年秋陳澄波與其油畫作品〈阿里山之春〉（右）、〈琳瑯山閣〉（中）、〈淡江風景〉（左）合攝於嘉義蘭井街老家。

第三屆台陽展台中移動展會員歡迎座談會。前排右一洪瑞麟、右二李石樵、右三陳澄波、右四李梅樹、右五楊三郎；二排左二楊逵；末排左三巫永福、左四張深切、左五葉陶。

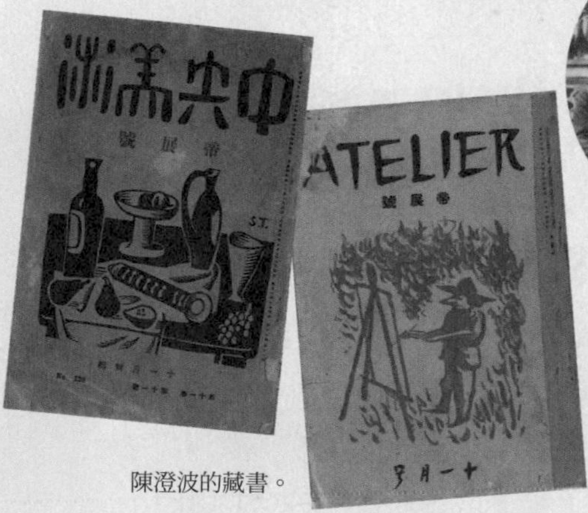

陳澄波的藏書。

1937——●〈野邊〉、〈港〉等參展第三屆台陽展。

1938——●〈裸婦〉、〈嘉義公園〉等參展第四屆台陽展。●〈古廟〉入選第一屆台灣總督府美術展覽會（簡稱「府展」）。

1939——●〈祖母像〉、〈水邊〉等參展第五屆台陽展。●〈濤聲〉入選第二屆府展。

1940——●〈牛角湖〉、〈江南春色〉等參展第六屆台陽展。●〈夏之朝〉入選第三屆府展。

1941——●〈風景〉等參展第七屆台陽展。●〈新樓風景〉入選第四屆府展。

1942——●〈新樓風景〉等參展第八屆台陽展。●〈初秋〉入選第五屆府展。

1943——●〈嘉義公園〉等參展第九屆台陽展。●〈新樓〉入選第六屆府展。

陳澄波的帽子。

陳澄波最後畫作〈玉山積雪〉。

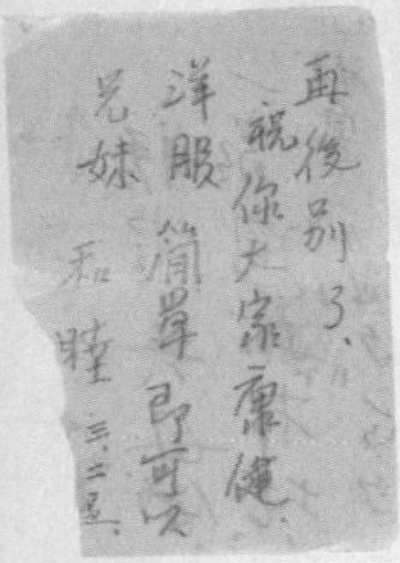

再後別了、
祝你大家康健、
洋服簡單即可以
兄妹和睦 三、二五

陳澄波的遺書之一。

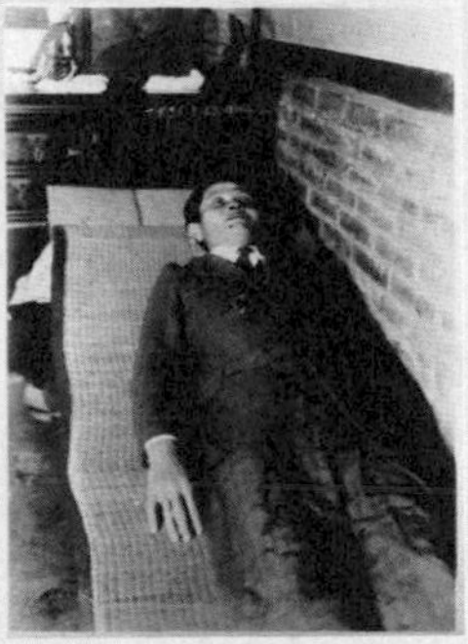

1947 年 3 月 25 日陳澄波被槍決，運送回家清洗後，張捷請照相師拍攝之遺照。

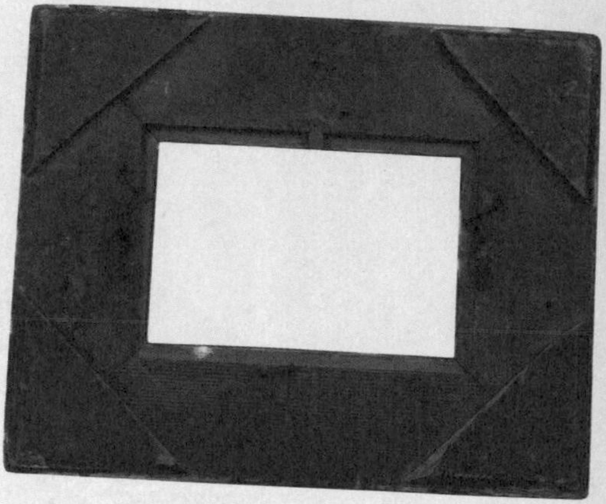

陳澄波的畫框。（師大文保中心攝）

1944——●〈碧潭〉等參展第十屆台陽展。

1945——●任嘉義市各界歡迎國民政府籌備委員會副主任委員。●任嘉義市自治協會理事。

1946——●當選嘉義市第一屆參議會議員。●擔任第一屆台灣省美術展覽會審查員，展出作品〈慶祝日〉、〈兒童樂園〉、〈製材工廠〉。●創作〈慶祝日〉。

1947——●創作〈玉山積雪〉。● 3 月 25 日，因二二八事件，在嘉義車站前遭公開槍決，享年 53 歲。

致謝

特別感謝陳澄波文化基金會，授權並提供陳澄波畫作、照片、文物等圖像檔案。

感謝陳植棋之孫陳子智先生、陳碧女之子張光文先生、李石樵美術館，授權並提供相關畫作圖像檔案，協助本書順利出版。

國家圖書館出版品預行編目（CIP）資料

陳澄波密碼／柯宗明著. -- 初版. -- 臺北市：
遠流，2018.10
面；　公分. --（綠蠹魚叢書；YLM 25）
ISBN 978-957-32-8392-8（平裝）

857.7　　107017627

綠蠹魚叢書 YLM 25

陳澄波密碼

作　者／柯宗明

總 編 輯／黃靜宜
執行主編／蔡昀臻
封面、彩頁設計／黃子欽
美術編輯／邱銳致
行銷企劃／叢昌瑜

發 行 人／王榮文
出版發行／遠流出版事業股份有限公司
地　　址：104005 台北市中山北路一段 11 號 13 樓
電　　話：(02) 2571-0297
傳　　真：(02) 2571-0197
郵政劃撥：0189456-1
著作權顧問／蕭雄淋律師
2018 年 10 月 31 日　初版一刷
2022 年 7 月 1 日　初版十刷
定價 350 元

ISBN 978-957-32-8392-8
遠流博識網 http://www.ylib.com　E-mail: ylib@ylib.com

・本書陳澄波畫作、照片、文物等圖像，皆由陳澄波文化基金會授權與提供。
・其他畫作圖像授權：陳植棋〈淡水風景〉（頁 156）／陳子智提供；李石樵〈大將軍〉（頁 234）／李石樵美術館提供；陳碧女〈望山〉（頁 270）／張光文提供。